田園閨事 5

文創風 169

莞爾 著

目錄

第八十一章

本來以為崔薇這個脾氣發了第二天便好了，誰料第二天一早起來聶秋染就知道不對勁了。這小丫頭一早起來便沒搭理他，一張小臉面無表情的，也不跟他說話，讓他心裡總覺得哪兒不對勁。

崔敬平像是也知道了崔薇心裡不舒坦般，一大早的便給躲了開去，留了聶秋染在屋裡頭，硬著頭皮又哄了她一陣。

昨兒被咬的羊今天又死了兩隻，而羊圈裡的羊兒們昨天估計被驚嚇得很了，今兒一早上竟然不怎麼擠得出奶水來，而且極暴躁不安，一旦有人靠近便要抵抗，崔世福險些被羊扎了一角。崔薇沒料到昨兒的事最後竟然還有這樣的後續，心中也感到有些無奈。

幸虧家裡還有不少的奶粉，那店鋪現在又沒開著，就算一時間沒有羊乳供應也出不了什麼差錯。不過這邊有狼的事仍是令她心中犯怵，之前聽人說山裡有狼，她只當這事是村裡人胡掐了騙人的，可誰料昨兒親眼見過羊圈裡被狼糟蹋過之後她便信了。

早晨時崔世福等人便召了村裡的人一塊兒上山準備打狼去了，屋裡崔薇望著送來的幾頭羊屍正打著主意想著怎麼弄呢，那頭聶夫子便已經過來了。

雖然心裡對於聶家有些不待見，但聶夫子昨兒總算是替她出了一口氣，崔薇忙將人給請了進來。家裡也沒個茶水，乾脆拿鍋裡的開水沖了一杯奶粉放到聶夫子面前，還沒有坐下，就聽聶夫子緩緩說道：「羅家那邊聶明她公公今兒一早上便沒有了，都是親戚，今日你們隨我一同去走一遭。」

羅家那個老頭早就已經不行了，只是在熬時間而已，原本想將聶明娶回去給他沖喜的，誰料沒有沖得活過來。聶夫子今日親自過來，而他說的又是讓自己等人隨他走一趟，便是證明孫氏去不了，這樣一來，總該要自己出面的，崔薇當然就答應了下來。

如今天色已經不早了，又是奔喪，時間又不等人，她乾脆衣裳也沒換，想到上回那個名叫羅石頭的孩子，又進崔敬平屋裡收了幾件他早已經穿不了的舊襖子出來，包了一大捆，才準備跟著聶秋染一塊兒出去。

羅家要送的禮聶夫子早已經準備了，只是聶秋染如今也算是跟聶家分開過的，因此自己又要準備一份，所以幾人鎖了門坐上馬車出去時，路過村裡頭李屠夫家，乾脆招手讓人家割了幾斤肉裝籃子裡。在此時送幾斤肉已經算是很大的禮了，一般人家走親戚也就只送一包蔗糖一斤白酒而已，要不就是十個雞蛋也算一份體面的禮了，崔薇這樣割肉送的自然也差不到哪兒去。聶夫子瞧了一眼，也沒出聲，只是趕著車朝羅家奔去。

到了羅家時，遠遠的便看到外頭院子上空已經拉開了擋雨的厚油紙，下頭擺開了桌子，不少前來幫忙的村人這會兒正熱火朝天地做著事。

外頭已經擺了一副停放好的棺材，屋門上還貼著聶明成婚時的大紅囍字，幾個人正跪在屋子裡哭著。聶夫子等過來時那頭正做著事的人頓時一陣譁然，忙都趕緊迎了出來。

屋裡的人聽到了外邊的動靜，也都忙迎了出來。崔薇掀開馬車簾子，便看到聶明頭上捆了一個白色的孝帕，直接垂到腰間拿麻繩又捆了，這會兒站在眾人前頭，看到聶夫子過來時滿臉驚喜地便喚了一聲。「爹、大哥你們來了。」獨獨像是沒有看到崔薇一般，並沒有招呼她。

崔薇也不以為意，自己過來也只是走個過場，她跟羅家的人又不熟，不過是因為聶秋染才來走一遭，聶明不理她也無所謂。一跳下車來，將自己的禮物交到了聶明手上，也退到聶秋染身邊不說話了。

聶明身旁的羅大成目光滴溜溜的在馬車上打著轉，臉上露出貪婪之色來。聶明擰了他好幾把，將他捏得有些不耐煩了，拳頭揚了起來，聶明冷冷瞪了他一眼，卻見他又乖乖地將手放了下來，一邊又湊近她身邊不說話了。

這聶明也是個有手段的，嫁出來還沒幾天，這羅大成一看就不是好惹的，她卻能將人收拾得伏伏貼貼，這還沒嫁幾天呢！

崔薇看了她一眼，便四處打量了一下，好奇問道：「你們家小石頭呢？怎麼沒有瞧見？」

她話音一落，那羅大成便嘿嘿笑了幾聲，討好地湊了過來，一咧嘴便露出一口的黃板牙，一股味兒衝得讓人直皺眉頭，崔薇下意識地退了幾步，聶秋染半側身子擋在她面前。

羅大成也不以為意，摸了摸鼻子，一邊衝聶秋染陪著笑。「大舅子問那掃把星幹什麼，大好的日子，沒得提了他帶了晦氣，我爹就是他給剋死的，大嫂這樣妙的一個人兒，可不要提了他，髒了妳的嘴！」

一句好端端的話羅大成偏偏說得嘻皮笑臉的，讓聶秋染臉色一下子黑了大半，崔薇之前聽聶秋染說那羅石頭日子不好過時還有些半信半疑的，在她看來羅石頭再不好，可也是個男孩兒，怎麼樣也不會落得這樣的地步才是，可誰料現在聽了羅大成滿臉嫌惡的話，見聶明也是撇著嘴唇滿臉不屑的模樣，頓時便相信了。

既然羅大成不肯說他在哪兒，崔薇也不準備再問，想等下再去找找看。她這會兒心裡已經有預感自己恐怕找到羅石頭將衣裳送給他，估計他也是保不住的。

跟在聶夫子身後給已經去世的羅老頭上了一炷香，崔薇也沒敢去看那具棺材，她還是頭一回與死人這般接近，再加上她自個兒又是莫名其妙來到這古代的，心裡多少還存了一點兒信神鬼的念頭，因此有些犯怵，待了一陣便想要出去轉轉了。

聶明根本不想理睬她，而不知為何，聶秋染也沒有跟在她身邊，像是知道她要做什麼一般，崔薇忙拎了裙襬四處望，一連旁敲側擊的問了好幾個婦人，才將羅石頭在柴房的事給問了出來。崔薇忙回馬車上取了自己之前便包好的東西，拎著就朝柴房走去。

如今羅家裡人人都忙得厲害，許多人目光都被屋裡的聶秋染這個舉人給吸引了，不少婦人都圍在門口邊瞧熱鬧，根本沒哪個注意到崔薇的動作。

崔薇拎了那一大包衣裳進了柴房時，一股陰冷潮濕的感覺便已經湧得她滿身都是，柴房許多地方漏著水，地上是一般的泥土地，這會兒已經濕透了，踩上去滑溜溜的，這屋裡散發著一股黴味。

崔薇剛從外頭進來，一時間也瞧不清楚這柴房裡的動靜，只依稀看過去到處都是放著疊了整齊的柴。她一手拎著裙襬，一手提著一包衣裳，嘴裡小聲喚道：「羅石頭？小石頭？」

一個玉米稈裡突然鑽出一個黑黝黝的腦袋來。

崔薇聽到一點兒動靜，剛一回頭便看到一道影子撲了出來，她下意識地朝旁邊一讓，險些摔倒在了地上，隨即便看到一個孩子警惕的瞪著她，一張凍得青紫的臉仰了起來，崔薇借著門口微弱的燈光，將他給認了出來，連忙高興的衝他招了招手。

「羅石頭，你還認不認得我？」她笑咪咪的樣子使得整張小臉都像是活了過來一般，給這原本陰暗的柴房也增添了幾許色彩。

羅石頭警惕地看了她幾眼，半晌之後才點了點頭，目光落到了她手裡提著的一包衣裳上頭，聲音有些嘶啞。「妳來幹什麼？」

聽著這聲音，倒像是這孩子有些感冒了。崔薇連忙伸手去探他的頭，感覺到這孩子縮了下肩膀，像是要往後退，但動作慢了一分，崔薇的手便落到了他額頭之上。一股滾燙的感覺頓時便從她手心中傳了過來，崔薇吃了一驚，忙將手裡的衣裳放在一旁的柴垛子上，驚呼道：「你發高熱了。」

「不會死的。」這孩子抿了抿嘴唇，眼中露出倔強之色，接著又挪著腳朝他原本藏身的地方躲了過去。

崔薇聽他踩著地上的泥「叭唧」作響，低頭一瞧，見他竟然穿著一條短了大半截的褲子，露出一雙腿來，腳下竟然連鞋也沒穿，一條褲子單薄破舊異常，在這樣寒冷的冬天裡，他竟然穿成這個模樣，這柴房中又陰冷異常，難怪生了病。崔薇心裡生出一股憐惜來，看他又縮回柴堆間，一邊拍了拍他腦袋，示意他起來。

「先別忙著過去，我去給你打些水，將腳洗了，換身衣裳吧。」她說完，又在身上摸了摸，取了十幾個銅錢出來，今日出來得急，身上也沒帶什麼錢，因此只有這些，朝他遞了過去。「你自個兒去瞧大夫，抓些藥吃了，病了可不能拖的。」

「妳想讓我做什麼？」小孩兒滿臉都是對生的渴望，死死將手中的錢抓緊，一邊抬頭盯著崔薇看，眼神中帶著一抹如同野獸般的凶殘與狠意，看得崔薇嚇了一跳。

崔薇拍了拍他的腦袋。「我不要你做什麼！瘦成這模樣，論斤稱兩的賣給別人都嫌全是骨頭。」崔薇不知道這孩子從小是怎麼長的，竟然遇著一丁點兒善意都認為別人對他有所圖謀，她心中也覺得有些同情，又站起身來，看了外頭一眼。「我去給你打些水，你把臉和腳洗了，先別下地，我下次給你帶雙鞋過來。」

羅石頭眼中盛滿了光彩，半晌之後才抬頭看了崔薇一眼，狠聲道：「妳叫什麼名字，往後，我一定會報答妳！」

看他瘦伶仃的臉上滿是嚴肅之色，可惜他實在太瘦了些，襯得一雙大眼睛更是像要滾落出眼眶來般，他人年紀本來就不大，這會兒滿臉的嚴肅看得崔薇忍不住笑了出來。「我不要你報答，要不，你好好活著吧，那就是報答了！」她本來也沒指望過自己不過是做了丁點兒的小事便要讓人家來報答，因此笑了笑，並沒將這事放在心上。

她出去不多時果然從外頭打了不少熱水過來，讓羅石頭擦了臉和手換了身衣裳，崔敬平當初的小衣裳這會兒他穿著還寬鬆得很，不過因為是長了些，總算是將腳給遮住了，崔薇又取了之前包在衣裳裡頭的蛋糕給他，又給了他一袋奶糖，外頭聶秋染已經在喚她了，崔薇這才摸了摸小孩兒的腦袋準備出去。

誰料剛轉身，衣袖便被人死死拉住了，她轉過頭去看，卻見羅石頭滿臉的堅持之色，一張薄唇緊緊抿著，幾乎像是看不見了般。

「名字。」羅石頭硬著聲音問道。

這孩子樣貌看著倒是清秀，不過一雙嘴唇卻是薄得很，此時人都認為薄唇的人一般都性情涼薄，可眼前她看來這孩子卻並不像是冷血涼薄的，至少比起崔敬忠那樣的，不知好了多少。

她恍神了片刻，羅石頭卻是又拉著她問了一句——

「名字。」

「我叫崔薇，你叫我崔姊姊吧。」難得遇到一個年紀比自己小的，崔薇溫和地又摸了摸羅石頭的腦袋。

半晌之後他鬆開了手，嘴裡輕喚了一聲。「崔姊姊。」

剛剛一番折騰下來，他身上熱也退了些，這會兒聽起來嗓音裡雖然還帶著些鼻音，可也不像之前一般沙啞得厲害，多了些小孩子的稚氣，聽得人心中軟綿綿的。

崔薇也不再多待，連忙拎了衣襬從柴房裡出來，就見外頭的聶秋染等人已經等了片刻，聶夫子臉上露出不耐之色，而一旁聶明滿臉不屑。

看到崔薇出來時，聶明便尖了聲音道：「大嫂一來我們家便鑽進柴房裡頭，莫非裡面有什麼見不得人的，妳才喜歡往那骯髒角落鑽？」她還在記恨當初崔薇不肯給她出陪嫁的事，如今她已經出了嫁，算不得聶家的人，自然對崔薇說話也不像是之前一般客氣膽小的模樣。

聶夫子詫異地看了這個女兒一眼，皺著眉頭沒有開口。

反倒是聶秋染，對聶明的態度像是早已經習慣了一般，根本沒有在意，連眉毛也沒有皺一下，撐著傘朝崔薇走了幾步，走到她身邊，伸手替她拈去了身上沾的柴灰，滿眼之中都是笑意，根本沒有任何不滿之色，反倒輕聲笑道：「是不是去瞧羅寐生了？妳要是真喜歡孩子，等過幾年咱們也有的，又何必現在看到孩子就想要去照顧。」

他一本正經的語氣說出這種話，頓時令崔薇呆滯了片刻，回過神來時臉頰頓時脹得通紅，看到一旁聶明張大了嘴，如同吃了隻蒼蠅一般的眼神，頓時便擰了聶秋染一把。

聶秋染並不在意，反倒心中有些高興，從昨兒起崔薇就給他發了脾氣到現在沒怎麼理他，現在終於肯伸手擰他了，證明她心中不像昨兒那樣氣了，他心頭自然鬆了一口氣，根本沒在意崔薇的小舉動，反倒伸手將崔薇那隻還在自己胳膊上擰著的小手捉過來包進掌心中，順便將人也拉了過來，替她理了理頭髮，輕聲在她耳邊道：「想不想將羅石頭弄回去？」

崔薇傻愣愣地看了他半晌，想到羅石頭的模樣，頓時猶豫著點了點頭。

聶秋染嘴角邊笑意更深，拉著她便往羅大成那邊走，直到離羅大成還有五、六步遠時，才停下了腳步，盯著羅大成瞧了半晌，一邊輕聲道：「我家薇兒喜歡羅寐生那孩子，我們成婚早，如今要孩子還早了些，大妹夫不知願不願意將羅寐生送到我們家裡住上幾天？」

那頭羅大成聽到聶秋染跟自己說話，頓時興奮得滿臉通紅，搓著雙手連連點頭，簡直是連話都有些說不出來了。

那廂聶明卻是死死拉了他一把，眼中露出警惕之色來，盯著崔薇看了半晌，這才衝著聶秋染笑道：「不知道大哥想要羅寐生幹什麼，你也知道，他不過是個災星，我可不敢將霉運給大嫂帶過去了，免得她往後生不出兒子來，被人罵作不下蛋的母雞，誤了她一生呢！」聶明看著崔薇冷笑了一聲，心中厭惡她又覺得有些不甘，嘴裡便惡毒了一回。

崔薇聽得冷笑，剛想張嘴，聶秋染便伸手替她理了理衣裳，眼角餘光看到柴房裡鑽出的一個小腦袋，頓時嘴邊笑意更濃，這才轉頭看著聶明，滿眼的警告之色。「妳在跟誰說話？沒大沒小的，若真這樣，往後你們家這門親戚，我也不走了，妳既然如此能耐，往後有事不要回娘家來！」

聶秋染這話說得毫不客氣，聶明臉色頓時脹得通紅，連忙就要開口，誰料那頭看起來對她容忍無比的羅大成卻是扯了她一把，示意她不要開口。

聶明嫁到羅家之後婆母是個軟弱的，而公爹又躺床上要死不活，那羅大成新婚不久，對她也正是溫存不捨之時，底下幾個弟妹都沒成婚由她拿捏，剛出來幾天她便有種揚眉吐氣之感，這會兒聶秋染當眾下她臉面，她哪裡忍得住，連忙便站了出來大聲道：「大哥這話我不懂，人說有了媳婦兒便忘了娘，大哥這模樣，瞧著樣子不像是只忘了娘而已……」

聶明話沒說完，那羅大成便掄起胳膊一耳光朝聶明甩了過去！「啪」的一聲脆響，將聶明打得愣了一下，幸虧羅大成顧忌著聶家人還在，沒敢真使了力氣，否則這下子非將她打到地上坐著不可，但就算是如此，聶明也是嚇得夠嗆。她這幾天囂張全靠了羅大成的縱容，這會兒見羅大成都伸手打她了，一看羅大成像是要吃人的樣子，她頓時不敢再張嘴，捂著臉咬著嘴唇說不出話來。

羅大成卻顧不得管她，連忙衝著聶秋染賠不是。「大舅子不要跟她計較，往後還望大舅子多加照拂。婦道人家，不懂事，大嫂喜歡寐生，只管將他帶走就是，帶走帶走。」

「不行！」聶明這會兒哪裡能真讓崔薇將人帶走，若真是這樣，她往後臉也是丟得差不多了。她咬了咬牙，看到自己一說話之後羅大成的臉色，心中頓時一慌，想到他這幾天對自己的態度，以及現在對自己的凶狠，聶明心中頓時明白了過來，恐怕這羅大成對自己百般忍讓，說不得便是看在了聶家的分上。一想到這些，剛剛聶明還心中暗藏著得意與興奮，原以為自己嫁了人之後便如同脫離了苦海般，誰料此時看來根本不是自己想像中的那般，心中不由得生出怨恨來。

她強忍了心裡的難受與怨毒，一邊伸手捂著臉龐，也不敢再像之前一般的囂張，看著聶秋染便低聲道：「大哥容我給那小子收拾一天，他還有東西呢，明兒我便將他親自送到大哥那邊。」她一邊說著，一邊咬了咬嘴唇，到底還是不甘心，臉上流露出幾絲扭曲來。

聶夫子在一旁看了半晌，最後點了點頭，看了羅大成一眼。「你爹現在沒了，你便是家裡當家作主的，男人便該有個男人的模樣，將家裡撐起來，不要事事都由著別人來作主，家裡成什麼體統了，該管教的還是要管一些的。」

聶夫子這話雖然沒提半個聶明的名字，但話裡的意思眾人哪裡有聽不懂的。雖說聶明是聶夫子的女兒，但到底她如今已經嫁了出去，是個外人，而崔薇無論怎麼說是嫁進聶家的，可算是自己人，聶明分不清這些，只當自己與聶夫子親近一些，可在聶夫子心中兒媳遠比女兒來得重要多了，至少兒媳生的孩子還姓聶，而聶明生的孩子是跟著別人姓的。

羅大成在一旁唯唯諾諾地答應著，這才將聶夫子等人送走了。

崔薇上了馬車，便聽到外頭聶夫子正在教訓著聶秋染，今日他做的事也實在出乎崔薇意料得很，聶夫子剛剛沒有出面打斷他的話，已經是夠給這個兒子臉面的，這會兒他心中肯定是很火大。

因聶夫子出來時是直接到的崔薇家，坐的也是聶秋染的馬車，自然趕車也是直接朝崔薇家趕的。這會兒天色還早，沒有完全黑下來，幾人回來時崔敬平正準備燒火做飯，一看到聶秋染等人回來頓時就嚇了一跳。

崔薇看著院裡幾頭死了的羊，心中也覺得有些不是滋味，想了想看了看天，雖然這會兒有雨還顯得外頭有些陰沈，但距完全黑下來還有一段時間，這幾頭羊扔了也是可惜，長得這樣大，崔薇挑了其中一頭稍壯碩些的準備拿出來烤著吃。

自家門口外的走廊下寬敞無比，架個篝火是足夠了，到時將羊烤好直接再拿到屋裡吃就是了。她一打定主意，便回頭看著聶夫子笑道：「今兒晚上公公不如留下來吃飯吧，正好還有羊。」

她原本只是想客氣一番，畢竟聶夫子此人一看便極其嚴肅不好相處，她本以為自己這樣一說聶夫子肯定是會搖頭拒絕的。誰料她一開口，聶夫子猶豫了一下，竟然點了點頭，先拎了衣襬朝屋裡去了，嘴裡一邊道：「也好，妳婆婆病了，聶晴正照顧著她，我今兒便打擾了。」

崔薇呆滯了一下，就連聶秋染也眉頭微微皺了皺，看了屋裡一眼，知道聶夫子這留下來是有話要說的，又看了看崔薇，還沒開口，就見她點了點頭，喚了崔敬平過來吩咐。「三哥，你去幫我喚爹過來吃飯，順便將這隻羊給收拾了。」

這羊是要剝皮的，否則不好下嘴，而且羊肚子裡的腸肚也要收拾，崔薇人小力氣也不大，這羊一看怕是快有百斤了，她自己是拖不動的。

那頭崔敬平答應了一聲，連忙取了斗笠便出去了。聶秋染本來想跟崔薇說話，誰料小丫頭傲嬌地一揚腦袋，哼了一聲，取了個簸箕準備去崔家地裡找崔世福要些青辣椒了。

第八十二章

趁著天色還沒黑下來，崔世福一聽到女兒讓自己過去幫忙收拾羊，忙就拉著大兒子過來了。兩父子扛了羊去溪邊，不多時便收拾乾淨回來，還帶回了一張剝得整齊的羊皮。崔薇這會兒早已經撿了不少的柴火出來，又摘了一些鮮嫩的辣椒，一些新鮮蔬菜之前在買肉時順便花了些錢也買了不少下來，足足抱了好大一簸箕。

這會兒天色不早了，崔薇忙著生火撿了些曬乾的辣椒出來在鍋裡炒乾了，又將辣椒給放進石缽裡拿石杵搗成辣椒粉，一邊招呼了崔敬平過來生火做飯，自個兒則是讓崔世福父子砍了不少約有拇指大小粗細的竹子出來，把羊頭砍下之後將羊身穿上架了起來。

下面生火烤著，另一些羊內臟以及羊頭羊蹄等則是洗淨了放進一口大鍋裡，加了一些羊奶粉熬了起來，外邊生起了火。崔薇先是將之前剪下的一撮羊毛捆成一支小刷子，洗淨之後沾了醬油與豬油在羊身上刷了幾下，漸漸的，香味飄了出來，又連忙進屋裡將加了八角、茴香等製成的特殊醬料取出來用，大半個時辰下去，那羊身上漸漸冒出油來，皮肉被烤熟了，泛出陣陣香味。

這會兒天色已經大黑了，崔薇一面刷著醬，一面抹著額頭因靠近火堆而出的汗水，等到羊皮表面泛出油珠時，忙又沾些辣椒沫兒往羊身上刷去，一股香辣味傳來，既是香，卻又讓人忍不住有些嗆，忙轉過頭進屋裡擰了一把熱帕子將臉捂住了，長吁了口氣，這才覺得舒坦了些。

屋裡聶夫子唸了聶秋染一通，但兒大不由爹娘，他自說他自己的，聶秋染卻根本當作沒聽見一般，這個兒子如今有了出息，又不像是之前能由得自己拿捏的情況，聶夫子心下有些煩悶。今日一整天他趕到了羅家去，中午時人家家裡死了人，他自然也不好意思放開懷抱大吃大喝，因此挨到這會兒早就是有些餓了，而說了聶秋染一頓，心火直往上湧，聞著外頭的烤肉香味，只覺得心裡飢餓與火氣都湧了上來，讓他整個人坐都坐不住。

「老大家的這手藝還不錯，也能想出吃的方法來，只是男子漢大丈夫，主要的心思還是應當放在書本上頭。」聶夫子聞了一口烤肉香，也不知道崔薇放了什麼東西，那股香味饞得人直流口水，勉強又教訓了聶秋染一句想轉移注意力，但聶秋染卻是坐不住了，忙起身就要朝外頭走去。

一看他那樣子就不像是出去看的，聶夫子忙跟著兒子出去，果然就看到他已經蹲在廚房外的走廊下，接過了崔薇手裡的刷子，正往羊肉身上刷著醬料，頓時臉色就黑了下來。他從小教育聶秋染君子遠庖廚，誰料現在看來聶秋染根本沒聽到心裡去！

當著親家的面，今兒又正巧大年三十，崔薇留了自己下來吃飯，吃人嘴軟，哪裡還好意思在這會兒教訓聶秋染不能幫忙，只盯了聶秋染幾眼，見他根本不理自己，聶夫子也只有鬱悶地又坐回到了屋子裡。只是人人都在外頭忙著，只得他一個人坐在屋中，聶夫子既感尷尬又感無奈，連書也看不進去，勉強坐了半晌，到底沒好意思坐得住，也跟著跑了出去。

將等下要吃羊肉的醬料一一都準備妥當了，把香菜與細蔥等洗淨了切好放在一旁的青花大碗裡，崔薇正準備洗些白菜放在一旁時，那頭崔敬平猶豫了一下，仍是抬頭看著崔薇道：「妹妹，今兒聶夫子都在這邊吃飯，聶二他昨天也不是故意的……」

崔敬平跟聶秋文與王寶學幾人自小一起玩耍到大，感情不是一般的好，崔薇一邊低頭洗菜，動作頓了一下，眼角餘光就看到崔敬平滿臉糾結的模樣，不由就嘆息了一聲。

昨兒聶秋文沒鎖門害得自家羊圈受禍害一事，雖說是孫氏一開始沒安了什麼好心，但聶秋文現在年紀確實還小，在現代時他也不過是個還沒初中畢業的孩子，正在叛逆期，再加上昨兒的事情她也聽崔敬平說了，是王寶學過來喚了兩人去玩，估計聶秋文是著急了，這才慌裡慌張沒關門。這事說到底，就算是孫氏有責任，便其實崔世福也有些責任，不該將鑰匙交給聶秋文，就算是崔世福為了自己好，不希望自己跟孫氏起矛盾，畢竟在世人眼中看來，恐怕誰都以為自己是沾了聶秋染的光才買了這些羊和牛。

崔薇雖然心裡不是完全將聶秋文給原諒了，但這會兒並不想讓崔敬平難受，自昨兒起恐怕崔敬平心中便有些忐忑，他忍到現在才開口說出來，崔薇也有些心疼他了。

想了想不願意在這大過年的時候拂了他的意，猶豫了一下，便點了點頭，一邊手上動作沒停。「三哥，你要是想喚聶二過來吃飯，你就去吧。」她說的只是喚聶秋文一個人，並沒有說要喊孫氏等人。

崔敬平聽她這樣說，頓時高興得險些便跳了起來，一邊塞了些柴進灶裡，一邊就興奮道：「妹妹，妳放心，這損失讓聶二記著，往後讓他做事來還，我一定好好揍他一頓，給妳出出氣！」

他這話一說，崔薇哪裡還有不明白他意思的，笑著點了點頭。

崔敬平立刻飛快地出去了，連草帽也顧不得戴，歡快地就朝聶家跑了過去。

崔薇看著他背影笑了笑，手上動作沒停，麻利地將白菜洗了出來放到一旁。

鍋裡燉的羊肉湯這會兒早已燉出味兒來，一股股香味直從鍋蓋處冒了出來。崔薇將蓋子揭開了，看著裡頭已經沸開了帶著淡淡乳白色的湯，想了想又添了兩勺子今早好不容易擠出來後煮過的牛乳下去，又將洗淨的乾紅棗以及枸杞等一併都扔了下去，霎時鍋中乳白色的湯底裡又泛出紅色的棗子來，看上去極其的養眼，那味道燉出來也香味撲鼻，並不像是楊氏等人所說的羊肉做出來滿是羶腥，反倒是帶著一股讓人直流口水的香氣。

把瘦肉等切成薄薄的片捲起來放在一旁的盤子裡，崔薇深怕今兒晚上人多不夠吃，因此特意割了三斤多瘦肉，這會兒切得她手臂都有些發麻了，也不過才切了一小盤而已，連半斤肉都沒切下來。

外頭突然間傳來一陣腳步聲，聽著聲音，像是崔敬平回來了，崔薇也沒出去，不多時外頭一陣說話聲過後，崔敬平推著滿臉通紅的聶秋文進來了。聶秋文走路時腳還有些拐，怯生生看了崔薇一眼，一邊嘴裡就小聲道：「崔妹妹，我錯了……」

「你喊的是誰呢！」這兩人一進廚房門時，聶秋染便將刷醬料的工作交到了崔世福手上，忙跟了進來，正好就聽到聶秋文喚崔妹妹的那一聲，頓時臉都黑了大半。

這會兒聶秋文可是真怕他，一聽到聶秋染說話，渾身打了個激靈，連忙就換了個稱呼。「大嫂，我錯了，大嫂，妳原諒我一回吧，我以後再也不敢了。爹說過，男子漢大丈夫要自己掙銀子自己花……」他說到這兒時，滿臉的失望與鬱悶之色，顯然這孩子心裡還有些不服氣。

崔薇可不想替孫氏教兒子，說多了聶秋文心裡不舒服，而孫氏不見得會領情，更何況現在聶夫子還在外頭，自己要真當著他的面教訓他兒子，保管這個一看就是大男人主義極重的公公對她心中會生出不滿了。

更何況人是崔敬平喚過來的，自己要是繼續捏著昨兒的事情不放，便是讓崔敬平難以下臺來，因此崔薇點了點頭，開口道：「以後不要這樣做了，就算你娘說了，但你也該知道不鎖門不出去的道理，羊咬死這樣多，多可惜。」

被叼走了四頭羊，昨兒咬死了兩頭，今天早上崔世福又送來了三頭昨晚上沒撐住受傷的羊，一天時間，便已經損失了九頭羊！更何況羊倒還能買，可那羊乳一時半會兒間卻是產不了了！崔薇心中也鬱悶得很，只是到底聶秋文還是個孩子，人家現在都來認錯了，自己也不能總再抓著不放。

聶秋文聽她不再怪自己了，頓時臉上就露出笑容來，便接嘴道：「羊死了正好可以吃，還能省了買肉的錢！」

這倒楣的破孩子！

崔薇衝他怒目而視，那頭崔敬平也黑了臉，故意在他屁股上的傷口處狠狠踢了一腳，聶秋文嘴裡發出慘叫聲，看崔薇的臉色與一旁帶著冷漠笑意的大哥，頓時也知道自己說錯了話，再不敢反駁，摸了摸屁股，吐了下舌頭跑出去幫忙做事了。

廚房裡崔敬平乖乖地坐到了灶前幫忙生火，而聶秋染乾脆也挽了袖子過來接了崔薇手中的菜刀準備幫她切肉。他雖然幫著崔薇生過火，便還從來沒有做過幫忙切肉的事情，看得出來動作有些生疏，崔薇乾脆一邊剁著大蒜一邊指揮他。

眾人熱火朝天地忙著，這個大年三十的夜晚倒也因為人多而平空添了幾分熱鬧。崔敬平小心翼翼地說著從聶秋文那兒打探來的消息，據說昨兒孫氏被聶夫子勒令在外頭跪了半晚，淋了好幾個時辰的雨，聶晴也跟著跪了半天，一早起來兩母女都病了。聶夫子手段粗暴而直接，既不打罵她們，也不出言多說，直接讓人這樣一跪，命都險些去了半條。今兒才請了大夫回去看，這會兒母女兩人還躺床上哼唧，崔敬平過去時就聽到那兩人還在不停咒罵著，聲音大得左鄰右舍都能聽到，崔敬平只是不想在大過年的說出來讓妹妹堵心罷了。

忙到天色已經完全黑了下來，聶夫子等人回去給祖宗上香了還沒回來，鍋裡的羊蹄才漸漸地燉得軟了些，外頭的羊肉早已經烤好了，崔世福等人忙著將烤好的羊肉抬進屋裡去，崔薇想到上次崔敬平發高熱時她讓人給做的一只專門熬藥的小火爐，頓時眼睛便亮了亮，忙指揮著崔敬平搬進去，一邊自己則是跟著聶秋染搬著切好的肉片、洗好的白菜、以及紅苕做出來的粉條等。

切好的芋頭擺得整整齊齊的放在一旁，萵筍稈洗剝乾淨，切成指頭大小的一條，放在白淨的盤子中，看著特別的鮮嫩，新掐下來的豌豆嫩葉尖這會兒已經洗過了放在竹籃子裡頭，看著菜漸漸端了出去，崔薇又取了蝦醬出來，放了不少在湯鍋裡，又加了少許的鹽，拿勺子舀了些湯嚐，那羊肉湯頓時鮮美得讓她險些咬到了自己的舌頭。湯裡帶著羊肉特別有的香味，又因放了些羊乳、牛乳等，剛好中和了羊肉之中的羶腥不說，又帶了紅棗的回甘，以及淡淡的杏仁味，讓人忍不住想再喝一口。

崔薇強忍著想再盛碗湯的衝動，將蔥段、香菜段以及調好的辣椒碟端了出去，一邊笑著讓崔世福幫忙端一下鍋底，一個簡易的火鍋便製了出來。可惜沒有魚肉等物，但也足夠讓頭一回吃這樣新鮮菜的崔世福等人詫異不已了。

那烤好的羊肉外香裡嫩，既麻辣又帶著一股茴香與八角等特有的香味，讓人嚐過欲罷不能。眾人搬了凳子圍著火爐吃，直將那隻烤羊吃得只剩了小半，才又吃起了羊肉火鍋來。

崔薇也吃了好幾塊烤羊肉，又盛了碗羊肉湯放了些蔥段與香菜嚐了，加了這些之後湯更加的美味，幾乎光是吃菜便再吃不下飯了。

冬天正是吃羊肉的好時節，不過若是換了平常崔薇才捨不得殺羊來吃，這回也就聶秋文的事出了意外，否則她根本沒想過要將羊給吃了。

一群人圍著火爐子吃飯，個個都吃得汗流浹背，聶夫子還是頭一回這樣沒體面沒形象的跟著眾人圍在火爐子邊吃東西。

若是換了往年，每回大年三十年夜時便只是吃些臘肉與豬頭肉便罷了，年年拜過祖宗跟潑過水飯後便如同完成了一個行程般，還難得有像今年這般，以往讓他看起來是不成體統、也不懂規矩的團年飯，但不可否認的，這樣吃起飯來，比起往年在家中要有意思得多了。

眾人一直吃到夜半時分，鍋裡的羊肉湯被火爐燒得都已經見了底，崔薇添了好幾次柴，她自個兒吃完了便坐在一旁替崔敬平等人挾些菜煮著，幾人吃飽喝足了，才漸漸各自散去。

天色不早了，聶夫子父子倆是最先離開的，聶秋文臨走時戀戀不捨地將目光落在院子裡那頭還沒處理過的羊身上，顯然一副意猶未盡的樣子。崔世福等人倒是幫了崔薇將屋裡打掃乾淨了，又把外頭走廊都拿水沖洗乾淨了，才挺著吃飽的肚子回去。

今天是大年三十夜，崔薇準備燒些水來將澡洗了，照理來說明兒是不能洗澡用水的，此時人講究若是在大年初一便將水倒出去，便如同將財也倒出去般，這個習俗雖然沒什麼講究，但遵守一下這個習俗便如同感受一下過年的氣氛般，崔薇自然樂得照做，更何況今天做烤羊，她渾身上下都是一股油煙味，這會兒不洗哪裡睡得著。幾人忙收拾著忍了寒冷將澡洗過了，忙了一整天，崔薇這才沒能忍得住，爬上被窩便閉了眼睛。

第二天是大年初一，隔壁崔家裡一早便熱鬧了起來，崔薇一早起來將昨兒晚上提前舀起來的一些羊肉湯煮上了，又洗了兩個蘿蔔切了放進去，廚房裡不多時便冒出一股香味來，還沒吃早飯，那頭聶明便過來了。

聶明果然是像昨兒她自個兒所說的是給崔薇送人過來的，只是話語間卻像是崔薇在打著什麼陰謀詭計一般，但聶明到底還是被昨兒聶秋染一句話說得心中害怕了，並沒怎麼敢惹她，嘴上說了幾句換了自個兒心中痛快之後，就將又穿著一身破舊衣裳的羅石頭給丟下走了。

崔敬平端了個碗坐在一邊拿了青鹽漱口，一邊盯著這邊看。

羅石頭打著赤腳，昨兒給他換上的衣裳這會兒早就不見了，崔薇看他冷著一張臉的樣子，不由上前摸了摸他額頭。

這一次羅石頭並沒有再躲開，任由她將自己的額頭給摸了摸，這才咬了咬嘴唇，低了頭眼中露出陰狠之意，小聲道：「崔姊姊，妳給我的衣裳，被人搶走了。」他一邊說著，一邊吸了吸鼻子，雖然高熱是褪了些，但顯然感冒並沒有全好。

幸虧額頭倒不像昨兒一般的燙了，崔薇嘆了口氣，衝他露出一個笑容來，一邊摸了摸他腦袋。羅石頭今年也不知道幾歲，可身高卻只到自己胸口而已，身上瘦得恐怕崔薇都能一手將他拎得起來，跟猴子似的，身上穿的衣裳破破舊舊的，足下光著赤腳，露出幾絲赤紅的痕跡來。

崔薇皺了皺眉頭，嘆息了一聲，摸了摸他腦袋。「不怕，我三哥那兒還有好多他小時穿的衣裳，你先將就穿著。我先燒些水，你把身上擦擦，明兒再洗個澡。」崔薇溫聲安撫了他幾句，這孩子也不知道有沒有聽進去，只低垂著頭，又跟崔敬平打了聲招呼。

那頭崔敬平飛快的吐了嘴裡的青鹽沫兒，皺著臉喝了水漱乾淨了口，這才取了搭在肩上的帕子擦了擦嘴，衝著羅石頭便笑。「羅家兄弟，跟我過來，我帶你去選幾身衣裳先換了，好歹今兒也是大年初一，我妹妹那兒還有些糖呢，等會兒我給你抓一些！」

崔敬平說完，沒得到羅石頭的回應，本來他也不是個沈得住氣的性子，乾脆伸手拉了他的胳膊便朝屋裡走。羅石頭腳死死釘在地上，十個腳趾頭都蜷縮了起來，像吸盤緊緊吸在地上一般，回頭還看了崔薇一眼，直到崔薇衝他點了點頭，溫和地朝他擺了擺手，羅石頭這才挪了腳步，跟在了崔敬平身後。

聶秋染冷眼捧了書站在門邊，也沒與羅石頭打招呼，直到他進了屋裡，聶秋染這才朝崔薇走過來，伸手揉了揉她腦袋。「妳倒是個好心的，還真留他住下來了？」說話時語氣裡露出一分感嘆來，神態有些複雜。

崔薇白了他一眼，身子往後仰了仰，避開了聶秋染的手，一邊朝廚房走。「不是你讓他過來玩耍幾天嗎？如今又來說我。」聶秋染這人真是奇怪，昨兒明明是他找羅家要的人，如今表現得最冷淡的也是他，不知他心裡在想些什麼。

打了水給羅石頭提進去讓他擦洗了一下臉和手，等到羅石頭換了身衣裳出來時，小孩兒本來的面目便露了出來，樣貌倒是頗為眉清目秀的，只是眼神有些陰沈，看上去不像是個小孩子，只有在見到崔薇時他眼中才露出幾分笑意來。羅石頭話並不多，崔薇給他端了些糕點讓他自個兒吃著。

她回廚房做飯，誰料崔敬平也跟在了後頭進來，一邊幫著生火，一邊看著崔薇滿臉神秘地道：「妹妹，我覺得羅石頭像是被打過了。」

崔薇聽完這話，愣了一下，沒來得及開口，崔敬平卻只當她不信自己，連忙放大了些音量。「真的，他身上全是傷！我瞧著都替他疼，這手勁可比聶二挨揍之後看起來嚇人得多了。」他說到這兒，末了又嘆息了一句。「聶夫子打聶二時我以為夠狠了，沒料到山外有山，人外有人啊，我認為聶夫子該向人家取些經了。若聶二也像這樣被打一回，我保管他以後再也不敢想羊的事了！」明明一開始說了要讓崔薇原諒聶秋文的是他，可如今崔薇真不跟聶秋文計較了，崔敬平又覺得心裡不舒服。

最近聶秋染正在教著他唸些書，這會兒字便亂用在這兒，聽得崔薇忍不住想笑，心裡卻是想起羅石頭的事情來。

本來想吃過飯再問這孩子身上傷口的事，誰料剛剛才將米飯給瀝起來，還沒放進蒸籠裡蒸上，隔壁崔家卻突然間傳來了一聲吵鬧喧譁聲。開始時還有些小，聽不大清楚，可漸漸的聲音便跟著大了起來，楊氏驚呼的聲音傳了過來——

「殺千刀的，你們這是要幹什麼！」

今兒初一，按照往年的習俗，崔家本來是應該到崔世財家裡吃飯的，可這會兒楊氏的哭鬧聲停歇之後，就連崔世福的聲音也跟著吼了起來，一時間鬧得不可開交，聽起來人聲不像是只有幾人的模樣。崔敬平正在屋裡陪羅石頭玩耍，這會兒聽到嗓聲，頓時忙跟著聶秋染便朝廚房裡跑了過來。

崔薇也顧不得再將半生的飯趕進蒸籠裡頭，慌忙拍了拍身上的柴灰站起身來，剛剛聽聲音像是崔世福跟人打起來了，若只是楊氏她當然不願意去管那個閒事，可這會兒一聽到崔世福的聲音，崔薇卻是有些擔憂了，忙衝聶秋染等人道：「聶大哥，我們去隔壁瞧瞧！」

聶秋染點了點頭，幾人拉開門就要往外跑，羅石頭站在門口處，崔薇瞧他這樣子，忙衝他招了招手，與他道：「小石頭，你在這兒待著，隔壁不知道出了什麼亂子，我去瞧瞧，你別亂跑，把屋門關上，除了咱們，任誰過來也不開！」

羅石頭黑白分明的一雙眼睛定定地盯著她看了半晌，接著才鄭重地點了點頭。

崔薇忙伸手將門拉上，這才朝隔壁走去。

第八十三章

這會兒崔家大門前已經擠滿了人，一半是村裡沒走親戚擁過來看熱鬧的，而另一半竟然是許多身材強壯的彪形大漢！

一看到這樣的情景，崔薇登時想到了前一回有人拿了崔敬忠的欠條過來找崔世福要錢的情景，頓時心中便是一沈。這些大漢粗略一看去恐怕足有十來人之多，個個都身材魁梧，而且這些人一臉無賴神色，這大冷的天，還敞著衣襟露出胸口來，光瞧著那模樣，滿臉橫肉的，就不像是什麼好人。

許多村裡人雖然想看熱鬧，但並不敢湊得近了，就怕這些人一旦鬧起來拳頭無眼。崔薇等人一過來時，村裡的人大部分的都讓開了位置，由著崔薇幾人過去，還有那好心的人勸道：「聶娘子，妳小心一些。」

崔薇與村裡的人笑了笑，答應了幾聲，徑直朝崔家院子裡走去。崔家兩扇大門這會兒已經被人踢倒了一塊，那門上的鎖還連著，一扇門落了，另一扇門因鎖還未開，便吊在一旁。院子中崔世福被兩個大漢按在地上，崔敬懷與崔世財等人也被制在一旁，看樣子這些彪形大漢並不只是十來人而已，院子中已經擠滿了人，個個一看就不是好惹的模樣。崔世福嘴角帶著血跡，看得崔薇腦門一熱，頓時便忍不住渾身一涼，衝著屋裡眾人便大喝了一聲——

「你們幹什麼的！闖空門闖到這兒來了！」

那院子裡一個雙手籠在袖口裡的中年男人一下子轉過頭來，望著崔薇打量了半晌，接著才伸手撚了撚鬍鬚，一邊看著崔薇嘿嘿的笑道：「小丫頭，我勸妳識相一些，不要管這些閒事，否則我諸三爺可將這崔家的事算一筆在妳頭上了！」

「她有錢，諸三爺，您將她帶走吧，求求您饒了我吧！」崔敬忠的聲音響了起來。

崔薇還沒開口，那頭崔世福便已經氣得目眥盡裂，厲聲道：「畜生，畜生！」他氣得厲害，額頭青筋一股股如同蚯蚓一般浮了起來，臉龐脹得通紅，手握成了拳頭，那手臂緊緊鼓了起來，簡直如同要將衣裳也給撐破了般。

那制住崔世福的幾個大漢見他激動之下，連忙各自使力，但一時間竟然是顧不上他，險些任由崔世福掙扎著坐了起來。那幾個大漢冷笑了一聲，乾脆手握成拳頭，重重地在崔世福肚子上捶了幾下，崔世福悶哼了一聲，才又重新倒在地上。

一旁被人隔著的楊氏看得分明，忍不住尖叫了一聲，嘴裡喚著崔世福，一邊如同瘋了般狠狠在攔著她的兩個漢子身上抓扯了幾下，估計楊氏實在太過凶悍了，那兩個漢子吃了一驚，有人正巧被楊氏抓中了臉，只覺得臉上火辣辣的疼，氣惱之下反手一揮便一耳光重重地揮在了楊氏的臉上，直打得楊氏朝後仰，身後孔氏忙要扶她，兩婆媳頓時滾做了一團。

「你們到底是哪兒來的！這還有沒有王法了！」崔薇見到這樣的情景，心中又驚又怒，一旁聶秋染深怕她要吃虧，忙將她拖到了自己身後。

那自稱為諸三爺的人愣了一下，接著打量了崔薇幾眼，忍不住笑了起來。「小丫頭模樣長得倒也俊，若賣進窯子裡，怎麼也有五兩銀子。既然崔二郎說了帶妳走，也別怪我心狠了！」他說完，揮了揮手，站在他身旁的一個漢子連忙就要過來捉崔薇。

聶秋染眼神一冷，伸手便將那人手腕給捏住了。「你要幹什麼？這可是我娘子，哪能由得你來捉！」說完這話，聶秋染又看了看那略有些吃驚的諸三爺，頓時冷笑道：「崔二郎是個什麼東西，我的娘子能由他來作主？諸三爺也是順興賭坊的當家，怎麼不問清哪個人是好惹的，便敢過來捉人？」

聶秋染表面看似文質彬彬的，但實則他手勁極大，這一下竟然伸手將這看似壯他兩倍的漢子徒手便給拿住了，任他掙扎個不停，也沒能掙得脫去。

崔薇頓時大感吃驚，忍不住探出頭來看了看，那漢子掙扎個不停，手腕卻無論如何都掙不開去。崔薇看得好奇，忍不住伸手在聶秋染手背上戳了戳，那手背似鋼鐵一般堅硬，一摸便知道極有力道。

「別鬧！」聶秋染剛剛累積起來的氣勢因為崔薇這個動作頓時洩了大半，臉色有些發黑。

那諸三爺瞧見聶秋染的動作，又聽他一口說出自己來歷，頓時臉上現出一絲猶豫之色來，皺了眉頭道：「某家有眼不識泰山，不知郎君是哪一位？若是有得罪之處，還望海涵，剛剛不過是與尊夫人開個玩笑而已，不知輕重，該自掌嘴巴！」他說完，伸手便在自己臉上抽了兩下，力道雖然不重，但到底態度已經擺了出來。

聶秋染嘴角邊露出一絲笑意來，伸手將那還在掙扎個不停的漢子放開了，看著諸三爺便道：「我是聶秋染，與龍大家也曾有過幾分交情。」他說的龍大家崔薇等人不知道，但這些諸三爺與其帶來的漢子一聽到這兒，臉色頓時就變了。

「原來是聶舉人。」那諸三爺臉色變換了幾下，這回伸手重重在自己臉上抽了三下，「啪啪啪」幾聲，他臉頰很快浮腫了起來，這人卻連眉頭都沒有皺一下，就衝聶秋染拱手拜了下去。「諸三有眼不識泰山，險些冒犯了舉人娘子。」

今年縣中趕考之人不少，中秀才的也有，但中舉人的卻只得兩個，聶秋染在臨安城中都已經算是舉人中的佼佼者，自然這縣中還少有不知道他名號的，別說看在他跟龍大家相識的分上，就算看在他是舉人老爺的分上，那諸三便知道自己今日是不能將人給得罪了。

聶秋染嘴裡所說的龍大家原本是在縣中極有勢力的，手下管著水運以及賭坊等生意，雖然做的都是些下九流的，但其人在市井遊兒間名聲極響，許多閒漢都是替他做事混口飯吃，拿句現代話來說，這就是一個古代的黑道頭子。

聶秋染本來是個讀書人，也不知道他怎麼跟這龍大家也扯上了關係，那諸三兒聽到他這話，頓時不敢再往崔薇那邊看一眼了，想到自己剛剛險些中了暗算，頓時氣不打一處來，狠狠伸腿便朝一旁躺在一副擔架上的人狠狠踢了幾下。「雜碎，敢騙老子，險些得罪了舉人老爺，老子要了你的命！」

他一陣拳打腳踢的，頓時將那原本躺在擔架上的人給打得滾落到地上來，滾了幾圈，身上沾了不少的泥水。

那人鬼哭狼嚎著，嘴裡連聲道：「三爺饒命，三爺饒命，這是我妹妹，是我妹妹，聶舉人是我妹夫，腳下留情！」

若不是聽著眼前這人熟悉的聲音確實是崔敬忠的，崔薇在看到這個在地上不停打著滾的狼狽人影時，恐怕都不敢置信他當真是崔敬忠。崔敬忠一向心高氣傲，恨不能鼻孔都朝天了，何時還有這樣狼狽的時候。只是想到這人剛剛陷害自己，這回一見明顯又是他惹的大禍出來，頓時心中氣不打一處來。

聶秋染死死將她按在自己身後，並不想讓她跟這些人多說話。

「這是我岳父，不知怎麼得罪了順興賭坊，要弄成這般模樣。」聶秋染皺著眉頭，一面轉頭看了崔敬平一眼，示意他去將崔世福給扶起來。

崔敬平雖然臉色有些發白，但神情倒還鎮定，走到了崔世福身邊，伸手扶他，那一旁的諸三爺猶豫著，也沒敢讓人出手阻攔，反倒是衝那幾個大漢點了點頭，讓他們將人給拉起來。

「不瞞舉人老爺，實在是崔二郎在咱們賭坊玩耍了幾日，欠了足有五百兩銀子，又還不上，某家也是無法了，還望舉人老爺開恩才是。」

諸三話音一落，那頭原本還剛被孔氏扶著坐起身來的楊氏頓時倒吸了一口涼氣，眼睛瞪圓了，盯著一旁坐起來如同泥人兒一般的崔敬忠看了一眼，胸口一陣悶疼，險些又落到了地上去。一旁孔氏嚇得連忙替她掐人中，又撫胸順背的，才將楊氏折騰得又悠悠醒轉過來。

崔世福聽了也氣得面色鐵青，嘴唇哆嗦著說不出話，外頭林氏由大兒媳劉氏扶著，還沒踏進屋裡，聽到這五百兩銀子，頓時眼睛一翻，便倒進了王氏懷裡，直唬得崔世財嚇了一跳，連忙掙扎著推開了擋在自己面前的幾人，朝林氏焦急地跑了過去。「娘，娘。」

屋裡頓時亂成一團，外頭瞧熱鬧的不時朝這邊指指點點，崔敬忠低垂著頭不敢抬起來，他從來沒有覺得像現在這麼丟人過，心裡只覺得這一切都是崔薇與聶秋染二人給逼的，若不是這兩人今日要過來多管閒事，這諸三爺如何會當著眾人的面將自己的事給揭了出來，讓自己往後如何在村人面前抬得起頭來？崔敬忠心中是又氣又恨。

楊氏也顧不得自己穿著乾淨整齊的衣裳，坐在地上拍著大腿便哭了起來。「二郎啊，你當真沾了那賭，你欠了，你欠了……」那五百兩銀子，楊氏都不敢說出口，這可是她一輩子都沒敢想過的大數目了，崔敬忠竟然敢去欠這樣多銀子，便是殺了她賣肉也不值五十兩的，這樣多，如何還得上來？

楊氏一時間只覺得天旋地轉，險些朝後直挺挺的栽倒下去，嚇得孔氏摟著她，只知道不住哆嗦著哭個不停。

「那還能有假？」諸三爺冷笑了一聲，從懷裡摸索了幾下，拿出一疊子欠條出來，朝聶秋染雙手遞了過去。「聶大爺乃是咱們縣裡出了名的舉人，您幫著瞧，小的也信得過！」

聶秋染伸手將這些條子接過來，一邊打量了幾眼，崔薇也從後頭踮著腳尖探了腦袋過來看，那上頭十兩、五十兩的記了不少，都是崔敬忠自個兒簽的名字，還按了手印，看來這借條是作不得假的。

崔世福捂著胸口，輕咳了幾聲，抹了一把嘴角已經有些凍乾的血跡，看了聶秋染一眼，神色有些發白。「姑爺，這、這可是二郎的名字？」他問話時，眼睛裡還帶了些期望之色。聶秋染點了點頭，崔世福頓時大受打擊，身子朝後踉蹌了幾步，勉強才站穩，險些將扶著他的崔敬平也跟著帶得摔倒了。

一旁的崔敬忠目光閃爍，拖著一條腿在地上挪著朝崔世福爬了過來，嘴裡大聲哭道：「爹，爹救我，我錯了，我以後再也不敢了，爹幫我這一回，我以後一定努力看書，我一定會中了秀才，讓爹娘享福！不然他們會打死我的，求爹娘幫幫忙，幫我最後一次！」

崔敬忠話說得真情流露，但崔世福臉色卻是有些慘白，沒有動彈，反倒是楊氏，低頭開始撩了衣襬抹起眼淚來。

聶秋染溫和笑著看向眼前的鬧劇，一張俊雅溫文的臉上雖然帶著笑，卻又透出一種異樣的冷意來。

那頭崔敬忠抱著崔世福大腿求了半天，見他不為所動，又看了聶秋染一眼，突然朝那諸三爺道：「這聶舉人是我妹夫，他們也要幫我還錢的。」他說完，目光閃爍著低下頭來。

崔薇在後頭聽崔敬忠滿嘴胡說八道，想到這人狼心狗肺，剛剛為了自個兒脫身，竟然想將自己也賣了，頓時氣得直咬牙。那頭崔世福卻出乎意料的將崔敬平的手扳開，自個兒撥開人群朝廚房裡衝進去。

眾人嚇了一跳，連崔薇也有些吃驚，半晌之後崔世福舉了菜刀出來，那諸三爺嚇得臉色都有些變了，誰料崔世福咬牙切齒地看著崔敬忠道：「我沒有你這個兒子，我女兒早已經出嫁，跟崔家沒什麼相干，你自個兒惹的禍事，你自己擔著，好也罷，歹也罷，都你自個兒受著，若你死了，我最多替你出副棺材錢！」

崔世福一邊說著，一邊提了刀便朝崔敬忠走過去，直嚇得崔敬忠身子往後退，只是不知為何，他卻是站不起身來，拖著一雙腿便朝後頭挪，他那腿像是受了傷，站立不起來般，哪裡跑得過崔世福，不多時便被他制住了。

眼看著崔世福舉起的菜刀，崔敬忠直嚇得魂飛天外，驚駭之下聲音都有些變了。「爹、爹，我是你兒子啊！」

「老子沒你這麼不中用的兒子！」崔世福雙眼通紅，又咳了幾聲，扯了崔敬忠的手出來，捏了他右手兩根指頭，厲聲道：「老子從小出錢供你這王八羔子，供出你這麼一個狼心狗肺的，什麼不好沾，你要去學賭，今兒就算不跟你算這帳，你欠我的養育之恩也不要你還回來，只要你兩根手指，當我白生了你一場，往後我們各不相干！」說完，狠狠地舉起手裡的菜刀。

楊氏驚呼了一聲。「不要啊，當家的，二郎要讀書寫字的……」若是手指頭被砍了，那便是殘疾了，往後縱然有滿腹才學，朝廷也不會用他這樣的人。更何況右手被砍了指頭，往後連捏筆都不穩了，還提什麼學文？

只是楊氏雖然驚呼，但崔世福這會兒卻是對這個兒子失了望，心裡又氣又恨，哪裡還會放崔敬忠一回，「咚」的一刀砍了下去！崔敬忠嘴裡發出淒厲異常的慘叫聲，血光濺了起來，崔世福將手裡兩截還下意識地蜷曲了一下的斷指扔到了地上。

接著，崔世福提著菜刀，看著那臉色都有些變了的諸三爺冷聲道：「這已經不是我兒子了，我早跟他分了家，有什麼事，你們不要來找我，只管找他去，若是再在我這兒鬧事，我也不是好惹的，拚著這條命不要，明兒便告到縣裡去！」

他剛剛才露了那一手，親自斬了兒子的指頭，足以證明他的決心，看得眾人心裡膽寒。

崔敬忠還在地上抱著斷了手指的血淋淋手掌，不住慘呼著在地上打著滾。

王氏扶著林氏，臉色慘白，眼裡又透出幸災樂禍之色來，看著崔敬忠這模樣，她恨不能仰天大笑三聲才好。只是看著眼前的情景，她並不敢過去觸著崔世福，否則下一個被收拾的恐怕就是她了。

「既然崔老哥這樣說了，冤有頭，債有主，我便找崔二郎還了！」諸三爺雖然有些懼怕聶秋染，不過這會兒崔世福自個兒都放棄了自己的兒子，又親手斬了他的手指下來，擺明不會管他了，聶秋染看起來跟崔敬忠根本不像有多親近的樣子，頓時便大喝了一聲，眾人齊齊上前圍著崔敬忠便打，崔敬忠一陣陣慘呼，人群裡還傳出他求饒的聲音來——

「別打了，別打了，你們把我娘子帶走抵債，求求你們別打了！」

這回別說崔世福氣得厲害，連楊氏臉色也變了，既是心疼兒子，又是面對這樣的場面說不出話來，兩眼一翻，頓時便栽倒在了地上。

一場鬧劇之後，那些順興賭坊的人這才跟聶秋染行過禮出去了，地上留了一灘的血，孔氏含著眼淚在崔世福的冷眼下將崔敬忠搬回了屋裡去。崔敬懷沈默著將母親楊氏也揹了進去，崔佑祖剛剛被嚇過了，這會兒由崔世財的媳婦兒劉氏帶到他們家先暫時住上一段時間。

崔世福幾人坐在屋裡頭，崔薇看他滿臉疲憊之色，頓時有些心疼，連忙道：「爹，您剛剛受傷沒有？找個大夫瞧瞧，還是抓服藥吃吧。」剛剛崔世福挨了好幾下拳頭，這遭瘟的崔敬忠，總是惹這些亂七八糟的事出來，看樣子崔世福如今是真冷了心了，不肯再管他，否則不知道何時才是個盡頭。

「我沒事，今日多虧姑爺了，否則恐怕我還要吃大虧。」崔世福勉強笑了笑。

一旁崔敬懷出來了，崔世福也像是根本沒有瞧見般，絲毫沒有問一下楊氏情況如何，只是看著崔世財有些歉疚道：「大哥，今兒都怪我那不肖子，連累著大哥和幾個侄兒飯都沒吃好，你們吃虧沒有，若是哪兒不舒坦，問了大夫抓了藥，我出錢。」他話裡說不出的疲憊，這個原本還算結實的漢子這幾年時間迅速地老了下來，他自個兒剛剛吃的虧最多，可偏偏他只說自己沒事，反倒要給崔世財等人抓藥，也實在是太老實了些。

崔世財看著這個小了自己好幾歲的弟弟，才剛滿四十呢，兩鬢都有了白髮，心中不由就有些酸楚，連忙搖了搖頭。「哪有什麼事，你幾個侄兒身體好著呢，那幾下算什麼，再多來幾下也不怕！只是老二啊，你這幾年也熬得苦啊，這回你準備怎麼辦才好？」

一旁沈著臉坐著的林氏聽了這話也將目光落到了崔世福身上，這幾年崔家裡天天的鬧，就沒個消停的時候，眼見崔薇如今嫁出去了，崔敬忠也娶了媳婦兒，偏偏事情一樁接一樁的來，讓人看得心裡既是難受，又是有些疲憊。

崔世福還沒開口說話，一旁王氏終於忍不住了，站起身來便道：「娘偏心二叔，如今也沒個邊了，二叔惹下這樣的大禍，又領了那樣的凶人上門來，幸虧有姑爺幫著，否則今日咱們都吃了大虧找誰去？爹，您得讓二郎自己搬出去單過……」

王氏是早受不了崔敬忠這一家子了，這兩人一個成天只知道讀書花錢，也沒見他替家裡出力過一回；一個看著要死不活的，一副晦氣樣，時常還偷了東西補娘家，她自個兒嫁出來這樣幾年，還沒補過東西回娘家，孔氏她憑什麼敢這樣做，莫非就當她自個兒是個勞什子的秀才女兒？

「妳少說幾句！」崔敬懷這會兒也正在氣頭上，剛剛自己老娘才人事不省的昏倒了，這臭娘兒們卻沒完沒了的鬧，他哪裡忍得住，伸手便要揍王氏。

王氏原本還挺怕他，可一想到自己若是真能將崔敬忠這兩夫妻趕出去，往後日子不知要好過多少，拚著被崔敬懷揍上一回，他往後就知道自己好處，疼一回換來往後的好日子，也比無窮無盡的養著這兩個廢物來得好！崔敬忠已經斷了指頭，哪裡還會有什麼出息，王氏一想到這兒，惡向膽邊生，梗了脖子便衝崔敬懷喊道——

「我哪兒說錯了？二郎逼得爹娘借銀子，如今家裡養著這兩個瘟神都快揭不開鍋了，不知哪兒來的掃把星，不要臉的東西，一天到晚的就知道當那賊娃子，果然是一家子，都掉賊窩裡去了！」王氏說到後來，越發火大，臉朝著崔敬忠他們那邊的房子大聲吆喝，顯然是故意要罵給崔敬忠夫妻聽的。

崔敬懷聽得惱怒，雖然弟弟不爭氣，但爹娘還在，哪裡有自己二人開口的分兒，連忙一耳光便朝王氏抽了過去！

這兩夫妻吵吵鬧鬧的，崔世福也懶得理他們，回頭便衝崔薇兩人勉強笑了笑，一邊就道：「我這兒不礙事，我多休息幾天就是，妳不要管了，又不是什麼大不了的事。我做事哪天不受點兒傷的，又不是受不了這個，你們先回去，我有話跟妳奶奶他們說，你們兩夫妻好好過日子，這事就不要摻和了。」他一邊說著，一邊又咳了幾聲。

崔薇知道他是不希望自己捲到這件事情裡頭，想到崔家裡這一攤爛攤子，她嘆息了一聲，看到崔世福滿臉堅定之色，不由拉了聶秋染出來，崔敬平就留在了那邊。

兩夫妻一出門便先去了游大夫那兒，先讓他去給崔世福瞧病，開了藥之後再到自己那兒取錢，崔薇這才回去了。雖然仍有些放心不下，但想到剛剛崔世福的臉色，崔薇還是準備晚些時候過去看看。

回到家中時兩人還沒敲門，那大門便已經打開了，羅石頭站在門邊，身上都淋濕了，崔薇轉頭看到屋門邊放著一張凳子，頓時就吃了一驚。「石頭，你就一直坐在這兒等著？」

羅石頭點了點頭，一邊讓崔薇二人進來。

想到自己剛剛無意中的一句話，竟然讓這小傢伙當真在這兒等了半天，崔薇心中也發軟，才瞧過崔敬忠那樣無恥的嘴臉，如今又遇著這樣一個守信的小孩兒，心裡當真是溫暖了些，忙伸手替他揉了揉頭髮，一邊擔憂道：「趕緊進屋去，外頭這麼冷，這會兒還飄著雨呢。」她一邊唸著，一邊鼻子有些發酸，摸了摸羅石頭的額頭，又捏了捏他的手，摸到那掌心冰冷，頓時打了個哆嗦，忙進廚房裡準備給他撿些火炭出來放在竹籠裡頭給他烤手。

羅石頭嘴角邊露出一絲淺淺的笑意來，兩手在額頭上碰了碰，又相互摸了摸自己的手，眼中露出羞澀之色，回頭又看了廚房一眼，這才抿著嘴唇，照崔薇剛剛說的話，進屋裡去了。

先是給羅石頭撿了一個竹炭籠給他烤著，又給聶秋染燒了個熱水袋捂著，崔薇匆匆做了午飯，想到隔壁的崔世福，到底沒有放心得下，又過去瞧了他一眼。這會兒崔家倒是已經安靜了下來，幾人去崔世財那邊吃了飯，游大夫也說崔世福沒什麼大礙，只是胸口有些發青，拿藥酒揉開也就是了。沒人去管隔壁的崔敬忠，崔薇又拉了游大夫去自己家給羅石頭瞧了瞧病，這一整天才算是過去了。

第八十四章

第二日崔薇又去看了崔世福，果然見他臉色已經好看得多。

屋裡崔敬懷正侍候著楊氏喝湯藥，房門大開著，崔薇在外間便朝裡頭看了一眼，便看到楊氏臉色跟個死人般，慘白得厲害，額頭包著白汗巾，不過是一晚的時間，眼眶都瘦了出來，看上去倒是挺嚇人的。

崔薇自然不讓崔世福再管羊了，又怕他錢不夠使，悄悄塞了二兩銀子在他手中，她也沒敢給多了，這會兒崔敬忠身上還背著債，就怕楊氏知道自己有了銀子，將主意打到自己身上。昨兒楊氏的表現崔薇可瞧在眼裡，崔世福對那個兒子失望了，但楊氏心中還是放不下的。

叮囑崔世福自個兒記著多休息了，崔薇這才出了院門。

崔世福手中捏著銀子，眼眶直發熱，當初楊氏總罵他護著女兒，還說自己要享兒子的福，不可能享到女兒的福。如今看來，楊氏倒真是糊塗了，他到現在沒享到什麼兒子的福，氣倒是吃了不少，三番兩次的，險些沒將命賠給這個索命的混帳，沒見著什麼福氣，倒是怨氣就有。

而這個楊氏總說靠不住的女兒，每回一旦有事，卻總是讓她出銀子出力，上回自己老命也是靠她撿回來的。崔世福抽了兩下鼻子，一邊拿衣袖擦了下眼睛。

崔薇出了房門便瞧見了正出門洗衣裳的孔氏，孔氏見到她時臉龐羞得通紅，忙拿袖子擋了臉，也不敢看崔薇，忙疾步朝自己屋裡去了。

這個年因為崔敬忠的事情，大家都沒有過得開心，崔世福也是知道自己家的情況，好歹將銀子收下了，只是沒休息幾天，又開始給崔薇照看起了羊圈。這會兒他是恨不能日夜住在羊圈裡頭，一天照顧得盡心盡力的，輕易不肯離了眼睛。聽說初五之後孔氏便找了個替人洗衣裳縫補的活兒，以養活如今一天到晚窩在家中的崔敬忠了。

日子一晃便到了初八，連續下了一、兩個月的雨到這會兒終於停了，天氣放晴。崔薇一大早便燒了水，招呼著羅石頭洗了澡換了衣裳，羅石頭過來住了沒幾天臉上便長了些肉，皮膚也養得好了些，臉上多了些笑意，不像一開始時看起來整個人有些陰沈沈的樣子了。

崔敬平這會兒出去找聶秋文幾人玩耍去了，家裡聶秋染又捧著一本書，崔薇乾脆沒事幹，拉著羅石頭挑細竹籤玩。

這些細竹籤都是用竹棍劃成大約有香燭枝粗細大小，指頭長短的形狀，約有百十來根，是之前崔世福做了哄她玩的，平日裡她自己本來也不是真正的孩子，自然很少玩，這會兒拿來哄羅石頭倒是正好。

兩人你一回我一回地將竹棍扔在地上，又分別不碰著這些竹籤將竹籤一根根的又撿了起來，簡單的遊戲，偏偏兩人都玩得高興。崔薇手裡已經捏了一把撿出來的竹籤，看羅石頭滿臉凝重地小心繞開那些層層疊疊架在一起的竹籤，不驚動旁的從最上頭挑了出來，嚴肅得就像是在做什麼大事一般，看得崔薇忍不住就笑了起來。

他一邊挑著竹籤，一旁毛球便不時伸爪想過來掏兩下，小孩兒左右躲閃，卻沒有發脾氣，毛球雪白的臉隨著羅石頭的動作而移動，那雙耳朵半搭著，眼睛直勾勾的盯著，這情景實在是好笑。

羅石頭這孩子實在沒什麼小孩兒的模樣，平日裡對人警惕心重得很，還難得看到他這會兒露出童真的樣子，不免有些稀罕，剛想開口說話，外頭便傳來了一陣敲門的聲音，羅石頭抬起頭來，崔薇摸了摸他腦袋，聽著黑背大叫的聲音，一邊與他道：「你自己玩著，我去開門。」

羅石頭點了點頭，滿臉認真。「崔姊姊，我不會耍賴的。」這孩子一臉堅定的神色，連這樣的小事他也說得如此鄭重，聽得崔薇眼中又露出笑意來，摸了摸他腦袋，就點了點頭。

將叫個不停的黑背給趕到一旁，崔薇剛一打開門，外頭便有人闖進來，嘴裡大聲道：「羅寐生呢？都已經在外頭待了這樣長時間，是不是已經找不到回家的路了？」

聶明的聲音傳了過來，門外還站了一個不停搓著手陪笑的羅大成，看到崔薇出來時，衝她討好地咧嘴笑了笑，露出滿口的大黃牙。聶明本來想直接衝進來的，誰料被崔薇安撫著的黑背此時早已經忍耐不住，大叫著朝她衝過去，嚇得聶明一個踉蹌，尖叫著便要往外頭跑。

崔薇眼角不住抽搐，看著聶明驚慌失措的模樣，下意識地回頭看了一眼，卻見羅石頭坐在一旁的椅子上，抿著嘴唇朝這邊看，臉色有些發愣。

聶明恨恨地退了出去，望著齜牙咧嘴的黑背，不敢進來。

聶秋染在聽到聶明的聲音時，便意味深長的看了羅石頭一眼，乾脆放了手裡的書，朝崔薇走過去。

一見到大哥都站在了崔薇身後，剛剛聶明臉上的扭曲之色頓時褪了幾分，看了聶秋染一眼，這才低了頭細聲喊道：「大哥，我是過來接羅寐生的，我娘這會兒已經快要生了，我來接他回去瞧瞧。」她說到這兒時，聲音低了些，臉上現出幾分扭曲與羞怒之色來。

自己這個新嫁娘剛嫁到羅家沒幾天，羅家那老太婆一把年紀了竟然還老蚌生珠，實在是羞死個先人！而她竟然還好意思生下來，聶明一想到這兒，心裡更是恨得厲害，想到村裡人衝自己指指點點笑著開玩笑的情景，頓時心中更恨。

聶明說完了這話，又抬起頭來，也不敢去看聶秋染，只是望著崔薇道：「還望大嫂行個方便，妳也知道我娘年紀大了，萬一生孩子出了個什麼好歹，總也要讓他回去瞅一眼。」她說到這兒時，嘴角撇了撇，臉上現出幾分頗不耐煩的神色來。

一旁羅大成只顧討好的衝聶秋染笑，一邊目光透過崔薇二人往裡頭望，那一副賊眉鼠眼的模樣，看得崔薇心裡直膩歪。

聶明如今正詛咒著羅大成自個兒的老娘，可他偏偏不以為意，反倒習以為常的樣子，看來這羅大成平日裡也不見得是個什麼好東西。今兒人家來接自己的弟弟，再說又提到了羅家的老太太要生了，於情於理雖然崔薇不認為聶明真會好心接了小叔子回去看羅家老太太，但也不好攔著人家不讓她接。回頭看了羅石頭一眼，見他已經站起身來，手裡還捏著幾根竹籤，光瞧他表情，就知道他想回去瞧瞧了。

崔薇一想到這兒，乾脆側開了身子，伸手拉著聶秋染的衣裳，扭頭便衝屋裡喊道：「小石頭，你大嫂過來接你了，你……」她說到這兒時，心裡多少也有些不捨。羅石頭平日裡話雖然不多，但這個孩子卻是很乖很聽話，這真要走了，她還是有些捨不得，但人家家人來接，她憑什麼又將人給留下來？

聶明一邊揚了下巴看她，一邊臉上露出得意之色來，接著又露出嫌惡之色，衝著羅石頭便道：「還不趕緊收拾東西回去，你就這樣東西不帶？」

雖說崔薇也想給羅石頭帶些東西在身上，但看聶明這架勢，再想到上回自己給羅石頭帶去的幾身舊衣裳，結果都被搶了個乾淨，頓時心中就有些不大痛快。給了羅石頭她不心疼，就當做個好事，可若是借由給羅石頭東西反倒要被聶明搶去，她心裡自然是不舒服，再加上聶明這語氣，像是誰剋扣了別人東西一般，崔薇頓時冷笑。

「收拾東西？收拾什麼東西，大姑子送小石頭過來時，帶了什麼行李過來的？」她一邊說著，一邊伸手在懷裡摸了摸，早晨時她身上便帶了一粒碎銀子，本來是想過崔家那邊給崔世福的，上回他被人打過一回之後身上到底是受了些暗傷，人說傷筋動骨的一百天，他現在還得敷藥，上回送的銀子崔薇深怕他不夠用，因此這回又準備了一點。還沒來得及去崔家，這會兒正好就給羅石頭了。

雖然知道給了東西恐怕他也不一定能保得住，但一想到上回看見羅石頭時他淒慘的樣子，崔薇依舊忍不住心中生憐。想了想扯了羅石頭過來，一邊借著拉他手的工夫，那粒小銀子便滾進了他手心裡，又捏了捏他手，感覺到小孩兒將手掌緊緊握了起來，崔薇便知道他心裡已經明白了自己的意思，頓時就鬆了一口氣。

「小石頭，你回家去好好注意著自己身體，多吃些飯長得壯一些，往後想我了就過來玩耍，若是有人不讓你過來，你便讓人捎個信，我和聶大哥過去接你。」

崔薇說這話時，聶明心中有些不大痛快，一旁羅大成站著，又有聶秋染在，她不敢由著性子，張嘴便來開罵，但面上神色卻是有些不耐煩。「長壯些？就他那模樣，人不人鬼不鬼的東西，連頭畜牲也不如！就算是養頭豬，我養肥了一斤肉還能賣五文錢，他連豬也抵不上！」

聶明只圖了一時嘴上痛快，沒有看到沈默不語的小孩兒一下子緊握起來的手掌。

崔薇有些戀戀不捨的摸了摸羅石頭的腦袋，有些捨不得讓他離開，那頭羅石頭抬起頭來，定定看了她半晌，那眼神看得崔薇又有些心軟，一邊看著聶明便道：「大姑子，反正小石頭你們也沒什麼用，不如將他養在我這邊得了，我到時給妳些銀子貼補……」

崔薇話沒說完，羅大成腦袋便點得如同雞啄米一般，聶明卻是懷疑似的看了她一眼，臉上露出警惕之色來，重重地拍了羅石頭肩膀一把，厲聲喝道：「還不趕緊走了，杵在這兒，當門神啊！」她說完，一邊看了聶秋染一眼，勉強衝他點了點頭，扯了羅石頭就走。

身後羅大成不住給崔薇陪著笑，崔薇站在門口看著羅石頭小小的身子被聶明拍得不住踉蹌，遠遠的還傳來聶明的聲音——

「你說這羅石頭是不是有什麼好處，不然崔薇怎麼就非看中了他？可惜這死小子嘴殼子硬，怎麼打罵也不肯說……」

一句話聽得崔薇心裡火起，回頭看了聶秋染一眼，抓了他就搖。「聶大哥，等羅大成他娘生了，咱們想辦法將羅石頭給要過來吧，好不好？」

她還從來沒有對自己像這樣撒嬌過，聶秋染不知想到了什麼，原本冰冷的目光一下子便柔和起來，望著崔薇，伸手摸了摸她臉蛋。半晌之後才點了點頭，像是鬆了一口氣般。「都依妳的。」

崔薇本來想著要將原本用來空置的客房佈置成羅石頭的房間，她屋裡本來就有間空房子，聶秋染又答應了要幫她要羅石頭，他說過的話，那一定便會做到。崔薇很是相信他，數著日子準備去打聽一下羅家的消息，誰料初十剛一過，崔薇正在院子裡磨著糯米漿，準備做湯圓麵，以備元宵節吃，那頭午飯剛吃過，孫氏掐著點兒便過來了。

過來的並不止孫氏一人，還有一臉慘白，身體瘦弱得跟風吹就能倒似的聶晴，與一個年約五十許頭髮都花白的老婆子。

孫氏一來就看到了崔薇正在磨著的糯米麵，頓時便眼睛一亮，連忙道：「妳在磨湯圓麵啊，給我也磨十斤，我正巧愛吃湯圓。」

孫氏一張嘴就要十斤，把自己當成驢子了吧？崔薇臉色一黑，沒有答話，那頭正洗淨了手準備往屋裡走的聶秋染，聽到這話頓時抬頭看了孫氏一眼，彎了彎嘴角道：「娘要十斤？」

孫氏一聽兒子說話，頓時渾身打了個哆嗦，她現在是真有些怕這個吃人不吐骨頭的兒子了，簡直整死人不償命。這回她因聶晴之話攛掇著聶秋文去找崔世福要了羊圈那邊的鑰匙招了狼之後，這兒子一回來便借著聶夫子的手折騰了她一回，聶夫子對她從來不會心軟的，險些沒將她這條命給折了進去。

聶秋染容貌儒雅俊美，可不知為何，看在孫氏眼裡卻如同厲鬼一般，簡直對他是絲毫疼愛之心都生不起了，唯有的僅剩了些害怕與惶恐躲避而已。

聶秋染話音剛落，孫氏身體便不由自主的抖了兩下，她原本以為自己當著外人的面，崔薇也不敢拒絕自己，畢竟若是崔薇不肯給自己磨湯圓麵，那便是她不孝，這婆子走鄉竄戶的，平日最是嘴碎，若是由她將崔薇名聲傳了出去，看她吃不吃得消！

可這會兒原本打得極好的主意，在遇著聶秋染時，孫氏突然間心裡覺得有些忐忑了起來，她每回一想端起架子，遇著這兒子總有吃不盡的暗虧。

聶秋染笑了起來。「上回爹還跟我說要給我們五十斤糯米，正巧我等下便回家去取，也好分十斤出來給娘您磨湯圓麵。」聶秋染溫和而清雅，臉上帶著淺笑，讓人一看便極容易對他生出好感來，哪裡會想得到他此時只是在胡說八道而已，孫氏一想到五十斤糯米，頓時心裡一慌，連忙就要搖頭。

如今聶夫子對她不耐煩得很，若是她再惹出些事來，恐怕聶夫子不會對她客氣的，一斗米最少都要七、八文錢了，而這糯米比普通米還要貴，五十斤便有四斗多了，怕是要百錢不止了。孫氏心裡有些發慌，剛想開口說自己剛剛是開玩笑的，那頭穿著一身青色底子外繡了花色短襖，收拾得還頗為齊整的婆子便衝著孫氏笑了起來。

「倒當真是母慈子孝，聶夫子果然不愧是書香門第，不是一般鄉下人家可以比的。聶夫子自個兒是秀才不說，又生出了一個聶舉人，也是聶大嫂您實在會生了！」那婆子想討好聶秋染，嘴上便跟抹了蜜般，說話時一字字迸出來。

婆子討好的話讓孫氏本來想搖頭否認的字句堵在嘴邊，再也說不出來。她若是說這婆子講得不對，那便是破壞聶家聲譽，聶夫子對這個看得緊，她要敢胡說，恐怕聶夫子饒不了自己。

孫氏沈默了片刻，心裡突然一股火氣湧了上來，早知道便不去多那個嘴，要什麼十斤湯圓麵，如今弄得自己下不了臺，若是不想被聶夫子知道這事，少不得自己要掏腰包。她私房本來不多，上回聶明出嫁雖然得了二兩銀子，但置辦酒席以及給她做被套帳子便花了兩百多錢，如今剩餘的還得挨到下個女兒出嫁的時候，孫氏哪裡捨得，只能沈默著，裝沒聽到那婆子的話般，笑了兩聲，自個兒進屋裡去了。

崔薇翻了個白眼，對孫氏也是有些無語了，不過她本來也沒想過要占孫氏便宜，只是聶秋染故意嚇她而已，看她這下還敢不敢過來找自己幫她做湯圓麵。

那頭孫氏已經自個兒坐了下來，倒是毫不客氣地在吩咐著崔敬平——

「崔三郎，咱們過來是客，你趕緊燒些水，泡點茶過來，我有話跟你妹妹說呢。」

崔敬平又不是傻的，哪裡會由得孫氏使喚，只裝著聽不懂般，坐在椅子上嘿嘿地笑。

「姻伯母，咱們這邊沒有茶的，要不我去您家裡讓聶二給一些？」

上回聶明成婚時孫氏稱了半斤茶，現在還有，孫氏聽到他這樣說，頓時心裡便暗自咒罵了個遍，這小東西也是個精明不好惹的，她氣惱地拍了下桌子。「沒茶，涼水總有吧！」

本來孫氏是想這樣出口氣的，誰料崔敬平點了點頭，不多時果然端了幾碗冷水出來……

孫氏鬱悶得要死，深呼了一口氣，見到外頭的崔薇二人還沒進來，頓時扯了嗓門便道：

「老大家的，妳趕緊進來，我有話跟妳說！」

一看就知道孫氏來這兒不像是有什麼好事的，崔薇慢吞吞的洗了手，這才進了屋來。

孫氏這會兒臉色難看得緊，一見崔薇進來，便忙扯了她手臂將她拉過來，對那婆子道：

「這是黃桷村的阮嬸子，一手穿耳洞的手法好得很，聶晴年紀不小了，有人上門來說親，我想給她將耳洞給穿了。」孫氏一邊說著，一邊就看崔薇臉色，見自己說到這兒，她還沒有表示，頓時臉色就拉了下來。「怎麼，妳這當嫂子的，難道連給小姑子出個穿耳洞的錢也不肯？」

自過年時生了病之後，孫氏整個人便瘦了一大圈，這會兒面皮鬆垮下來耷拉在臉上，便顯得她那張臉特別的嚴肅，面皮包著骨頭，透出幾分陰戾與刻薄來。

崔薇皺了下眉頭，出個耳洞錢當然是無所謂，但就怕孫氏有一回便有第二回，往後直將她當成搖錢樹般整了。若孫氏要的只是小數目還好，就當多養個老人盡盡自己的力，但崔薇卻知道孫氏就是個無底洞，因此自然不想這樣痛快便如了她心意，想了想點頭道：「給小姑子穿個耳洞當然沒什麼，只是婆婆，這穿耳洞有個什麼講究法，我也不知道，要怎麼出錢，您還沒跟我說呢。」

興許是聽到她答應了下來，孫氏臉上神色好歹才好看了些，拉了一旁臉色有些羞紅的聶晴道：「這阮孀子是個有本事的，一般人家穿耳洞只消給五文錢便罷，但咱們這樣的人家，總歸要給點跑腿費，妳等下給八文錢就是了。」孫氏說得極大方。

那阮家婆子聽到她這話，臉上露出驚喜之色來，連忙拱了身子便朝孫氏道喜，孫氏滿不在乎地便擺了擺手。

孫氏拿著別人的錢來做人情倒是挺大方的，但崔薇聽到不過是幾文錢而已，心中也不在意，想了想便點了點頭，一邊看了聶晴一眼，一邊就向孫氏打聽消息道：「不知小姑子說了哪戶人家，現在就要開始穿起耳洞來？」

此時人穿耳洞的方式，崔薇記憶裡也是有過的，她當時也穿過，是拿大針直接從耳朵上扎過去，是個女孩兒便要過這一關，許多女孩兒都盼著穿耳洞時，只是崔薇想到記憶中的情景，卻依舊是心裡有些犯怵。

這廂崔薇問著話，那頭阮家婆子已經取了一截粗白線來穿在了約有小指長短的針上，一邊拿口水撚了撚線，一邊還在自己的包裡翻著東西。崔薇探頭過去瞧了一眼，見到裡頭黑漆漆的，有好幾個竹筒罐子，就這樣竟然也敢說是手藝一流的！

那婆子取了兩塊蘿蔔片出來，又拿了火摺子將針烤熱，崔薇看得眼皮直跳，那頭孫氏也瞧得不眨眼睛，這穿耳洞可是代表自己女兒已經能說親的標誌，她當然也在意，聽了崔薇問話，本來不想理睬的，但想到自己還想讓她幫忙出些銀子，頓時又勉強忍了心裡的不耐開口道：「鳳鳴村的陳家有人過來提親了，反正說了妳也不懂，老娘還在，聶晴的事又輪不到妳來作主，要妳問這樣多做什麼！」

崔薇本來有些無語，這過河拆橋說的就是孫氏，可是她這會兒顧不得跟孫氏計較，一聽到鳳鳴村陳家，本能地覺得有些耳熟，忍不住就多問了一句。「婆婆，鳳鳴村陳家，哪一戶啊？」她好像從哪兒聽過鳳鳴村陳家的字樣，但又有些記不清了。

孫氏表情不耐煩地盯著那阮婆子手中的針，沒有理她，崔薇也皺了眉頭，這會兒眾人目光都落在聶晴那已經被蘿蔔片夾起的耳朵上，沒有注意到聶秋染的眉頭已經一下子便皺了起來，眼睛裡閃過吃驚之色。

那大針被阮婆子拿在火上燒了一回，有些通紅了，這才隨意拿了塊帕子擦了擦，捏緊了蘿蔔片，狠狠就往聶晴耳朵上扎了過去！聶晴臉上露出有些期待，又有些吃驚害怕之色，身子本能的要往後躲時，後頭的孫氏在她背上便拍了一下，嘴裡罵咧間，那阮婆子已經將針穿好，把蘿蔔片扯了下來，麻利地將線打了個疙瘩。

婆子一邊拿了剪子剪線，一邊道：「這耳洞穿好了，每日轉一下，免得合攏了，拿線疙瘩轉，妳也不要怕疼，往後可是要戴耳飾的事！」說話間，她如法炮製地將聶晴另一隻耳朵也穿好了。

崔薇看得耳朵都有些發涼，下意識地捂住了自己耳朵。

聶晴還有些新奇地伸手摸了摸耳垂，她耳垂這會兒有些發紅了，但她還沒哭，顯然並不如何痛，估計也有可能是痛到麻木了，這會兒還沒反應過來。

崔薇伸手戳了戳聶秋染，示意他回屋取錢，半晌之後，聶秋染才像是回過神一般，回屋裡拿了些銅錢出來，還沒數，那婆子便又開口道——

「照規矩，還要給兩文的出手費，聶狀元是老爺，肯定不會不知道這一點的。」

聶秋染這會兒想著鳳鳴村陳家的事，也懶得跟這婆子多計較，數了十文錢過去，那婆子歡天喜地地道了謝，收拾東西便出去了。

孫氏屁股坐得穩穩的，沒有要走的意思，正好這會兒聶秋染也有事問她，便也拉了崔薇跟著坐下來，看著孫氏便皺眉道：「娘，您說的鳳鳴村陳家，是不是那陳小軍？」

孫氏目光還在他剛剛拿錢的手上掠過，滿臉貪婪之色，聽到兒子問話時，有些茫然的抬起頭來。「陳小軍？我也不知道老陳頭家裡兒子是不是叫這個的，反正鳳鳴村姓陳的人家可不少，你管他哪一戶呢！」

陳小軍的名字確實熟悉，崔薇剛剛聽到孫氏這話本來心中有些瞧她不起的，可這會兒聽到聶秋染嘴裡所說的陳小軍，又眉頭皺了起來。聶秋染目光幽暗的看了她一眼，崔薇卻是在想著自己到底在哪兒聽過這名字，便沒有注意到聶秋染的神色。

「好了，管他哪一家，總歸要給聘禮就是了。」孫氏揮了揮手，也不管聶晴聽到這話時眼裡露出的怨恨之色，只是看著聶秋染，陪著笑道：「大郎，你瞧瞧娘也養你一場，將你養得這樣大了，如今娘年紀也老了，往後你是有出息的，娘不願意給你添麻煩，不如你便每年給我些養老的銀子吧，這樣一來，你們兩夫妻也輕鬆一些，免得來照顧我這個老太婆。」孫氏說到這兒，便哈哈地笑了起來，一副豪爽的樣子。

本來她以為自己這樣說崔薇會感激不盡的，畢竟自己這個做婆婆的又不要兒媳婦來侍候著，只消拿些銀子，便能免了他們的麻煩，這在孫氏看來是很划算的事情，畢竟若她像是崔薇那樣有羊，她婆母又像那老不死的姨母一般令人厭煩，她要是有錢，也是寧願拿點錢出來打發了，也好過自己去侍候。

孫氏一開口，崔薇頓時便震驚了，也顧不得再去想那陳小軍名字有些熟悉的事了，盯著孫氏說不出話來。

這樣的時候，一般最好開口的就是聶秋染了，果不其然，聶秋染瞇了瞇眼睛，提醒孫氏道：「娘，我爹還在呢。」聶夫子都還沒死，孫氏便想著要靠兒子養老，這是不是太早了些？

孫氏被他這樣一問，臉上現出幾分慌亂之色，顯然她對於聶夫子的害怕已經是根深蒂固了。但一想到這回險些被聶夫子折騰得命都沒了，她現在還花著銀子吃藥，聶夫子根本不怎麼理睬她，若不是之前嫁了聶明得了些聘禮，恐怕孫氏到現在還爬不起來床。

也因為如此，孫氏知道銀子的重要，聶秋染再出息，可他現在到底還沒真做官，更何況他跟自己又不親近，哪裡有銀子來得好使。反正往後他真要有了出息，也不可能真不認自己這個老娘，否則也不怕他名聲壞透了？孫氏心裡打著主意，一邊面上就露出得意之色來。

母子間的爭鬥，一般礙於一個孝字，吃虧的幾乎都是晚輩。孫氏認為自己也不要找崔薇幫自己磨湯圓麵了，直接喊他拿錢給自己抓藥吃飯，諒聶秋染也不敢再拒絕。孫氏心裡打著算盤，看聶秋染沈默了片刻的樣子，心裡不由自主的生出一股得意來，原本還想要再開口，刺聶秋染一回的，誰料聶秋染突然抬頭看了孫氏一眼，一邊竟然點頭將這事給答應了下來。

「娘這話說得有道理，不知道娘一年想要多少錢？」

本來孫氏還打著主意若是聶秋染拒絕自己便哭鬧一場，也好挫挫他威風才好。誰料聶秋染一口便答應了下來，使她頓時愣了一下，接著心裡就生出一股狂喜來，想了想，本來一開始她想張嘴說自己一年要吃一兩銀子的米糧加一兩銀子的菜與油鹽等，可現在聶秋染答應得這樣爽快，孫氏頓時眼珠一轉，想了想便伸出一隻手掌來——

「你看看，五兩銀子成不成？」孫氏說完，像是深怕聶秋染一口就要拒絕般，連忙扳著指頭算。「我一年要吃些藥，又要養養身體，做幾件新衣裳，算下來便要花不少的錢了。」

崔薇聽著她這話，險些沒氣暈。孫氏倒也當真敢開口，像崔家那邊的，崔世福父子倆做著九個人的莊稼，可一年到頭忙得要死就是不吃不喝將收成全賣了，也湊不齊五兩銀子。孫氏當自己是個搖錢樹不成，一張嘴竟然說她要吃藥養身體還要穿新衣裳，敢情她生了個兒子出來便就是為了來養她還債的！一想到這兒，崔薇心裡不由有些同情起聶秋染來，人家都說兒子生來是給父母疼的，可他這樣倒像是被生出來還債的，孫氏生他是為了傳宗接代，又為了等他長大好養她，孫氏對聶秋文倒是如珠似寶的，可對這個大兒子卻跟撿來的一般，難怪聶秋染對她冷淡得很。

「也行，五兩銀子就五兩銀子！」聶秋染聽到孫氏的話，竟然出乎眾人意料地點了點頭。

不只是聶晴有些吃驚地看了他一眼，就連孫氏也是又驚又喜，險些從椅子上跳了起來，一面高興的哈哈大笑。「大郎，我就說你是個有孝心的，知道心疼你娘……」

聶秋染看到孫氏心花怒放的模樣，淡淡地跟著笑了起來，看著孫氏溫和地道：「娘這事我作主了，可以，一年給五兩銀子生活費。但娘也知道，我如今是還沒有謀個一官半職的，這銀子先記下了。」

他一說到這兒，孫氏便滯了滯，臉上的笑意也跟著僵了片刻，誰料聶秋染又接著道：

「只是娘，我如今要謀官職，不如您先借點兒銀子給我吧，往後等我出息了，也好加倍的連帶這生活費一併給您。我借的也不多，就借二十兩吧，秋文那兒娘不是給他存了三兩銀子往後準備等他娶媳婦兒的嘛，反正表妹也是自己人，娘省些聘禮也無所謂的，剩餘的十七兩，娘找外祖家借些，再找村裡人也借點吧！」聶秋染看了孫氏一眼，臉上露出極其溫和的笑容來，想了想便要朝屋裡去。「我拿張紙出來，咱們寫張契約，免得往後娘說我反悔了。」

本來這一趟孫氏過來是想要得些銀子的，可誰料聶秋染竟然給她來了一招空手套白狼（注），沒拿到銀子不說，反倒要她再貼些銀子進去，孫氏哪裡肯答應，一聽他說寫契約，頓時頭皮都發炸了，連忙就搖了搖頭，臉色有些發白。「我跟你說笑的，哪裡要什麼生活費，你爹還活著，我哪裡用你們養了！」

聶秋染一聽她這話，頓時臉色便沈了下來。剛剛他臉上還帶著笑，不過眨眼工夫，臉上便露出陰冷之色來，翻臉跟翻書似的，那眼神令人心裡犯怵，唬得孫氏縮在椅子裡，直想逃。

「娘不會與我說著好玩吧！這樣我也不要二十兩銀子了，就五兩吧，最近正好想謀個缺，娘先把銀子借給我，往後等我有出息了，再還您吧！」

孫氏一聽這話，連連搖頭。等他有出息時，不知該到什麼時候了，銀子在她手中一向都只有進的分兒沒有出的道理，孫氏又不是什麼有遠見的人，這會兒聽到聶秋染的話，頓時額

注：空手套白狼，比喻那些不做任何投資到處行騙的騙子所用的欺騙手段。

頭沁出大片冷汗來。

那頭聶晴見勢不妙，連忙拉著孫氏便要走，但此時聶秋染哪裡這樣輕易放了她離開，孫氏三不五時的便要過來鬧上一回，她自己不煩，聶秋染已經沒了耐煩，將紙往桌上重重一拍，冷笑道：「別走！今兒的事娘既然提出來了，我這做兒子的少不得也要讓娘說清楚一回，該我的我也不會賴，還是白紙黑字寫清楚的好，免得娘以後說我耍賴！」

耍賴這種招數一向是孫氏愛幹的，這會兒聽到兒子這樣一說，她頓時面皮發燙，心裡又發慌。不知怎的，她心中就是對這個兒子又怕又恨，這會兒聽他逼著想要自己出錢，頓時慌了神，既是後悔不該找他要生活費，又是恨他一毛不拔不說還想來找自己要錢，那些銀子她可是要存著給二郎說親的！聶秋文從小武不成文不就的，就算是靠著這個大哥的名頭能說上一門媳婦兒，可要是她手裡沒銀子，也不好給他說個好親，眼見他年紀漸漸大了，孫氏準備將聶晴的婚事一旦談妥便給他說親，這會兒哪裡肯將銀子交出來。

她心裡發慌之下連忙搖頭，道：「我不要你贍養了，我自個兒養，往後靠二郎，不要你來侍候，再說還有你爹呢，我剛剛跟你說笑的！」

聶秋染定定地看了孫氏半晌，那目光看得孫氏只覺得一股涼意從腳底裡升起，還沒來得及再度表明自己的決心，便聽聶秋染淡淡道：「娘說笑了，我當兒子的，怎麼可能不贍養您……」

「真不要你來管了，要是你不信，我畫個押，往後絕對找不著你！」孫氏本來提起簽字畫押心裡便害怕，可這會兒比起聶秋染讓自己出銀子的事來說，那又哪裡算得了什麼，忙不迭地催著聶秋染寫了一個往後兩家不得再提贍養銀子之類的話出來，孫氏才心滿意足地在上頭按了手印，臉上鬆快了一些。

沒料到聶秋染竟然有本事讓孫氏寫了這麼一個東西，若是真有了這個，往後孫氏再找自己麻煩時可得掂量一會兒了。崔薇心中不由鬆了一口氣，敬佩地看了聶秋染一眼，這個傢伙也確實是有法子，三言兩語間將孫氏吃得死死的，幾乎不用自己再麻煩，果然嫁給他確實還不錯。

第八十五章

一旦解決了這個事，崔薇心中鬆快了，看孫氏一副恨不能立即便拔腿而逃的模樣，連忙拉了她喚道：「婆婆，不知道大姑子那邊如今怎麼樣了？我上回聽說姻伯母快要生產了，後來也沒再聽說……」

孫氏這會兒心中也鬆了口氣，只想著自己的銀子保住了，臉上的笑意忍都忍不住，一聽崔薇說起這個事，她的臉頓時又垮了下來，朝地上呸了一口。「她一把年紀了，還老蚌生珠，真是不知羞恥。生了，前幾天就生了個丫頭片子，拿來也不中用，她家羅老頭又死了，沒人養得起，那丫頭當然是淹死了。」孫氏說完，毫不在意地摸了摸頭髮，剛剛她嘴裡說起淹死了一條小生命，便如同是死了一隻小貓小狗般。

崔薇腦子突然像是被人重重地打了一下，有些發懵。「淹、淹死了？」她臉色有些發白，聲音也有些輕飄。

聶秋染見她這樣子，心中有些擔憂，便捏了捏她掌心。

孫氏聽她這語氣有些不對勁，不由便冷笑，聲音有些尖利。「不淹死，莫非養著不成？一個丫頭片子，養到大得花多少銀子，養一個吃閒飯的，到時嫁出去又收不了多少錢，便是一個賠錢貨而已！」

孫氏說這話時崔薇每個字都聽到了，但每個字都覺得有些無法理解。那頭聶晴默默盯著崔薇看了半晌，一邊伸手捂了捂這會兒已經紅腫起來的耳朵，一邊看著崔薇試探地道：「大嫂，妳是不是還惦記著那羅家的羅寐生啊？他有什麼好的，到底是有什麼好處，值得妳這樣記著。」聶晴目光不住閃爍，一雙眼睛盯在崔薇臉上，像是一定要得出一個答案來般。

崔薇這會兒滿腦子都被孫氏那句淹死了一個孩子的話震得回不過神來，聞言便呆呆道：「哪裡有什麼好處？莫非做事就非要看好處不成？」她一說到這兒，心裡不由湧出一層厭煩來。這個落後的封建古代，真是害人不淺，那可是一條活生生的人命，可惜在此時女孩兒地位低了，不受人看重，便是她自己，也是掙扎到如今好不容易才靠了聶秋染的幫助從楊氏手底下逃脫出來。

孫氏說起淹死一個女孩兒時，甚至連掩飾一下的表情都沒有，她是真瞧不起一個女孩兒，是打骨子裡看不上。她這樣輕描淡寫的態度，便也證明了這樣的事恐怕還沒少，崔薇對於孫氏這種態度既是感到心慌又是感到憤怒，一時間慘白著一張臉，不知道該說什麼才好，只捏緊了小拳頭，任由聶秋染將自己攬進他懷裡頭。

聶晴眼中頓時閃出一片厭惡之色來，卻是轉眼即逝，看著崔薇就笑。「大嫂可真是好心，那羅寐生不過是個災星，妳也願意幫他，給他的那些東西，還不如拿來送給我們了。」她說完，像是開玩笑一般，笑著瞇了瞇眼睛。

孫氏聽她這樣說也有些不滿，剛想開口，就看到聶秋染望了自己二人一眼。「聶晴哪日也像羅寐生一般，妳大嫂自然也會來幫妳的。」

聶晴聽他這樣說，頓時便咬了咬嘴唇，心裡有些怨恨，羅寐生是災星，是毒日出生的孩子，聶秋染竟然拿自己跟他比較。她心中湧起一陣陣戾氣，抬頭卻看到了聶秋染溫和冷淡的眼神，頓時一個激靈，回過神來，將心裡的那些不服與氣憤全嚼碎又嚥了下去。

孫氏害怕兒子，不敢久待，拉著聶晴回去了。

崔薇卻是有些發呆，聶秋染看她臉色發白的樣子，知道她是被剛剛孫氏所說的話給嚇住了，嘆息了一聲，拍著她的背道：「不怕不怕，咱們薇兒膽子可大了，不要怕，以後沒人能傷害得到妳的。」他這話聽起來像是在安慰著、哄著她，可又像是在立誓一般。

崔敬平剛剛聽了半晌的戲，這會兒見到兩人靠在一起的情景，頓時悄悄退了出去磨糯米漿，也不敢再看了。

因著那日孫氏過來的事情，讓崔薇這個元宵也沒有過好，勉強打著精神拿紅綢糊了幾個燈籠掛在自己門口外，崔敬平看著倒是欣喜異常。

崔薇抽了個空又讓人去黃桷村打探了一番，得到的消息卻是羅大成他娘生孩子時難產，孩子一生下來便是個死嬰，早不知拿個麻布口袋裹著扔哪兒去了。而羅石頭前些天也不知跑到什麼地方去了，他在家裡本來就是個災星，他爹娘原本就不太看重他，如今羅老頭一死，更是沒哪個在意他的，倒唯有聶明以為他身上有什麼好東西，打探了他消息幾日，在沒有找到人時，也只當他死了，沒哪個再去管羅石頭的事情了，一個好端端的孩子，就這樣沒了蹤影。

羅石頭家的事情讓崔薇心裡對這個時代很是抵觸了一陣，但心裡就算是再膩煩，可來都來了，日子總也要過下去。元宵節剛過，崔敬平便提出了想要去城中店鋪幫忙的事來，這原本就是早說好的，崔薇自然不會有異議，正好借這個機會，她準備過去瞧瞧崔世福。

上回崔敬忠要債的事情一出了之後，崔世福身體便不見得有多好了，羊圈那邊的事他雖然每日都要過去瞧瞧，但難免有些力不從心，一般的事他都是交給崔敬懷在做，崔薇給他請了大夫，那游大夫來看過，說他只是鬱結於胸而已，顯然就是心病，還得他自個兒想通。幾天時間，崔世福整個人便瘦了大半。

崔薇拉了崔敬平準備去給崔世福說下要將崔敬平送到臨安城的事，想了想臨出門時又拿籃子裝了十個雞蛋。

聶秋染在後頭鎖門，兩兄妹走在前頭，崔家今年是不種地的，因此開了春之後也沒有準備栽秧苗，這會兒屋裡倒是時時都有人。崔薇提了籃子走在後頭，崔敬平走在前頭，剛拐了個彎，還沒到崔家院牆處，便聽到崔敬平喚了一聲。「二嫂。」

崔敬平喚的二嫂除了孔氏便沒有別人了。崔薇眉頭一下子就皺了起來，她這邊住的地方很是偏僻，後頭除了她之外根本沒有旁的住家，若是要進山，也不是非她這邊一條路進去不可，她這邊進山裡村裡人過來還得繞一圈，並不方便，因此平日裡就算有人要進山，也是朝另外一邊走的居多，孔氏竟然朝這邊過來，恐怕是過來找她的。

一想到這兒，崔薇臉色登時更冷了些，挎了籃子走了幾步，前頭崔敬平已經停下來轉頭朝她看了，果然見到在他身旁不遠處，穿著一身素藍色薄襖子的孔氏面色青白的站在他面前。

孔氏當初嫁過來時也算是一個標緻清秀的人兒，雖然稱不上有多美，但肌膚水靈飽滿，身材也似柳枝般，不過幾年的工夫，她髮絲裡都鑽了幾根銀白的出來，背脊有些發彎，一襲原本還算合身的舊襖子穿在身上顯得有些寬大，更襯得身材有些乾癟了起來。

男怕入錯行，女怕嫁錯郎，這話果然不假。

孔氏面容有些乾澀，雙頰青裡泛著黃，一看便是營養不良的模樣，腳下穿著一雙破舊的男式黑布鞋，看到崔薇過來時，慌忙便衝她福了一禮。「四妹妹過來了，可是要去找爹娘的？」

瞧孔氏眼神裡帶了些哀求與慌亂，崔薇想到上回崔敬忠幹的事，又想到孔氏之前逼自己嫁給她弟弟沖喜的情景，頓時心中有些不大想理睬她，只冷冷淡淡的點了點頭，也沒有開口喚人。如今崔敬忠在她心中連個陌生人都不如，自然不會再認他為二哥。

孔氏看她冷淡的樣子，突然間心裡一慌，拎了裙襬便朝地上跪了下去，嘴裡哀求道：「四妹妹，夫君如今腿疼得厲害，手指又化了膿，我怕他會出事，每天也沒什麼吃的，求求妳幫夫君求求情，讓爹娘准他回去吧！」她一邊說著，一邊淒淒的哭了起來。

照理來說這孔氏對崔敬忠來說也算是一個有情有義的人，可偏偏不知為何，這會兒崔薇聽她這樣一說，心裡一股火氣便湧了起來，將雞蛋籃子換了隻手挽著，看著孔氏便道：「他也這樣一大把年紀了，又花了不少銀子去唸書，如今沒旁的本事活不下去，靠媳婦兒就算了，不知哪兒來的臉面說再讓爹來養他。妳自個兒願意供著他是妳的事。但爹現在年紀大了，手裡可沒多少銀子供他折騰，一個大男人連自個兒都養不活，真是枉為人了。」

這孔氏瞧著可憐，但也是可憐之人必有其可悲之處，聽說她如今一天到晚做不完的活兒，就為了養著崔敬忠以及自己的娘家，她自個兒願意沒人能勉強，但如今崔世福好不容易下定決心甩了崔敬忠這個包袱，崔薇哪裡希望他再揹起來。

沒了崔敬忠在一旁吊著崔世福，崔世福的晚年她照望著，給些銀子可以比村裡人過得都要好。而若是一旁還有個崔敬忠盯著，便是金山銀山也不夠他搬的！

欠那賭坊銀子的事後來聶秋染跟崔薇說過了，說那賭坊本來就是專給這些人下套子的，反正賭坊的銀子便沒有外頭的人搬得走的，幾乎都是賭坊裡左手換右手，便是有那運氣好贏一些的，走出賭坊也得吐出來。崔敬忠這樣的情況並不鮮見，人家賭了之後賣兒賣女的都不在少數，到時賭坊能要到銀子便罷，可若那人實在沒有銀子，打一頓也不虧。也就崔敬忠傻不愣登的以為自己能靠賭發財，卻不知人家專門就是吃這碗飯的，自己都吃不夠了，哪裡還有給他的。

一把年紀的人了，想事情竟如此天真簡單，被打一頓也是活該的！

「不是的、不是的，夫君也想努力，但他手受了傷……他腿也被打斷了，如今站不起來，正咳著血呢，求四妹妹行行好，不如四妹妹借點兒銀子給我吧！」孔氏滿臉的焦急惶恐之色，一句話說得語無倫次的。

崔薇也懶得理她，每回一遇著事情孔氏便下跪，這樣一個軟弱的人，難怪被崔敬忠吃得死死的，她一心為崔敬忠好，恐怕最後結果還不知道如何，但一個願打，一個願挨，她不願意去管崔敬忠的破事。

孔氏這邊還啼哭著，那頭聶秋染鎖了門出來便看到這邊的情景，他看到崔薇臉上隱隱露出有些惱火的神色，忙上前將手搭在崔薇肩上，一邊就問：「怎麼了？」

崔薇見他一過來孔氏便不張嘴了，知道孔氏到底還是心裡怕羞，沒有徹底將臉皮扔到一旁，也不由鬆了口氣，乾脆伸手挽在了聶秋染胳膊之上，看著孔氏認真道：「我幫不了妳，我也是出了嫁的人，一切都要聽夫君的，可沒辦法再管娘家的閒事了。」她說完，一邊扯著聶秋染的手，一邊朝崔家那邊走了。

聶秋染伸手接過她手中裝蛋的籃子，看了孔氏一眼，見孔氏被他看了一眼便忙不迭地拿袖子遮臉，這才別開了目光，招呼著崔敬平幾人走了。

這會兒時辰已經不早了，崔家裡卻是有些冷冷清清的，崔世福忙完了羊圈那邊的事，正坐在院子裡編著竹籃。屋裡除了他便只得一個搬了椅子靠在門邊坐著撿豆子的楊氏，王氏一家不在，應該是出去串門子了。

崔世福看到女兒一家子過來時，忙歡喜地笑了笑，將手裡編了一半的竹籃放在一旁，拍了拍身上的竹葉碎屑便站起身來。「你們來了，連姑爺也過來了，真是耽擱你讀書了。」他一邊招呼著，一邊便喚著楊氏端凳子出來讓幾人坐。

院子裡靜悄悄的，這才剛開春，豬圈裡空蕩蕩的，還沒去捉豬來養，顯得這院子有一種蕭條之感，使人坐著感覺更冷清了些。

崔薇接過楊氏遞來的凳子，一邊順手就把手裡的竹籃也遞了過去。「爹，您好些沒有，我給您送些雞蛋過來，每日吃一些，補補身體也好。」

「哪裡用得著這樣破費，妳自個兒好好過日子就是了，我這兒全託了妳的福照著，如今身體好著呢。」對於女兒這番孝心崔世福心裡很是高興，與崔薇推辭了一番，才讓楊氏將雞蛋收下來，但到底有些過意不去，一邊就喚著楊氏去地裡多多摘些菜等下讓崔薇帶回去。

楊氏也都一一答應了，自從崔薇嫁了人之後，她對崔薇頓時便不像以前了，變得客氣了許多。原本是要喚王氏去地裡砍些花菜的，誰料王氏這會兒領著兒子出去玩耍，現在還沒回來，楊氏嘴裡罵了一聲，自己準備要拿了背篼出去割菜。

那頭崔世福已經拉著兒女與聶秋染坐了下來，嘴裡一邊就道：「你們今兒過來可是有什麼事的？」平日裡崔薇也要過來，但可不是一家人全部都過來，而且崔敬平滿臉興奮的樣子，一看就知道他是有事的樣子。

「爹，我年前去城裡的時候，在一家鋪子裡找了個打雜的活兒做。」崔敬平也聰明，看到一旁的楊氏，也沒敢實話實說了，就怕楊氏到時知道了情況，又鬧騰著說那鋪子是自己的，那便麻煩了。他一開口，原本準備拎著背篼出去的楊氏頓時便停了下來，站在院子裡不動了，便聽著他說話。

「我現在年紀不小了，不像大哥一樣能幹會下地，也不是讀書的料，所以我想找個活兒，正好去城裡做些事，往後也好自己養活自己。」

崔敬平一說完這話，崔世福便連連點了點頭，一邊掏了旱煙出來捏了菸葉子點燃吸了一口，一邊歡喜道：「你這樣想是對的，不要像你二哥那般，一把年紀，養成個廢物，你是有出息的。」

楊氏一聽這話，心裡有些不大痛快。

雖說崔敬忠不爭氣，幹出的事讓人丟盡了臉面，又擔驚受怕的，但他到底是自己的兒子，又一貫是跟眼珠子似的寶貝著養到大，那感情不是三兩天說沒有便沒有的。原本她心裡便對二兒子很是擔憂，這會兒聽到崔世福的話，心中不痛快，又聽到自己的小兒子也要出去做事，頓時陰了臉道：「你這是什麼活兒，可是你妹妹給你找的？」她一邊說著，一邊目光就落到了崔薇身上。

崔薇眉頭皺了皺，坦然看了楊氏一眼，她又不是要讓崔敬平幹什麼作奸犯科的事，而是教他自給自足，心中也不發虛，目光直直的與楊氏對上，點了點頭就道：「是我給三哥找的事，三哥不愛讀書，學個手藝也好，往後也比一些成婚了連自個兒媳婦都養不起的人要好。」

楊氏一聽她這話，頓時心裡大怒，也不肯再去給她割菜了，忙將刀一甩，臉色霎時便難看了起來。但崔薇又不是當初在家裡時由得她拿捏的孩子，這會兒就算心頭氣急了，看在一旁坐著的聶秋染分上，也不好發作出來，乾脆一屁股坐在石墩子上面，不吭聲了。

與楊氏心裡的不滿不同，崔世福對女兒這話倒很是贊同，聞言點了點頭。「妳是個有主意的，學個手藝好，往後吃穿不愁。也就是麻煩姑爺，給你添了麻煩而已。」崔世福說完，一邊滿臉笑容的便衝聶秋染感激道。他自己家裡沒什麼好東西可以感激聶秋染的，因此說話時便特別的懇切。

楊氏心中有些不痛快，她生了三個兒子，如今老大成天守在她身邊，老二本以為會是個有出息的，誰料惹了那樣一個大禍出來，現在也天天在屋裡待著。這個小兒子她平日裡雖然對他期望並不大，但老來子楊氏心中是最捨不得的，哪裡希望他出去，就是如今在小灣村裡崔敬平天天住在崔薇那邊楊氏時常看不到幾眼，心中都不大高興，現在又聽他說要走得這般遠，頓時便生了幾分不快。

「那樣遠，城裡往後離得遠了，連想看都不容易看一眼。三郎，娘年紀大了，你就在鎮上找個活兒，時常回家瞧瞧娘吧，那城裡有什麼好的，一個個都愛往外鑽。」楊氏也不好去打斷丈夫的話，乾脆招手喚了兒子過來，恨不能將他摟在懷裡好好哄一番，拍著他手，語氣有些哽咽。

崔薇沈默了片刻，沒有吱聲。

崔世福沈下臉來。「妳一個婦道人家，懂什麼！一個兒子已經被妳慣成這般模樣，妳還來害三郎不成？一個男孩兒家，本來就該四處走走，又不是婦人，成天困在一個地方。我瞧著他去城裡長長見識也好，免得往後被妳拘在身邊給害了！」崔世福這話說得極其不客氣。

兩夫妻這幾年關係很糟，幾乎看不出以前恩愛的模樣來，楊氏這會兒也是有些怕他，聽到崔世福這樣說，也不敢開口了，只抹著眼淚道：「那店鋪是個什麼模樣的？那東家可還和氣？工錢給多少說了沒有，你一天到晚的也不要太累了，從小你便沒做過什麼事情，哪裡吃得了那個苦。」

楊氏拉著兒子的手，越說越覺得有些捨不得，但崔世福都發了話，她哪裡還敢多嘴，心中不免有些恨崔薇多管閒事，也沒將眼珠轉到崔薇這邊，嘴裡便與她道：「妳既然給妳三哥找了這麼一個活兒，妳便時常照顧著他一些，那東家也不知道是個什麼脾氣，一般人家當學徒的，總要吃得好一些，也不要讓三郎太累了。若是難學，咱們便不去了，家裡又不是缺他這一口飯吃！」說得像是崔薇平日不肯給崔敬平飯吃，才故意要將他弄走似的。

這話別說崔薇聽著心裡有些不舒服，連崔敬平也覺得有些不對勁，他去崔薇店裡直接便是做掌櫃的，自己累些多掙了錢妹妹又少不了自己的好處，自己是去做事，又不是當大爺的，哪裡像楊氏說的這般。

崔敬平本來要開口，只是還沒等他說話，那頭崔世福便冷哼了一聲，沈了臉道：「孩子的事，妳別管了，妳要是有閒心，自個兒平日在家裡好好將小郎帶好才好，三郎的事，有姑爺幫著操持，比妳瞎操心要好。」

當著女兒女婿的面崔世福也沒給楊氏留臉面，楊氏頓時有些掛不住，冷哼了一聲，站了起來，沈著臉便往外走。崔世福這才皺了皺眉頭，回頭換了個臉色又跟崔薇說了幾句，這才將他們送了回去。

既然崔世福都答應了要將兒子送去做事，崔薇這幾天便忙著給崔敬平收拾衣裳等物，一邊又細聲的叮囑了他好些事情。崔敬平現在年紀其實在現代時還小，但在古代來說已經是可以說親的人了，他總要獨立長大的，崔薇也不能總將他拘在自己保護之下，如此一來就像楊氏對崔敬忠一般，不是對他好，而是害了他。

這一趟聶秋染準備送崔敬平進城裡，崔薇提前在屋裡早早的做了不少的奶油等物出來。崔敬平走的前一天，楊氏又過來了一趟，哭哭啼啼的也想要送崔敬平進城，說想去瞧瞧崔敬平做事的地方好不好，平日裡累不累，哭鬧著不肯走，最後才被臉色鐵青的崔世福給弄了回去。

第二日天不亮便起身拿湯圓麵調勻，加了些羊奶與蜂蜜等物捏成團子，炸了一大盤油果子出來，聶秋染二人分別吃飽喝足了，多餘的油果子崔薇拿籃子裝上準備給他們中午時當零嘴吃，車上雖然有蛋糕等物，但再好的東西吃了這樣長時間也該膩了，偶爾也換換胃口。

把兩人給送走了，崔薇自個兒又睡了個回籠覺，醒來時都已經快到午後了。這會兒工夫聶秋染兩人恐怕也到了縣中。家裡本來三個人，乍一走了兩個人，倒顯得有些冷清了起來。

自己一個人吃飯也懶得弄了，中午簡單煮了些吃的填了肚子，下午崔薇倒空了出來，平日裡聶秋染在家中時不覺得如何，但人這一走，崔薇卻是覺得家中沒什麼人氣。

想到上回吃了幾回羊後崔世福幫自己已經處理過的羊皮子，崔薇這會兒突然眼睛就一亮，連忙將外頭晾了許久的皮子取了下來。這羊皮在外頭掛了許久，之前又用鹽泡過許久，掛了這樣長時間，上頭的血腥味除得乾乾淨淨的。早些日子崔世福便將這羊皮給她搓過了，將兩張皮子弄得極軟又有韌性，摸上去倒挺舒服的，她想著自己在家裡穿的布鞋，準備用這幾張皮子做幾雙鞋出來。

之前她自己倒是試著做過鞋，這會兒也算是有了經驗。崔薇量了自己的腳長，乾脆準備先做雙拖鞋試試看。這羊皮好不容易處理好，崔薇也不想隨意浪費了，先拿紙畫了圖形，她自個兒又拿了些布試著做了兩雙，覺得找到了些感覺，這才拿著羊皮開始剪裁起來。

一有了事做，這日子過得倒是飛快，轉眼間四、五日過去。她倒是做了三雙羊皮拖鞋出來，裡頭填滿了棉花。又用布封過一層，外頭用羊皮縫好，穿在腳上既柔軟又舒服，而且還極暖和，而且外頭包了羊皮，若是穿髒了，直接拿濕帕子擦乾淨就是。

崔薇給崔世福送過去時他倒很是喜歡，穿在腳上試了好幾回。崔薇看到他腳後跟已經凍裂開來的血口子，回頭乾脆又給他做了一雙直籠到腳踝的厚羊皮小靴過去。

第八十六章

那頭聶秋染直到快月底才回來，他這一趟出去除了幫崔敬平先熟悉一下店鋪之外，還有自己的事情要做，這一去便耽擱了好幾天的工夫。

崔薇剛洗漱了準備上床睡覺時，聶秋染就回來了。

這幾天雖然她有忙的事情，但自己一個人冷冷清清的住著到底還是有些不習慣，看到聶秋染回來時，崔薇也有些驚喜，忙給他做了飯又炒了醃肉，等他吃著，自己一邊就拿著他買給自己的東西翻了起來。

如今兩人都成婚了，崔薇自然也不跟他客氣，往他包裹裡翻了幾下，照例看到了一些小女孩兒喜歡用的物件外，又還找到了幾支髮釵與耳環等物，都用一個小袋子裝好了，瞧著倒也別致。照理來說崔薇現在沒及笄，本來不該戴這些東西的，可她現在已經成了婚，梳了婦人的髮式，戴這些東西自然就沒了忌諱。

聶秋染眼光不錯，買回來的幾支髮釵都很精緻，只要是女孩兒，便沒有不喜歡這些東西的。崔薇有些歡喜的拿起一串珍珠耳墜在自己耳朵上比劃了一下，雖說沒有鏡子，但也興致頗好的樣子。

聶秋染一邊吃著飯，一邊看她高興采烈的拿了東西在看，似是也感染到了她的歡喜般，嘴角邊露出笑容來，連目光也柔和了些。崔薇今年已經是十三歲了，但還差大半年才滿，小女生這兩年出落得倒是越發俏麗，拿著一雙淡色珍珠在耳邊上比劃，那溫潤的珍珠泛出光澤來，像是將她的耳垂也襯得更透明了些，讓人一看便想要摸上一摸。

一想到這兒，聶秋染頓時愣了一下，吃飯的動作沒停，卻是像忘了吞嚥一般，一下子便嗆了起來，捂著嘴悶咳。

崔薇看他這樣子，忙擱了耳環在桌上，起身倒了一杯剛剛才熱好的羊奶遞到他手上，一邊替他拍背一邊笑。「這麼大個人了，吃飯也要被嗆到。」

聶秋染神色有些怔住，崔薇這樣的語氣像是兩人已經極為熟悉了，如同過了一輩子相伴的人般，這種感覺是他從未有過的，讓他感到陌生，又感到有些不知所措。

明明崔薇現在年紀還小，一開始他頭一回見她時，其實她只是在媛姊兒的年紀而已。當初自己看到她的模樣，不知為什麼，總將她想成媛姊兒，因此不自覺地想憐惜她，想照顧她，否則以自己的性格，不應該去多管閒事才是。

而崔薇也確實不同於一般的女孩兒，兩人朝夕相處，若說自己對她一點感情都沒有，那是假話。聶秋染總以為自己將她當成一個小孩兒般照顧與疼惜，以為自己跟她過一輩子，能好好照顧她也算是彌補了自己上一世的遺憾，可從什麼時候起，自己竟然真的覺得跟她在一起既輕鬆，又感到快活？

當初媛姊兒也是在她那時的年紀，可惜怕了自己，不敢親近，後來被孫氏等人為了爭權奪利而給害死，自己每回一想到她時，便不由自主的將對她的愧疚與憐惜轉移到崔薇身上，每當看到崔薇倔強的神情時，他總不由自主的想哄哄她。但不知為何，近來在他心裡每回買東西時想起的總是這丫頭的模樣，鮮明得讓他有些害怕，每回心裡想到的第一個是崔薇，而不像是以前，頭一個想的就是媛姊兒。

對於這樣陌生的情緒，聶秋染心中有些不知所措，他當初的一生，聽了聶夫子的話，娶高門貴女為妻，後又納孫梅為妾，到後來出仕平步青雲，人家所送的美人兒也不少，但他現在想來，竟然一個容貌都記不清楚，一想起女人，竟然心裡只得崔薇一個人的模樣。

聶秋染頭一回臉上的笑意收了個乾淨，眼中有些驚慌，一邊咳了好幾聲，也顧不得那羊奶燙口，抓起來便一口氣喝了個乾淨，將杯子一下子放到了桌上。

崔薇見他臉色有些異樣，只當他一路趕回來是有些累著了，也不以為意，只是等他吃完了，任他收拾著碗筷，自個兒則是在包裹裡又翻找了起來。

聶秋染見她不跟自己說話，心裡本能的覺得有些不舒坦，他這會兒雖然覺得這種陌生的感覺有些令他不知所措，但他兩世為人，對於自己想要的是什麼卻很是明確清楚，既然那種感覺並不令自己反感，而是覺得十分舒適，他自然不可能去放開。

「包裡頭還有兩本小人書，妳瞧瞧，我給妳買的。」聶秋染不喜歡她自個兒只顧著看包裹不理自己的模樣，見她喜歡自己買的東西，心裡既是覺得有些高興，可對於她只顧自己歡喜而不理自己又覺得有些不對勁，忙匆匆將碗筷等收拾出去了，又打了洗臉水拿了腳盆出來，靠坐在她旁邊，一邊擰了布巾洗著臉。一邊見她不動手，乾脆自個兒從裡頭掏了兩本約有巴掌大小的書出來，遞到了崔薇手上。

「看這個！」他說完，微微笑了笑，脫了鞋將腳泡進熱水裡。

有些狐疑地看了聶秋染一眼，崔薇總覺得在他優雅淡然的模樣下此時隱藏著一顆興奮異常的心。她將手裡的小書攤在掌心裡翻了翻，裡頭一面印著字，一面印著墨筆畫，這不就是現代時簡易的漫畫書？還是黑白色的！這東西上輩子崔薇看過更精緻的都不知道有多少，此時鄙視地看了聶秋染一眼，一邊將書一放，站起身來進裡頭給他取了一雙拖鞋。

聶秋染目光好奇地在拖鞋上頭晃了一眼，看她不太在意這小人書的模樣，乾脆將人給圈了過來，一邊翻給她看。「妳瞧瞧，裡面寫的話本。」

崔薇冷不防被他一帶，嚇得險些叫了出來，他腳下還踩著洗腳盆呢，若是一翻倒，今日屋裡非得鬧回水災不可。崔薇瞪了他一眼，險險地將他衣襟抓住了，一邊拍了拍胸口，一邊怒道：「聶大哥，要是給摔了可怎麼辦？還得換身衣裳重新洗漱！」

瞧她一雙大眼睛瞪著人時滿眼的神采，看得聶秋染忍不住想笑，拍了拍她臉蛋，將書放在她面前攤開了，這才道：「放心就是，絕對摔不著妳。」

也不知他哪兒來的自信，一個文弱書生還敢學人家隔空摟抱！崔薇鄙視了他一回，掙扎了幾下，他不放手，也只得將目光落在小人書上，只是這一看，她不由看得有些入了迷。

小人書裡面講著才子佳人的古老故事，後世時更精彩的故事崔薇也不是沒有看過，可不知是不是來到古代，平日裡消遣的事情少了，她看了這書一會兒，便絕望地發現自己竟然連這樣一本恐怕小學生都不屑於看的故事看得入了迷。

聶秋染將小姑娘摟在懷裡，悄悄將手摟在她腰上，將人緊緊貼在懷裡，幸虧這會兒天氣還冷，兩人摟作一團也不熱，小女生掙扎了兩下，估計是覺得抱得緊了有些不舒服，自個兒找了個舒服的位置，拿著書便看了起來。暈黃的燈光打在她臉上，襯得那肌膚跟上好剔透的羊脂玉般，絲毫瑕疵也沒有，兩排扇子似的睫毛將明亮的大眼睛擋了大半，在眼瞼下垂出兩排陰影來，看著她安靜的樣子，聶秋染覺得自己也寧靜了下來，將下巴小心的擱在她頭頂上，幾乎抱著人就不願意鬆開手了。

「薇兒，我娘這幾天過來找妳沒有？」抱到了人，聶秋染不由開始問起這段時間家裡的事情來，照理來說孫氏上回簽了一個不要自己侍奉她的契約之後，以聶秋染對她的瞭解，恐怕她回去便會後悔。但孫氏心裡肯定是有些忌憚的，一段時間不敢過來，他這樣問也不過是看小姑娘自顧自看著書不理睬他，才找了個話來說而已。

誰料他一開口，崔薇竟然將手裡的書本放了下來，一邊轉頭要看他。「聶大哥，你娘來過了，說是聶晴的婚事要定下來了，就等你回來，讓你去一趟。」她這會兒才意識到兩人親近的動作，雖然平日裡都睡一塊兒了，但這會兒坐著她也覺得有些不好意思，忙要跳下地。

聶秋染下意識的將人給摟緊了，又把她往自己胸口處拖了回來，眼睛瞇了瞇。「還是上回說的那姓陳的一家？」

崔薇點了點頭，一邊推著想離他遠一些，一邊道：「說是對方叫陳小軍的，人家已經著了媒婆過來提親，婆婆就等你回來，說讓你作主呢。」崔薇說到這兒，撇了撇嘴。孫氏這意思哪裡是要讓兒子回來作主，她估計只是想讓聶秋染給聶晴出嫁妝的。但這是人家兩兄妹的事，她又不準備去多管，因此只將孫氏的話帶到而已。想到這陳小軍，當時她覺得有些耳熟，後來一直想著在哪兒聽過又忘了，實在是想不起來，只是看著聶秋染道：「聶大哥，那陳小軍你怎麼認識？你不是長年在外讀書嘛。」

那陳小軍又不是小灣村裡的人，而是隔壁鳳鳴村的，聶秋染時常不在家，竟然也能認識他，實在也太奇怪了些。

聶秋染這會兒臉上露出似笑非笑的神色來，一雙眼睛裡閃過晦暗莫名的神色，半晌之後才輕輕笑了起來。「竟然說親要嫁給了他？真有意思。若是這樣，不知道……」剩餘的幾個字，他像是含在嘴邊呢喃一般。

崔薇沒有聽清楚，只是拍了他一下，又將剛剛的話問了一次。

聶秋染臉上冰冷的笑意很快收了個乾淨，看崔薇已經生氣了，不由露出無辜的模樣來。「陳小軍，妳不認識嗎？連我都認識，為什麼妳不認識？」

為什麼他認識的自己就要認識？崔薇有些莫名其妙，又有些無語，看了他半晌，聶秋染又將她摟進懷裡，哄了她幾句。「好了，不過是個閒人，理他做什麼，妳不要認識他，認識我就是了。」

今兒他說話沒頭沒腦的，崔薇也不理他了，一邊催促著他趕緊拿帕子擦了腳，又讓他試過了這拖鞋，聶秋染倒是有些稀罕的穿著在地上走了兩遭。將東西收拾了，兩人這才回房睡了。

第二天一大早聶秋染起來便拉著她要回聶家，竟然是連早飯都等不及吃的模樣。若不是平日裡看他跟聶晴兩人並不是多親熱的樣子，恐怕崔薇還真會當他兄妹情深了。

兩夫妻出了門時，外頭霧氣還沒散，聶家裡這會兒冷冷清清的，連院門都還沒開。聶秋染剛一敲門時，不多一會兒聶晴便過來開門了。

見到這兩人時，聶晴愣了一下，半晌之後才輕聲喚道：「大哥，大嫂。」她這會兒鼻尖凍得通紅，兩隻耳朵這會兒已經化了膿了，腫得厲害，耳朵邊上長了凍瘡，那拴在耳洞上的線疙瘩染了點點血跡，瞧著便有些嚇人。

崔薇衝她點了點頭，聶秋染不等她開口說話，便拉了崔薇進門，一邊與聶晴道：「爹娘起來了沒有？我聽說最近娘在說妳的事，回來瞧瞧。」

平日裡他對聶晴冷冷淡淡的，幾乎連與她說話的時候都少，聶晴沒料到他這會兒竟然會開口跟自己說話，而且問的還是自己的終身大事，頓時頗有些受寵若驚之感，忙欣喜地點了點頭，有些激動道：「起來了，剛起來，大哥大嫂裡面坐。」她一邊說著，一邊臉上浮現出一絲紅暈來，她知道，聶秋染既然主動過來，又說起了自己的終身大事，恐怕也有要給自己出嫁妝的心。聶晴一想到這兒，眼中閃過一絲亮光來，忙殷勤的關了門，又衝屋裡喊了一句，這才跟在聶秋染二人後頭進了屋去。

這會兒聶夫子兩人果然是起來了，桌子上也擺了飯菜，看起來是剛準備要吃早飯的樣子。聶夫子穿著一身青色襦衫，頭上用方巾將頭髮綰了起來，倒也瞧起來文質彬彬，坐在一張太師椅上，配上聶家裡一板一眼的家具，更顯得聶家冰冷嚴肅。

看到夫妻兩人過來時，聶夫子才剛端了碗，衝二人點了點頭，吩咐聶晴道：「來了，再給妳哥嫂添副碗筷。」聶晴這會兒也知道聶秋染過來是給她添妝的，忙歡喜地答應了一聲，連忙進廚房裡去了。

聶秋染坐了下來，先給聶夫子兩人請了安，看了有些心虛的孫氏一眼，這才與聶夫子道：「爹，我聽說聶晴現在正說親，已經定了是鳳鳴村的陳家吧？」

他一開口，聶夫子眉頭便皺了起來，看了他一眼，將碗「砰」的一聲放回到了桌子上，冷冰冰的望了孫氏一眼，這才緩和了下臉色與聶秋染道：「染哥兒，你現在正要緊的事是認真讀書，以盼兩年後春闈能中個進士才是正理，這些婦人間的事，你也少管為妙，若是有人不懂事來分了你的心，只管與我說就是了，不論是誰，要是誤了你的仕途，我不會饒了她！」

一句話說得孫氏身體已經顫抖起來，屋裡死一般的寂靜。聶秋文剛從屋裡出來，見到這情景便又要往屋裡鑽。

聶夫子這會兒正是在氣頭上，他懷疑孫氏拿這些瑣事去找聶秋染了，心裡是又驚又怒，覺得這婦道人家不堪大用，只知計較這些雞毛蒜皮般的小事，眼皮子淺。心裡正是怒氣勃發之時，一看到聶秋文這副不中用的模樣，頓時氣不打一處來，重重的將手拍在桌子上，「砰」的一聲脆響，力道大得讓那擺放在桌子上的碗都跳了兩下。

「你給我站住！」聶夫子鐵青著臉朝聶秋文喝了一聲。

聶秋文嚇得打了個哆嗦，彎腰駝背的走了過來，心裡對聶夫子本能的懼怕讓聶秋文走起路來頓時都有些同手同腳了。

聶夫子看他這模樣，心中更是來氣，四處望著便要找戒尺。

聶秋文嚇得膽顫心驚，忙哀求似的抬頭看了孫氏一眼。

那頭孫氏雖然害怕，但見兒子這模樣卻是憐惜，忙硬著頭皮開口道——

「夫君，大郎兩人過來得早了些，正好遇著吃早飯，有什麼事，不如先吃了再說吧。」

孫氏一邊說著，一邊朝崔薇使眼色，讓她幫著說話。

聶秋文的目光也隨著孫氏的示意朝崔薇看了過來，滿眼哀求的樣子衝崔薇拱了拱手。

聶二好歹也算是崔敬平發小（注），崔薇就算不看在孫氏的面上，至少也要給崔敬平幾分顏面，因此想了想拉了聶秋染的袖子，給聶秋文求情道：「公公，聶晴的事我聽婆婆說了，因此今兒才拉著夫君想過來問問……」

她話沒說完，孫氏便鬆了一口氣，連忙道：「這婦人家的事，妳就不要總讓男人來操

注：發小，意指從小一起長大的。

心，大郎是要讀書的。」

雖然早知道孫氏性情，但聽她明明是求自己幫忙說話，可立即便將事情賴在自己頭上倒打一耙，仍是令崔薇眼角抽搐了半晌。幸虧聶夫子是早已經知道孫氏耍的把戲，這會兒看在聶秋染的分上，好歹忍下了一口氣，看著聶秋文冷笑了一聲，索性也懶得去管了。

這個兒子一直被養在婦人之手，被教得絲毫男兒氣也沒有，如今起來得晚便不提了，連承擔的勇氣也無，到現在年紀不小了，與他同歲的崔敬平幾人都知道不再玩耍而各自奔前程，王家那小子現在都已經開始讀書了，唯有他還遊手好閒，只知貪圖玩耍，也不知他要鬧到什麼時候！聶夫子一想到這兒，心裡無端生出幾分厭煩之感來，想到往後聶秋文一事無成，若是以後聶秋染有了些出息，恐怕還得靠他提攜才是，兄弟間若能好好幫襯也不錯，但孫氏現在眼皮子淺，只知一味偏心，恐怕她後悔的日子還在後頭。

「既然知道這樣的事不是該他管的，妳也不要一天到晚沒事總往他那邊跑，若是妳一天到晚閒得很了，總覺得腳癢待不住，我姨母那邊上回捎信過來，說她身體最近不好得很，讓妳再去侍候著。」聶夫子冷冷望了孫氏一眼。

聶夫子這樣一說，立刻嚇得孫氏低垂著頭，不敢再開口了。

聶秋文也不敢出聲，偷偷摸摸地坐到桌子上。屋裡聶秋染正說著要給聶晴添些妝的事，外頭聶晴端了碗，咬著嘴唇眼裡露出掙扎之色來，半晌之後才像下了決心一般，深呼了一口氣。

「既然娘現在已經下了決心，待過了聘禮之後，我便讓薇兒給準備一些床被，再讓人打兩個櫃子，給聶晴做嫁妝。」聶秋染臉上露出笑意來，滿臉溫文爾雅，根本沒人能從他臉上瞧出他心底的想法來。

孫氏一聽自己只收聘禮而不管嫁妝的事，頓時心花怒放，只覺得事不宜遲，深恐過兩天聶秋染便反悔了，因此聽他這樣一說，連忙便歡喜道：「那敢情好，你們是個有出息的，幫著弟妹一些也是正理，既然這樣，我等下吃了飯便去找村裡的媒人，將這婚事給應下來，早些訂著，你妹妹年紀也不小了。」她一邊說著，一邊滿臉堆笑，恨不能連飯也不吃了，立即便將事情給說準了才好。

聶夫子不置可否，這些事他不耐煩去多管的，不過既然兒子自願給聶晴出嫁妝，兄妹和睦，往後對聶秋染名聲是好事，因此他也不反對，只以為這事是崔薇的主意，不由就衝她笑著點了點頭，一臉嘉獎之色，倒是看得崔薇有些莫名其妙。

幾人商議定了，聶晴端了碗筷進來，也沒人再提這事了。聶晴欲言又止地看了崔薇一眼，這才怯生生地將碗筷給放在她面前，幾人吃罷了飯，崔薇也只象徵性的沾了沾筷子，見聶秋染將筷子擱下了，忙鬆了口氣，也跟著將筷子擱了下來。

聶家的飯菜美不美味倒在其次，不過這吃飯的氣氛倒是壓抑得很，聶夫子是讀書人，講究食不言寢不語，聶家的人又都怕他，因此吃個飯讓人也心中沈默，再美味的飯菜若是沒了胃口也食不下嚥，更何況上回聶晴吐口水的事還在崔薇心裡生了陰影，這會兒一想到便有種想作嘔的衝動，自然更是吃不了多少。

聶秋染將她神情看在眼裡，吃完飯便與聶夫子告辭。孫氏是巴不得他們趕緊走，而聶夫子倒是拉了聶秋染考較了一番功課，又叮囑了好幾回，讓他不要分了心以致兩年後對科考不利，恨不能讓兒子待在自己眼皮底下，拉拉雜雜說了一大通，才揮手讓二人離開。

崔薇一出門便拿帕子揮了揮，如今正是初春的天氣，河裡冷得都快結冰了，可在聶家待不了多久，她卻只覺得渾身都是汗。聶秋染拿帕子替她擦了擦額頭，想了想又摸了摸她脖子，感覺沒有多少汗水，至少汗水沒將衣裳濕透，他才鬆了口氣，拉了崔薇便回家。

早飯兩人都沒吃飽，崔薇這會兒肚子餓了，想了想自己昨晚上還發了麵，乾脆準備回去揉了做麵吃。

兩人回了家剛開了門，聶秋染幫她生著火，剛將火燒開，昨天正好磨了豆腐，剩了好幾塊豆腐，這會兒崔薇拿來炒香了做成醬料，又拿了揉好的麵用刀削著往鍋裡扔，不大一會兒便做了兩碗出來。夫妻兩人端了香噴噴的麵進客廳裡，還沒開始吃，外頭便響起了敲門的聲音。

一大早的便忙來跑去，崔薇這會兒早餓了，不想去開門，乾脆看了聶秋染一眼，讓他去開，自個兒則是端了麵便開始吃起來。刀削麵上面浮著點點油珠，炒好的豆腐用來作醬料加在裡頭香噴噴的，翠綠的蔥花以及一些肉末，光是瞧著便讓人胃口大開。

聶秋染去開了門，門外竟然傳來了聶晴的聲音，剛剛才從聶家回來，這樣快她又找過來了，崔薇不由有些好奇，忙吃一口極有嚼勁的麵回頭朝外看了一眼。

果然就看到聶晴正站在門口，雙手絞著在對聶秋染說什麼，她有意識地放低了聲音，崔薇家裡院子又大，坐在堂屋裡竟然聽不清外頭說了什麼。聶秋染似是感受到她的目光，回頭看了她一眼，索性將聶晴給喚了進來。

聶晴一進屋門便看到桌子上擺著的兩個麵碗，眼裡極快的閃過一道異色，一邊衝崔薇露出一個討好的笑容來。「大哥大嫂剛剛沒吃飽呢，我沒想到你們在吃東西。大嫂，我……」

「有什麼話，等我們吃完再說吧。」聶秋染沒看她一眼，也沒招呼她坐，自個兒坐到了桌子邊便捧起碗來。

聶晴眼中露出一道慌亂與著急之色，只是看崔薇也在吃東西，沒有轉頭過來與她說話時，不由悶悶的答應了一聲，絞著手指挑了張椅子坐下來。

聶秋染三兩口將碗中的麵吃了個乾淨，連湯都喝了幾口，這才接了崔薇遞來的帕子擦了擦嘴，把碗推到了桌子中，看著聶晴道：「說吧，有什麼事？」

「大哥，我不想嫁到鳳鳴村的陳家。」聶晴一聽他開口讓自己說話，頓時鬆了一口氣，也顧不得再裝模作樣，直接就將自己的要求說了出來。「那鳳鳴村陳家我去打聽過了。大哥，那陳小軍是個無賴，跟村裡寡婦不清不楚的，而且遊手好閒，您幫我跟爹娘說一說吧，大哥，我求求您了。」聶晴深怕自己再拖下去孫氏就將自己的婚事定了下來。

那鳳鳴村陳家之前她就已經去打聽過，可是最後打聽到那陳小軍的為人倒不說什麼，不過身體卻是不好，又瘦又長得不好看，而且身高還矮，聶晴一看到他便有些瞧不中，因此任孫氏等人說出一朵花來，她心裡也不樂意。女人嫁人可就好比第二次投胎，若是嫁給陳小軍那樣的，可是一輩子都毀了。要是再晚一些，等孫氏喚了媒人過來跑到鳳鳴村那邊，自己可就是再也沒有反悔的餘地了，因此聶晴也等不及晚些時候，直接收拾完家中的碗筷便跟了過來。

她說完這話，小心翼翼地便打量了聶秋染一眼，見他臉上帶著微笑，只是那眼神卻是讓自己後背泛起陣陣寒慄，頓時嚇了一跳，忙哀求似的又看了崔薇一眼，眼圈通紅，喚了一聲。「大嫂。」

崔薇聽她這樣說，雖然也覺得那陳小軍不是什麼好人，但一想到聶晴也不是什麼省油的燈，光是之前她挑著孫氏喚了聶秋文過來要自己的羊圈，便能看得出來她心思不簡單，更何況孫氏可不是好惹的，聶晴的父母都在，哪裡有自己替她出頭的道理？再加上孫氏的為人一向是過河拆橋的，若自己將聶晴婚事攪黃了，要是最後她嫁了另外的人過得不好，說不定要將由頭怪責到自己身上，吃力不討好的事，崔薇當然不肯去做，聶秋染是她親大哥自然會有考量，求了自己，就算她開口，難不成孫氏跟聶夫子便會聽她的了？

「我年紀小，還不懂這事，但婆婆一把歲數了，對這事的經驗肯定是有的，小姑子也別著急，夫君自然會想出一個辦法的。」崔薇安慰了她一句。

聶晴頓時咬著嘴唇，低垂下眼皮來，眼睛裡掠過了一絲怨毒之色，卻是被她將心思藏得嚴嚴實實的，外表看來她倒是楚楚可憐的。

聶秋染嘴角邊不由自主的露出譏諷的笑意來，聶晴一向便愛用這樣柔弱可憐的姿態求得人家幫她達成心願，若是那心願結果是好的便罷，若是不好的，最後她總有法子讓自己成為無辜的受害者，而使旁人好心替她辦事的成為惡人。

這樣的把戲她不是第一回耍了，只是她現在年紀還小，就是有手段也略顯稚嫩，不像後來時手段耍得爐火純青的時候，若不是因為她，自己上一輩子哪裡會落到後來的結果，哪裡會因為她一句話跟羅石頭爭鬥多年。那鳳鳴村的陳小軍確實不是個什麼好東西，但她上一輩子時既然能跟人家勾搭上，使得陳小軍對她死心塌地，一邊與她相好，一邊又聽她指示污了別人名聲，強娶了他人，這輩子她也有本事該將人好好攏在掌心才是。來求他幹什麼？若不是因為要嫁陳小軍的是她，聶秋染連嫁妝都不會替她出一分。

「這事是父母之命，媒妁之言。若那陳小軍當真如此不堪，妳應該回去與娘好好商議才是，爹今日已經發過話，讓我不要管這些閒雜事，若是這事，我恐怕不能去多那個嘴了。」聶秋染冷冷看著聶晴，搖了搖頭，見她眼裡的光彩迅速黯淡下去，頓時心裡湧出一股痛快來，也懶得再理睬她，直接端了桌上吃完的麵碗便要進廚房。

崔薇一看他動作，是要留自己跟聶晴相處啊，連忙起身勉強笑著看了聶秋染一眼，搶過他手裡的麵碗，躲進廚房裡去了。

她磨蹭地在廚房裡待了半晌，為的就是要讓聶晴自個兒回去，可誰料她將灶頭都抹了個乾淨，那屋裡卻依舊是沒有動靜傳來，崔薇原是想硬著頭皮在廚房裡再待一陣的，誰料這會兒工夫崔世福卻是擔著奶桶過來了。

崔薇忙起身開了門將崔世福迎進來，崔世福後頭還跟了個崔敬懷，兩父子往客廳裡瞧了一眼，客廳裡窗戶大開著，那光線十足，一眼便將裡頭的情景看了個遍。崔世福感覺出不對勁，忙擔了羊奶桶跟著崔薇進了廚房，擱了擔子才道：「聶家的小姑娘來妳這邊討要嫁妝了？」

最近孫氏給女兒說親的事整個小灣村都知道了，崔世福跟聶家也是有姻親的，自然多少對聶家的事要關注一些，雖說楊氏跟孫氏不大對付，但依舊是聽村裡人說了不少聶家的事情。聶晴身為聶夫子現在唯一一個沒嫁出去的小女兒，父親是個秀才，大哥又是個舉人，她自己本身樣貌又不差，這樣的女孩兒當然好說親。最近聶晴的事都讓人給傳遍了，崔世福因此這會兒看到聶晴在崔薇這邊，才開口多嘴問了一句。

崔薇搖了搖頭，一邊準備洗鍋將羊奶給煮上，也沒接崔世福這句話。若聶晴只是來問些嫁妝便罷，瞧聶秋染那模樣也不像是不給她嫁妝的樣子，但她要的可比嫁妝麻煩得多了。

崔薇想到剛剛聶晴張嘴問的話，連忙挽著柴禾，一邊就道：「爹，那鳳鳴村的陳家是個什麼樣的人家？」

她這話問得沒頭沒腦的，可偏偏崔世福卻是笑了起來，幫著她將羊奶倒進洗淨的鍋裡，一邊就道：「妳關心一下小姑子也是好的。那鳳鳴村陳家就是要跟聶家那丫頭結親的人家吧？」

這事雖說還沒確定下來，但孫氏今兒都過去找媒婆了，恐怕這事是鐵板上釘釘的情況了，但到底是聶晴的私事，想到她剛剛說不想嫁給陳小軍的話，崔薇沒有吱聲。

那頭崔敬懷卻是將一挑奶桶擔了起來，聽到這話就連忙答道：「那鳳鳴村陳家我知道。妳大嫂娘家離那邊不遠哩，說是家裡還算殷實，自個兒有兩畝地，算得上是鳳鳴村有名的人家了。」崔敬懷說到兩畝地時，憨厚的臉上不由露出嚮往之色。

此時人雖然不愁吃不愁喝的，但日子也不過勉強撐得下去而已，一般莊戶人家裡種的地都是向朝廷租借的地，根本沒錢能買得到自己的地方。那鳳鳴村陳家能有自己的兩畝地，在此時人看來確實算得上是比較殷實的人家了。崔薇原是想讓崔敬懷說說那陳小軍是個什麼模樣的，誰料他竟然憨厚的笑了兩聲，不說了。

崔敬懷為人老實，根本沒想過要說人家是非，崔薇嘴角抽了抽，索性也不問這個問題了，反正她就算知道了也不可能去對聶晴的婚事指指點點，問多了也沒用。

但說到這地，崔薇倒是想起了自己之前買潘老爺家的地來，那塊地已經買了幾年了，種的瓜果樹苗等這會兒已經發到了人高，雖然還沒結果，但也是過不了幾年的事。那樹苗今年遭了凍，雖說之前她跟崔敬平等人已經悄悄買了不少的油紙給樹包上了，但這會兒地裡也長了不少的雜草出來，她一個人沒什麼時間去整理，便想著要找人幫幫忙。原本她是想使錢找崔敬懷的，但誰料崔世福年節時因為崔敬忠的事氣得厲害，到現在還沒有緩過氣來，身體大不如前，平日裡羊圈的事也得要崔敬懷幫著做才成，她自然便息了這個心思，想了想乾脆問崔世福道：「爹，不知您認不認識哪家比較老實，地裡幹活又好又勤快的？」

崔世福本來準備去給她挑些水回來，一聽到崔薇這話便愣了一下。「妳問這事幹什麼？有倒是有這樣的人，但莫非妳是要種地的？」聶秋染如今有了舉人功名，租借朝廷的地也不用繳租子的，崔世福本來以為女兒不會做這樣的事情，心裡又覺得不用繳租是個好機會，但一想到崔薇平日裡雖然做事也勤快，地裡的粗活倒還真沒種過，一時間便有些猶豫。

崔薇看他這表情，忍不住就想笑，連忙搖頭道：「不是的。隔壁潘老爺家那片地人家不是買了嗎？正巧買的那人是聶大哥的同窗，兩人也算認識的，他買地原本是想種些瓜果，可沒什麼時間來打理，便想著託聶大哥幫忙找個人顧上一二，他願意每年給二兩銀子。」

這二兩銀子用來請人打理一片地自然是綽綽有餘了，又不是成日的在裡面守著，不過是抽空過去除草，以及在六到十月分時幫忙修剪嫁接一番而已，活兒忙的並不多，就是自己要種莊稼也顧得過來，這樣的情況下自然是好請人的。但崔薇種的是果樹苗，如今種了都幾年了，樹苗都發了出來，再過不了幾年那果樹便要結了果的，到時若是遇著那些心術不正的，她也怕人家給她偷去賣或是自個兒摘著來吃，因此她選人守著，當然是要找那老實本分的。

一聽到有二兩銀子的錢，崔世福眼睛一下子便亮了起來。如今他手裡緊得很，之前崔家的銀子是被崔敬忠刮了個一乾二淨，如今崔佑祖眼見著又大了，今年可是要滿五歲了，楊氏有意要將這個孫子送到學堂去。崔世福原本是不大想將孫子送去讀書的，畢竟一個兒子毀了，他實在不願孫子也跟著毀了，可王氏還在那兒盯著呢，他一個做長輩的，也不好偏心太過。

再加上崔敬平今年也是十五了，再差幾個月便要滿了，楊氏最近在給他打聽著消息想給他說門媳婦兒。雖說崔敬平現在自個兒已經去城裡找了活路，可手心手背都是肉，崔世福不能給兩個兒子娶了媳婦兒，輪到這個小兒子時卻讓他自個兒打主意。

女兒雖然給了他些銀錢，但他幾乎全將銀子還林氏了，今年家裡又沒種地，林氏那兒還差半兩銀子才還完，若是能再找到這個活路做上幾年，除開一家人的吃喝，存個三兩銀子不成問題，再加上崔薇給的銀子，足夠在崔敬平成婚前將他往後要用的銀子給存下來了。

崔世福一想到這些，心裡便激動，連忙便拍著胸脯道：「薇兒，不如讓我去，我保管將姑爺那同窗的地照看得妥妥貼貼……」他說完，嘴唇動了動，滿臉希冀之色。

崔薇也知道他心裡的想法，本來不想答應的，可看到崔世福哀求與忐忑的眼神，她忍了心裡的酸楚，猶豫了一下，才點了點頭。「那我先讓聶大哥問看看，但爹，您的身體……」

「妳放心就是，我自個兒的身體我心裡有數，再做些事也不成問題的。」崔世福聽她答應了，不由笑了起來，又看了看一旁沈默的大兒子。「再說我不行，不是還有妳大哥嗎？他年輕，有的是一把子力氣，放心就是，我自個兒知道的，不會逞強。」他說完，又高興地笑了笑，這才跟著兒子出去了。

第八十七章

崔薇架了把柴火進灶裡，出門想送崔世福跟崔敬懷兩人，正好一出廚房門就遇著聶秋染也要聶晴出去。

聶晴雙眼通紅，一邊還拿袖子擦著眼睛，她看到崔世福等人時，本來是想要哀求的，但隨即她便看到了崔薇幾人臉上的笑意，頓時便愣住了。心裡只當崔家人是躲在廚房瞧自己熱鬧，說自己壞話呢，頓時心裡湧出一股股的怨恨來，眼睛怨毒地看了崔薇一眼，又深怕被聶秋染發現，忙低垂下頭，只是那手卻是死死的掐著掌心，身子微微顫動了兩下。

這些人如今一個個的瞧著她的熱鬧，自己的親大哥也不肯在婚事上幫自己一回，崔薇明明跟自己一樣是個丫頭，可憑什麼她就能嫁個大哥這般的舉人老爺，往後前途還不可限量。自己就只能嫁給村子裡一個不中用的男人！家裡只有兩畝地，便算什麼能耐了，她才不稀罕！

若是自己也能嫁個讀書人，往後再多的銀子、再多的地，她勾勾手指便有了，誰稀罕那兩畝地？孫氏只看銀子，不管自己的意願，而自己的爹則根本不理她，現在就連崔家的人也敢來嘲笑她！聶晴心裡一時間湧出層層怒火與怨恨來，憑什麼崔薇這樣出身樣樣不如她的人現在過得這般好，自己卻要受母親擺布？聶晴心裡湧起陣陣的不甘，一張清秀的臉龐險些要被生生扭曲了，她低垂下頭，額間的劉海將她面容擋了大半，也自然把她臉上的陰戾神情擋了個結實。她強忍著心頭的恨意，卻仍是沒忘了與崔世福等人行了個禮，待小跑出了門之後，她這才吐了一口氣，臉上不由自主的露出猙獰之色來。

等崔薇送了崔世福父子二人出門時，聶晴的人影早就跑不見了，她腿腳跑得倒是快。崔薇想到剛剛她的來意，將門關好之後便問了聶秋染一句。誰料一向看起來溫文爾雅似君子蘭一般的聶秋染，臉上竟露出冷意來，面上極快的閃過一絲神色，還沒等崔薇看清楚，便又換上了平日的淡然神情。

「她想不嫁便不嫁，還沒有哪個姑娘像她一般異想天開的，嫁不嫁，哪裡能由得了她？妳這段時間別跟她來往了，小心被她給算計到了。」

一個小姑娘，再有能耐，自己好歹也是活了兩世的人，哪裡能輕易中她圈套，崔薇有些不信，哼了哼。

聶秋染看她一副小驕傲的神色，頓時有些頭疼，聶晴可不是一般普通的鄉下小丫頭，當初就連自己沒有防備她的情況下都吃過她的大虧，若不小心一些，這丫頭說不得會像前世那般。不過，幸虧崔薇已經嫁給了自己，而自己這幾年又在家裡的，等到他趕考時，聶晴都已經出嫁了，任她手段通天，想來也使不出什麼本事。一想到這兒，聶秋染心裡鬆了一口氣，也懶得將其中的緣由說給她聽了，反正有自己在，聶晴翻不出手掌心去，也免得說出來讓她擔心。

崔薇沒將聶晴這事放在心上，下午崔世福父子擔了羊奶過來時便聽說聶家裡下午有一大群人來過了，像是鳳鳴村來的，應該是為了聶晴的事，如今村裡人都知道了。崔薇也只是笑了笑，這事便算是過去了。

時間一晃便又過去了半個月，聶秋染其間又去了一趟臨安城，給崔敬平帶去了崔薇之前在家裡做好的奶粉與奶油等物。不知道是不是店鋪在過年之前便已經打出了些名氣，這段時間以來每日生意都極其的好，之前崔薇送去原本以為最少能賣上一個來月的東西，可是十來日便賣了個乾淨，聶秋染回去的可是時候，若再遲些，恐怕崔敬平都要想法子回來了。

崔敬平手頭上拿了三百多兩銀子，幸虧他聰明，給換成了銀票，但就算是這樣，每日睡覺也覺得不踏實，深恐給弄丟了。這一趟聶秋染去臨安，正好將銀票全部都給拿回來了。

聶晴的事幾乎已經算是定下來了，孫氏前幾天過來了一趟，說的就是聶晴嫁妝的事，如今只等鳳鳴村陳家那邊遣了媒人上門，兩家再換過庚帖，這事便算是定了下來。

聶秋染這趟進城買了不少東西回來，其中聶晴的嫁妝他已經備妥，好不容易解決了一個心病，若是聶晴嫁給鳳鳴村的陳小軍，那麼自此之後，上一世的情況自然便轉換。聶晴沒了背後的靠山，如今又失了一個羅石頭，自然不可能再像前世那般囂張陰毒，縱然有心機，也不可能再使得出來，若是出點嫁妝便能解決這個問題，聶秋染自然是樂意至極。

這一趟他回來還沒幾天，也沒有工夫去將給聶晴備嫁妝的事說給孫氏聽。崔薇想著那幾百兩銀子，心裡這才真正鬆了一口氣。如今她手裡的銀子加上之前過年時賣的那些糕點錢，總共已經快有五百兩銀子了，這些銀子縱然她這一輩子不再掙錢，天天躺著吃喝請人侍候著都夠了。

這幾天將屋裡收拾了出來，崔薇一大早的便收拾了東西準備送些到崔家，這一趟聶秋染買回來的除了一些糕點外，還有鞋襪等穿戴的，另有崔敬平給楊氏等人帶的東西，她準備一併拿過去。聶秋染好不容易回來，自然是陪她一塊兒去的。

兩夫妻剛出了門，走到崔家院子外，便正好與一瘸一拐，被孔氏扶著的、瘦得險都脫了形的崔敬忠遇上了。雙方一旦遇上，自然哪一方都沒什麼好臉色的。

崔敬忠這些日子來沒了崔世福支持，家裡糧食又被他賣了個乾淨，這回崔世福狠了心，連他的吃喝也不管，權當沒有他這個兒子般，一切嚼用都靠孔氏撐著，孔氏一個弱女子能掙的錢又不多，她還要分些回娘家，自然崔敬忠的日子過得便沒有以前好。身上穿著那件當初崔薇做給崔世福的襖子，幾年穿下來，那襖子早變了個模樣，這會兒崔敬忠眼神陰戾，看起來如同變了一個人般，極其的落魄。他見到崔薇時，眼裡露出猙獰之色。

崔薇懶得理他，不知崔敬忠哪兒來的臉面發脾氣，光是他自己做的那些事情，他自己好意思做，自己都沒臉來替他提。

崔薇手裡提著一個大籃子，而聶秋染手上也抱了不少的東西，孔氏隱約能看出那裡頭裝著的襖子與鞋襪等物，籃子中盛的一些吃食，看得孔氏口水險些流下來，忙與崔薇二人招呼道：「四妹妹來了，姑爺也來了。」

她話音剛一落，崔敬忠便冷哼了一聲，臉色有些扭曲，狠狠擰了孔氏一把。

孔氏吃疼之下險些驚呼出聲來，強忍了眼淚，但卻捂著手臂身子不住顫抖。

崔薇也沒理這夫妻二人，拉了聶秋染便進了崔家。外頭還傳來崔敬忠的怒罵與孔氏細細的解釋聲與抽泣聲，這女人一旦嫁錯了人，遇著崔敬忠這般的，就是吃著軟飯也如此強橫。

崔薇搖頭嘆了口氣，拎著東西進院子裡去了。

那頭崔敬忠夫妻二人早在過年時那一鬧便將房門開到院子外了，自然不會跟著一路進來。崔家裡崔世福照例在編著竹籃子，楊氏拿了一件衣裳在縫補著，抬眼看到是女兒時，眼皮只微微抬了一下，半晌之後又看到崔薇手裡提著的東西，好歹臉上露出一絲笑意來，連忙起身放了東西去搬凳子了。

崔薇先將崔敬平給楊氏等人買的東西拿了出來，又跟崔世福說笑了幾句，聶秋染安靜坐在她身旁，形容俊美清雅，就是一句話不說，可也沒哪個人敢忽略得了他，楊氏在他面前也是本能的有些拘謹。崔薇正與崔世福說著笑，還沒將手裡的東西全抖開，那外頭突然間傳來了一陣敲鑼打鼓與鞭炮的響聲。

冷不防地突然響起來，崔薇倒是嚇了一跳。楊氏剛剛還望著那籃子裡的點心不住擦著眼淚，只說兒子有出息了。這回一聽到鞭炮聲，忙就站了起來要往外頭瞧，她還沒走到門口邊，那外頭王氏便抱了崔佑祖進來了。

王氏一進門便歡喜地道：「娘，潘老爺家的郎君謀了縣裡一個九品的缺，說是做大官了，如今潘家裡正慶賀呢，說是還請了舞獅隊，要辦三天流水席，這回可以打下牙祭了！」

王氏說到這兒，忍不住驚喜地哈哈大笑了起來。

王氏懷裡抱著的崔佑祖也跟著拍手笑道：「我要吃糖，要吃糖。」一邊說著，崔佑祖一邊掙扎著就要往地上跳，王氏忙將他放下了。

那頭楊氏便與孫子打著招呼道：「小郎要吃糖來這邊，你們三叔有出息了，給你買了好多吃的回來。」她滿臉的笑意與得色，王氏剛剛還想著要在潘家那邊吃好的，這回一聽到楊氏的話，才將目光落到她手中提著的竹籃上，頓時有些驚喜。「娘，這是三郎買的？」

楊氏點了點頭，一邊小心地將籃子上頭的白布給揭開來，又狠狠拍了一下王氏的手，不准她過來撈吃的，這才歡喜地撿了一塊糕點遞到崔佑祖手上，一邊得意道：「三郎如今有了出息，自個兒還沒掙多少銀子，便惦記著給家裡買吃的。是讓姑爺給帶回來的，否則咱們哪能去得到城裡。」

王氏聽她一說，又看兒子捧著糕點放在嘴裡歡喜吃著的樣子，頓時饞得直流口水。她平日在鄉下吃塊白米糕都已經算是好東西了，又哪裡吃過這樣新奇的小點心，這會兒忍不住了，忙從自己兒子手上給掰了一塊點心下來塞進嘴裡，頓時便甜得眉頭都抖了兩下，忍不住又想在崔佑祖手上再掐一塊。

頭一回崔佑祖沒反應過來讓她給掐了一塊便已經癟著嘴要哭了，這會兒看王氏又伸手過來，崔佑祖哪裡肯幹，頓時張嘴便大哭了起來。這孩子也是個脾氣大的，一邊哭著，一邊惡狠狠地將糕點扔到了地上，狠狠踏腳上去踩了幾下，揉著眼睛便哭道：「我的糕點，我娘搶我的糕點！」他聲音大，中氣也足，這樣一哭起來竟然比外頭的嗩吶與鑼鼓聲還要響得多了。

王氏被兒子這樣一渾，頓時面上有些不好看，連忙就哄他道：「你這孩子，脾氣也大，我吃一塊怎麼了？這籃子中多得是，你讓你奶奶再給一塊不就是了？」

王氏一邊說著，楊氏便衝她怒目而視，眼看著那糕點才沒咬幾口便被崔佑祖給踩碎了，心中也心疼，只到底捨不得責怪孫子，乾脆罵王氏道：「妳怎麼沒個老樣，跟孩子搶吃的，妳是餓死鬼投的胎吧！多好的點心，怎麼就給扔了，這可也是白花花的銀子買的。」

楊氏一邊說著，一邊伸手便往崔佑祖腳下去撿，崔佑祖氣恨之下重重地又踩了她一腳，一邊哭鬧道：「我要點心，我要點心。」說完伸手要去奪。

這孩子年紀還小，腳勁也不足，穿著軟底布鞋，哪裡踩得疼楊氏，只是楊氏卻捨不得將這一籃子點心全給他了，因此便好言哄他道：「小郎乖，咱們不鬧了，把腳挪開，免得奶奶等下起身將你給弄摔倒了。這點心擦一擦我瞅瞅還能不能吃，要是不能我再給你拿。」

她話音剛落，那頭崔佑祖臉上便露出狠色來，哼了一聲，竟然飛起一腳便踢在楊氏手裡的籃子上。

這會兒楊氏正蹲著身子撿糕點，冷不防被他這樣一踢，手上吃力身子又沒站穩，一屁股坐在地上，那手裡的籃子一翻，裡頭花花綠綠的糕點便灑得滿地都是！崔佑祖估計剛剛踢那一下腳踢疼了，這晌正抱著腳大哭，王氏既是心疼那些糕點，又是心疼兒子，不住哄他。

崔世福見到這情景，頓時氣得面色鐵青，狠狠站起身來，瞪著崔佑祖便道：「將東西撿起來！小小年紀就這樣刁蠻，你還有沒有王法了，你信不信我今兒打死你！沒得養成你二叔那樣的刁鑽氣，小東西，還翻了天了！」

崔世福當初砍崔敬忠手時的情景崔佑祖也是看在眼裡的，小孩子最會察言觀色，他知道楊氏與王氏二人疼他，才敢無法無天。可崔世福一向不多言不多語的，那天還砍了崔敬忠的手，在小孩子心中本能的還是有些怕他，這會兒聽他一喝，忙就躲到了王氏身後去，怯生生地不敢露出頭來。

這模樣瞧得崔世福心裡一陣氣惱，忍不住抓了手邊的竹葉片便要去揍他。

楊氏一見不好，忙收了籃子擋在崔佑祖面前，討好地衝崔世福笑道：「當家的，他還是個孩子呢，與他無關，他哪裡懂什麼事。」

楊氏一先開口，王氏便也跟著求情道：「爹，小郎年紀還小哩，再說如今三郎有了出息，這一籃子糕點算什麼，他讓姑爺帶回來的，四丫頭那兒說不定有些吧？四丫頭，妳把妳扣下的糕點再拿過來吧！」

崔薇自從來到古代，便知道自己跟王氏是完全不對盤，這會兒聽到王氏這樣說，氣極反笑，一下子站起身來，四處找了找，撿了根崔世福削好的竹片，拿在手裡掂了掂，覺得順手了才看著王氏道：「大嫂剛剛說的什麼？我倒是沒有聽清楚，這糕點說是誰買的誰扣的？」

她說完，拿起手中的竹片揚了揚。

王氏不信她真敢當著聶秋染的面打自己，也不怕壞了形象往後遭了男人厭棄，因此壯著膽子揚了下巴道：「三郎買的東西，你們給帶回來的，誰知道三郎到底買了多少，妳又昧了多少……」

她話沒說完，崔薇看著她便笑了起來，轉頭看了聶秋染一眼，聶秋染默默的去將大門給關上了。

一旦門被關上，崔薇拿了竹片就朝王氏衝過去，一邊手上竹片揮得「呼呼」作響往她身上抽，一邊嘴裡罵。「三哥買的東西，妳哪隻眼睛瞧見了？那是我聶大哥買的，我自己買的想送多少就送多少，我叫妳嘴刁！」

「哎喲！」王氏也顧不得兒子了，一面拿手臂擋在臉前，一面圍著院子躲。這細竹片打到人身上若是有厚衣裳擋著便罷，可一旦打到臉上或是手上，火辣辣的疼，讓人直流眼淚。門口被聶秋染關住了，她跑不出去，剛想還手，那頭聶秋染便嘴裡道——

「大嫂差薇兒的五兩銀子，什麼時候還？」

當初唐氏因為欠了銀子，被拖到衙門打了個半死，前車之鑑還在前頭擺著，如今唐氏被打得一瘸一拐，在楊大郎心裡生生從一朵喇叭花變成了狗尾巴花，生活與以前相比，簡直是一個天一個地，王氏哪裡還敢惹了崔薇被送衙門？

聶秋染的話硬生生使得王氏挨了崔薇好幾下，臉上火辣辣的疼，又不敢還手，也不敢再出口相罵，心裡又氣又怒，圍著院子跑了兩圈，這才哭爹喊娘一般的拽著楊氏道：「娘，四丫頭要打死人了啊！」她一邊說著，一邊躲楊氏後頭。

崔薇早恨王氏多時，也沒立即便收手，又抽了她好幾下，王氏能鑽會躲的，拉著楊氏也挨了好幾下，崔薇這才看在崔世福的面上，將竹片給擱下了。

楊氏挨了幾下子，伸手去擋的，那手心手背上火辣辣的疼，心裡一股氣憋著卻是發洩不出來。這天底下還沒有兒女敢打母親的，她有心想收拾崔薇一頓，但如今崔薇已經嫁了人，聶秋染還在屋裡呢，別說聶家這小子擺明站在崔薇那邊，恐怕她就是出手，連崔世福也不會放過她。楊氏滿肚子的火氣，乾脆全發洩到了王氏身上，拽了她出來劈頭蓋臉使了全力一巴掌便摑了過去。

「賤人！妳還不好好將這些東西撿起來！」開始時楊氏以為這東西是自己的小兒子買的，心中還滿是歡喜。這會兒氣惱之後，聽到崔薇說是聶秋染買的，頓時恨不能也像剛剛崔佑祖般狠狠將這些糕點踩上幾腳才好。

這婆媳二人鬧個不停，崔薇這才甩了手中的竹片，原本想從懷裡掏出借崔敬平的名義給崔世福的銀子，這會兒也縮回了手去。她還是準備等崔世福哪天過來時再將銀子單獨給他，否則這些銀子若是被楊氏瞧見，她說不定又得鬧著給崔敬忠還賭債。

院子裡楊氏還在打著王氏，崔佑祖的哭聲震天響，崔薇拉著聶秋染出了門，遠遠地便看到對面田埂處，許多穿紅戴綠的人掛著鑼鼓，敲著銅鑼，一路敲打吹奏著朝潘家那邊行去。

一看起來便是極為熱鬧的模樣，許多村民遠遠的跟在後頭，歡天喜地的樣子，許多人手裡還拿著一把糖在扔著。剛剛聽王氏說，好像是潘家的公子謀了個官職。當初潘老爺賣地，還是崔薇花了銀子將地買下來的，這都多少年時間過去了，聽說潘老爺在背後沒少打點，也就到如今，潘家的地賣了不少，那潘家公子才謀了個九品的官，這在小灣村已經是了不起的大事了。崔薇心中也有些嘆息，本來想轉頭與聶秋染說一句的，誰料她還沒開口，聶秋染便已經摸著她的頭道：「晚上潘家會請了耍戲法的過來，咱們晚上也去瞧瞧熱鬧。」

當了官本來是件大喜事，不過前世時這姓潘的可沒少給他添堵，聶晴一開始便靠了他漸漸腰背挺直，但到了這一世，潘世權要想輕易像上一世般春風得意，恐怕是不行了。聶秋染眼中露出冷意來，看小姑娘臉上露出無奈又有些鬱悶的神色，不知為何，他心裡原本還有的一絲陰霾，在她瞪視的目光下，漸漸消失，最後再也不見蹤影。

雖說不是真正的小孩子，但來到古代好幾年了，崔薇還真沒遇過什麼熱鬧，難得能瞧一回熱鬧，也提了些興致起來。

晚飯過後潘家那邊敲鑼打鼓的便熱鬧了起來，崔薇跟聶秋染二人吃飽了，一塊兒拿了板凳出去時，正好就與崔世福等人遇上了。他們也是要出去看熱鬧的，崔世福跟崔敬懷倒是湊過來打了聲招呼，楊氏與王氏二人估計是惦記著白日時跟崔薇鬧的不快，這會兒連眼珠子都沒轉過來一回。

崔薇也沒理她們，只跟崔世福父子有說有笑的拿了板凳出去了。潘家那邊這會兒早就搭滿了桌椅等，府邸院前的空地上早就被人收拾出來，臨時搭了個簡易的臺子，四周早已經坐滿了人，頭上拿青布給拉開搭了好大的棚子。這會兒天色還沒全黑，可頭頂上布幔子一擋，裡頭火把一點，自然便顯出幾分黑暗來。這回潘家算是下了血本的，裡頭潘家人不見蹤影，倒是看到幾個宋氏等潘老爺的遠親，這會兒正笑吟吟的替潘家招呼著客人。

本來崔薇吃了飯就過來，以為自己來得還算是早的，誰料剛一來便看到眼前擠滿了人，許多離看臺稍近些的地方，竟然連腳都擠不進去了。

人群裡有許多生面孔，瞧著竟然像隔壁村的都過來了，崔世福幾人擠在前頭，給崔薇二人開了條路出來，那周圍的人笑罵著，許多人都是沾親帶故的，倒也沒哪個真生氣的。許多孩子跳來跳去歡喜的玩耍著，場中還沒開始表演，便已經熱鬧了起來。崔薇本來不愛這樣擁擠的情景，好不容易生出的興致便打消了幾分，回頭看著聶秋染有點想回去。

那頭聶秋染伸了胳膊出來將她護在懷裡，只是擠得再嚴實，上半身沒被人擠著，下半身就被人踩了好幾下。雖說這會兒人穿的都是布鞋，踩人一下不像前世時被人踩那麼疼，但多來幾回崔薇有些忍不住了，剛想抬頭，那廂不遠處便已經有人衝她招起手來。

「崔家丫頭，快過來，我這邊給你們留了位置。」

一大堆人裡，崔薇費力的轉了頭過去看，就見到不遠處王寶學的娘劉氏踩在幾條長椅子上，邊上坐了人，這會兒正轉頭衝自己招著手。

這下子崔薇就是不想去也不好拂了人家意，只勉強點了點頭，聶秋染一面護著她，兩人擠了過去，大冬天的，兩人渾身竟然都擠出一堆大汗。

崔薇撩了衣袖搧風，那頭劉氏便湊近了她低聲道：「這回潘家可熱鬧了。說是潘家郎君謀了個縣丞的職位，可是九品官呢，聽說一年奉銀都是一百多兩，我的乖乖。」劉氏說完，咂了咂嘴，一臉嚮往之色。

對於莊戶人家來說，一百多兩已經不是個小數目了，更何況還是一年一百多兩，那更是不簡單，難怪潘老爺賣了不少的地也要給兒子謀這個缺，要知道賣的這些地，他幾年便掙回來了。更何況一旦有了權，那錢倒還在其次，崔薇來了古代幾年時間，對於此時的常情倒也瞭解一些，此時人講究萬般皆下品，唯有讀書高。但讀書高了，最後也不過是為了做官，因此這官能謀個出身，取個功名，給往後子孫謀個蔭封才是正經，許多人削尖了腦袋想做官，一些手裡有銀子的，也不敢做生意，就怕將自家身分拉低了，往後連累子孫進不得仕途。

劉氏拐著頭低聲與崔薇說著，一旁王寶學安靜的跟聶秋染問過好之後便不說話了。他前兩年被劉氏拘著讀了書，整個人變得拘謹了許多，不像以前雖然話不太多，但骨子裡還有些調皮狀，幾年不見，王寶學身上倒也多了些斯文，崔薇逮著與劉氏說話的空閒，便看了他一眼，見他對聶秋染恭敬而又略帶了些拘謹的樣子，忍不住就想笑。

「王二哥如今也厲害了，在讀書了呢。」當初王寶學跟她也算是熟識的，她一開口，王寶學眼睛便多了幾分笑意出來。

王寶學連忙就道：「讓崔妹妹見笑了。」

一旁劉氏看兒子臉上的笑意，再想到他如今越來越老成的樣子，頓時心裡嘆了一口氣，忙強打了精神道：「他哪裡算是什麼厲害的，不過多認識幾個字，往後出去能寫得來自己的名字罷了，崔三郎如今才能耐了，現在在城裡都能掙錢了。」

一旦劉氏出口與崔薇說上了話，那頭王寶學自然便插不上嘴了，眼裡的亮光漸漸跟著淡了下去，最後變成了微笑掛在嘴邊，安靜的聆聽崔薇兩人說起話來。

聶秋染目光意味深長地看了王寶學一眼，接著才將手搭在了小姑娘腰上，四處望了望。崔薇跟劉氏說了陣話，那頭不知哪個人像是在喚她，這潘家人多嘴雜的，說話聲音也大，好不容易順著那聲音望過去，竟然看到孫氏坐在一個擺滿了零嘴吃食的大桌子邊，衝他們招起手來。

那地方寬敞異常，幾乎沒人敢過去擠的，且有專人在那兒侍候著，劉氏順著崔薇的目光看過去，便有些羨慕道：「妳婆婆喚妳了，聶夫子位分不同，又有聶舉人在，難怪潘老爺要給妳們另外安排桌椅，坐著倒比咱們這邊好些。」

她話裡雖然羨慕，但並不是嫉妒，崔薇對劉氏印象一向又好，哪裡願意去和孫氏擠，聞言便淡淡笑了笑，拉了聶秋染的手站起身衝劉氏道：「王嬸，我先去給我婆婆打聲招呼哩，我凳子還在這兒，妳幫我瞧著，我去去就回來。」

劉氏一聽她並不是要走了，頓時眉開眼笑，連忙就點了點頭。

第八十八章

崔薇一路朝聶家那邊擠過去，剛擠到時孫氏便埋怨她道：「咱們是什麼身分的人，大郎也是有了功名的，不比潘家小郎君差，妳去跟他們坐一塊兒幹什麼，沒得丟了咱們聶家的顏面。」她自顧自地埋怨著。

崔薇笑了笑，沒有搭聲，聶秋染一副認真傾聽的樣子，臉上帶著微笑，像是聽得極認真一般，但崔薇與他成婚好幾個月了，兩人朝夕相對，哪裡還不明白他心裡想什麼的，估計這傢伙早已經將心思轉開了。

孫氏還在埋怨著，那頭聶夫子已經有些不耐煩了起來。聶晴並沒在這邊，聶家兩夫妻便占了一張桌子，周圍人衝他們投來羨慕與討好的眼神，這種目光看得孫氏背脊挺得筆直，臉上露出得意的笑容來。

崔薇卻不喜歡被別人一直盯著看，她往聶夫子兩人身上溜了一圈兒，便笑了起來。「公公、婆婆，小姑子今兒沒過來？」

聶晴近日裡婚事已經定了下來，但還沒有往外傳，那陳家如今正在備著聘禮，只要一將聘禮挑過來，這門婚事便算是鐵板上釘釘了，就是現在在孫氏看來也是跑不脫的，聽到崔薇這樣一問，她擺了手冷笑道：「如今她年紀大了，一天到晚往外頭鑽什麼，還得在家裡做鞋襪呢，哪裡像妳一樣有時間。」

孫氏待還要再說，聶夫子警告般的看了她一眼。

孫氏也知道聶夫子不願讓旁人瞧了自己笑話，今日她正是風光的時候，可不想因為這事被聶夫子給趕回去了，因此忍了這口氣，只說了一句便將嘴閉上了。

崔薇點了點頭，又與孫氏說了幾句，那中間已經有人搬了鑼鼓等物在周邊，有人開始調起了二胡弦，孫氏的注意力一下子便被吸引過去。聶秋染捏了捏崔薇掌心，兩人悄悄地退了下去。

潘家人半刻鐘後才出來，這潘老爺崔薇原本的印象裡倒是看過幾回，容貌長什麼樣倒是記不住了，記憶裡只剩下了威嚴與害怕的情緒。崔薇這回再見，自然不像原主那麼膽小，抬頭看了一眼，這潘老爺年約五十許，留著山羊鬍，身材中等偏瘦，今日穿著一件寶藍色繡了紅色福字的緞子襖，不知是不是人逢喜事精神爽，他臉上都帶著笑意，倒不像崔薇記憶中那般令人驚嚇的模樣。

那謀了官職的潘家郎君是他長子潘世權，面皮白皙，容貌倒是普通，但眼睛黑亮，嘴唇上已經開始隱隱留起了鬍子。大慶王朝雖然也是有身體髮膚受之父母一說，但那只是針對頭髮等，指甲鬍鬚等則是不在此限內，只是此時人大多以留鬢鬚為美，因此一般男子到了二十八歲上，便開始留鬍子的大有人在。這潘世權都已經開始留起了鬍子，足以證明他此時最少都已經二十八歲了。

這人穿著一身湖綠色錦袍，看起來倒有幾分氣勢。聶秋染的目光望在他身上，閃過幾絲冷意。

周圍大部分的村民婦人都將目光落在了潘家人身上，而這潘世權在小灣村眾人眼中也算是個當官的，不少未婚的少女目光都往他身上溜。聶秋染借著火把，竟然看到一旁崔薇目光也落到了他身上，頓時嘴角抽了抽，靠近了崔薇耳邊，掐了她腰一把，有些羞惱。「看什麼！他哪兒好看的，不准看他，我比他好看多了！」

「別鬧！」崔薇被他捏得有些想笑，一邊抓了他的手，一邊靠近他耳朵邊輕聲道：「我跟你說，這男人年紀輕輕可不能留鬍子的，你瞧瞧這潘家少爺，現在還年輕呢，就開始留起了鬍子，往後等到三十歲時，鬍子一大把，看起來恐怕要老好幾歲。他的夫人年紀比他小些，往後兩人站一起，不跟父女差不多嗎？」

聶秋染開始時見崔薇盯著人家看還有些惱怒，可此時聽崔薇這樣一說，忍不住就笑了起來。此時人一般都以留鬍子為美，而她竟然說留了鬍子看起來像糟老頭子，聶秋染有些幸災樂禍地看了潘世權半晌。突然間又想到自己前世時到二十八歲後也留過鬍子，頓時笑臉僵住了，又聽到她說的「父女」兩個字，臉色黑了大半，笑不出來了，不由又捏了她一把，眼神有些不自在。

「小丫頭，妳知道什麼！」他嘴裡雖然不以為然，但心裡卻是打定主意，自己往後不留鬍子了。

兩人這邊笑鬧著，周圍吵鬧得很，要說話自然要靠得近一些。王寶學轉過頭來看時，正好就見到崔薇笑咪咪地幾乎半靠在了聶秋染懷裡說著什麼，嘴角邊笑意不由有些發僵，有些狼狽地轉開頭來。

潘家那邊不知道那位已經謀了官職的潘縣丞是不是注意到了這邊的情況，竟然隔空臉上帶著笑衝聶秋染拱了拱手。

剛剛說了人家一會兒閒話，崔薇也有些不好意思，連忙坐直了身體整了整衣裳，聶秋染的手很自然地替她理了理衣襟。不遠處那潘世權眼光這才落到了崔薇身上，定定看了一眼，接著才嘴角含了笑意將眼神挪開。

潘老爺領著家人先是去了聶夫子那邊打招呼問好，接著又來了聶秋染這邊也說過一回話，邀請聶秋染坐到大桌子那邊，聶秋染卻是以崔薇不喜歡坐得近而拒絕了。

一旁劉氏臉龐有些微紅，等潘老爺諸人走開之後，才小聲的衝崔薇道：「我還是頭一回離官老爺這樣近的，這全都是託了妳的福了。」說完。語氣裡滿是激動之色。

崔薇笑了笑，沒有出聲。

那頭潘老爺等人打過招呼之後忙又退了回去，說了幾句話之後，鑼鼓聲便漸漸響了起來，穿著水袖長衫的旦角嘴裡吟唱著婉轉的樂腔。這人剛一出場，周圍村民們頓時便都呆住了。他們平日裡日出而作，日落而歇，一天到晚為了一口飯吃終年腳不沾地的，哪裡有機會看過這個，個個瞧得都是如癡如醉的。

崔薇倒是以前在電視上瞧過人家唱戲劇的，但看電視與看真實表演時的那種感覺不同。那小旦唱腔極好，而且身段也婀娜，眼神也哀婉，若不是聶秋染跟她說這是個男的，恐怕她都不會相信。

瞧了半晌，棚子裡頭又悶又熱，崔薇沒坐一陣便覺得頭暈腦脹的，裡頭人太多了，鑼鼓與嗩吶聲，以及諸人的唱腔和拍著金缽時的響聲，震得人耳朵嗡嗡的響，周圍人似是看得入了迷，個個都搖頭晃腦的腳打著拍子跟著唱了起來。崔薇一坐久了有些受不住，忙拍了聶秋染，靠近他耳邊輕聲道：「聶大哥，我想出去走走，裡頭太悶了，我頭暈眼花的。」而且這會兒她也有些想去如廁了，正好出去晃晃。

這會兒外頭已經完全黑下來了，聶秋染的眼神很清明，與周圍人的癡迷不同，他坐在這邊像是在這樣的熱鬧情況下，他都有本事讓自個兒周圍形成一片安靜的空。外頭黑漆漆的，聶秋染一看她臉色，乾脆便站起身來，拉了她的手彎著腰往外擠。「我跟妳一塊兒出去，今日人多，外頭又黑，等下不要摔到了。」

剛一出來，外頭新鮮冷空氣一灌，整個人都清醒了不少，崔薇也沒有跟他客氣，點了點頭，兩人站起身來，一旁的人幾乎根本沒發覺，就連劉氏等人目光都盯在戲臺子中間。崔薇想了想，原本是想說自己這會兒就想要回去的，但已經擠都擠出來了，若是現在再進去一趟，等下又出來，打擾了人家看戲，恐怕要引眾怒了，因此話到嘴邊，又嚥了下去。

潘家地方大，一般人這會兒捨不得看戲的，就在路邊草叢裡便解決了，但崔薇哪裡敢做這樣的事情，便想著要去尋廁所。找聶秋染問明了方向之後，她也不要聶秋染跟了，讓他先等著，自個兒過去。走了一半道時，前方不遠處的走廊下一道纖細的人影走了過來。

這會兒前頭都已經開唱了，潘家雖然有下人，但這會兒那些下人們早已經都跟著到前頭侍候順便看戲了，難得熱鬧一回，哪裡有人願意在這後邊待著。那人影一邊走一邊四處望，走廊下掛著帶了喜字的紅燈籠打在這人臉上，崔薇本能的將身子隱進一旁的樹叢裡頭，也不敢大聲呼吸，等這人走近時，竟然看到這綰了頭髮作尋常男兒打扮的人，是聶晴！

崔薇腦海裡頓時「嗡」了一下，看聶晴一邊低垂著頭，一邊抬頭四處望了望，直直地朝遠處行了過去，崔薇不由想起之前孫氏說的，聶晴不出來看戲，因為要給未來婆家做鞋襪的話來，頓時心裡便生了疑。

聶晴過來這邊幹什麼？竟還打扮成一副男人的模樣……這會兒崔薇雖然鎮定，但一看聶晴小心的舉動，便知道她恐怕心裡也有些不安。崔薇想了想，等她走遠了一些之後，沿著陰影便跟了聶晴的方向走過去。

她現在也顧不得再去上廁所了，反倒是小心的不讓自己踩到樹葉枯枝等，電視上演的那種情況她當然不會犯。不知道聶晴過來是做什麼的，但崔薇總覺得自己不能被她發現。一路跟到了一個不知名的角落裡，崔薇找了個樹叢躲進去。剛剛在棚子裡她還熱得渾身冒汗，這會兒樹叢裡帶了些夜晚的露珠，一碰到人身上，頓時便使她渾身冷得哆嗦了一下。

聶晴站在角落裡不久，後頭便有一個男人直直的朝她抱了過來。

崔薇看得直捂嘴，也不敢發出聲來，她剛剛怕被聶晴瞧見，因此也沒隔得近了，這會兒只看到兩人親密的樣子，卻聽不清兩人在說什麼，只依稀能聽到幾個「說親」與「婚」的字眼。莫非聶晴竟然敢在已經跟鳳鳴村陳家訂了婚的時候，又跟人私訂終身不成？

那男人抱了她一回，竟然又捧了她的臉親了下去，這情景看得崔薇臉蛋有些微紅。半晌之後這兩人氣喘吁吁的分開，那男人將臉抬了起來，借著不遠處走廊下微弱的燈光，崔薇依稀能看得出來這男人年約十七、八歲，臉色有些蒼白，身材瘦弱，模樣有些陌生，自己根本沒有看過。崔薇又想了想，確定以前的崔薇也沒有見過這人，恐怕這人應該是其他村的，只是此時鄉下男女大防雖然不如以往書中所描寫的那般嚴，可也不應該如此隨便才是，不知聶晴怎麼與這人在一塊兒了？

崔薇眼睛也不敢眨一下，幸虧之前蹲下時便小心的用了省力的方式，崔薇蹲在花叢裡，任這兩人親親熱熱了好一陣，那男的才依依不捨的將聶晴給放開了，兩人推擠了一陣，像是聶晴在喚著這人離開一般，那男的好半晌之後才又親了聶晴幾口，背脊有些發彎地離開了。

見聶晴抹了抹嘴，崔薇本來以為她也要走了，自己準備等她走了才好跟著離開的，誰料聶晴竟然在原地站了一會兒，又伸手將自己的頭髮給拆了下來。

這是在幹什麼？

崔薇眼睛眨了眨，不多時又有一道影子朝這邊過來了，崔薇捂著嘴，看到之前自己才看過的潘世權也往這邊過來。聶晴這會兒迎了上去，兩人這次照例又是一番親熱，這回潘世權可不像之前那男的一般輕易便將聶晴給放了，反倒是一把將她抱了起來，朝不遠處的一個小屋子過去了。

潘世權可是一個娶過親的人！

聶晴到底是要幹什麼？崔薇只覺得自己的心臟跟著「怦怦怦」的劇烈跳動了起來，她不敢再在這個地方待下去了，看到了這樣的事，說出來都是污了眼睛的，這事若是被撞破，恐怕自己討不到好，誰知道這些人為了隱瞞自己見不得光的事，會不會做什麼喪心病狂的舉動？聶晴這姑娘年紀不大，可沒想到她心機竟然如此的重。

崔薇緩慢地退了腳步出去，被這一嚇，也不敢再往潘家廁所去了，待慢慢退了好長一段距離，仔細看了看周圍的景致，認清了路的方向之後，崔薇挑了陰影暗處便往外跑。

這會兒聶秋染還等在之前崔薇讓他等著的地方，不知為何，崔薇看到他之後鬆了一口氣，忙一把撲進了他懷裡，死死將人給拽住了，心這才落回了原處。這一安定下來，她才感到後怕，心臟跳得厲害。

聶秋染摸了摸她冰冷的手，又感覺到她身上有些濕潤，也沒有多問，只是看崔薇有些慌亂的眼神，一把拉著她便往戲園子裡走。

崔薇這會兒哪裡還敢進潘家，忙就要回去，聶秋染拉著她走了幾步，這才溫和而冷靜道：「別怕，有什麼事，等看完戲再說，無論如何，也要等到戲演完。」

他這話說得是對的，若是自己這副模樣回去了，恐怕往後一旦潘世權知道，便會發現不對勁來，就算他沒抓到自己偷看他跟聶晴，若有點兒懷疑，說不得自己也不好再跟聶晴相處。崔薇心裡明明很是慌亂，可看到聶秋染的樣子，她不知為何，卻跟著冷靜了幾分，衝聶秋染點了點頭，兩人一面又擠著回了那棚子裡頭。

這會兒眾人都在看戲，果然沒人發現崔薇兩人剛剛出去了一趟。

崔薇心不在焉地聽著臺上唱唱鬧鬧的，將身子半靠在聶秋染身上，兩人雙手緊握著，否則她怕不是這樣，自己便會又跟著緊張起來。不多時潘家那邊人影晃動，崔薇眼角餘光看了一眼，見那潘世權已經重新坐回了椅子上，與身旁一個年輕秀美的婦人說笑了幾句，她也沒敢久盯，又開始望著戲臺子發起呆來。

不知這戲唱了多久，終於人潮開始散了起來。崔薇鬆了一口氣，剛想起身，那頭聶夫子便衝他們二人招起手來，崔薇也只好勉強的拿著凳子朝聶夫子走了過去。

那潘老爺則是領著家人又過來了一趟，嘴裡不知說了些什麼，半晌之後他才轉頭衝聶秋染笑道：「聶舉人務必請賞光。小老兒明日準備開席，為犬子慶祝一番，也好叫大家沾沾喜氣，聶舉人可一定要來。」

他話音一落，崔薇藏在袖子下的手便輕微晃動了一下。

聶秋染神色沒變，嘴裡熟練而老道的應付著潘老爺，既沒答應他的請求，可卻又讓人覺得他並不失禮，反倒很是痛快。幾人哈哈笑著，一道男聲突然響了起來——

「舉人娘子不知為何，看起來臉色有些不大對勁，不知道是不是哪兒不舒坦了？」

崔薇聽到這陌生的聲音，抬起頭便望向了一雙探究的眼神，頓時身子一僵，下意識地就抬頭看了聶秋染一眼，那頭聶秋染乾脆伸手將她攬進自己懷裡，一邊有些無奈道：「內子在裡頭坐得久了，剛剛還說想要回去，只是又捨不得這難得熱鬧，因此才坐到如今。」

那裡頭坐著確實是有些不舒坦，潘老爺等人一聽這話，頓時也跟著應和了起來。

孫氏見眾人目光都落到了崔薇身上，頓時心裡有些不舒服，連忙冷哼了一聲便道：「野山豬吃不來細糠，也就只有吃那野豬草的分兒！看個戲也是這樣要死不活的，當真沒有福氣。」

她一開口了，崔薇心裡鬆了一口氣，自然跟著認起錯來。

孫氏見她頭一回對自己這般服軟，心裡不由有些飄飄然，連著教訓了好幾句，直到看到一旁聶秋染臉色黑了起來，才跟著住了嘴。

眾人接連散去，聶秋染被潘老爺留著說了好一陣的話，因此兩夫妻走在後頭。若不是他一直摟抱著崔薇，恐怕崔薇早已經身子軟得坐到了地上。這一出來，聶秋染與聶夫子告別之後，乾脆將她揹了起來。眾人三三兩兩的散去，一路遇著不少打了火把回去的人，兩夫妻也沒有開口說話。路上遇著崔家人，王氏看到聶秋染揹著崔薇，眼珠子都快嫉妒紅了，下意識地就看了崔敬懷一眼。

兩人回了家，崔薇跳下來將門拴緊了，這才鬆了口氣，竟然像是連回屋也沒力氣了般，聶秋染也沒急著問她，反倒是打開了門，將凳子搬進去放好了，又點了燈火，將崔薇拉進屋裡。

灶臺上兩人出來之前便已經熱好了水，這會兒直接倒出來洗臉和手就是。只是崔薇在潘家那邊看到那樣的事情，心裡實在是太緊張了些，又難免不自在，看戲時窩在那棚子裡，渾身都是汗，這會兒回到家來，崔薇扭了扭身子，一邊可憐兮兮地看著聶秋染，一邊道：「聶大哥，我想洗澡。」

她想洗澡，可是她沒有力氣再去提水了。聶秋染沈默地點點頭，出去又重新給她換過水了，連汗巾都收好了，替她提到了廁所中。崔薇洗了個熱水澡，那頭便看聶秋染也像是洗過了，兩人趕緊窩上床，崔薇這才將今日看到的事情跟他說了一下。

「我看到聶晴了。」崔薇這話說完時，下意識地撐起身子看了聶秋染一眼。

聶秋染目光溫和，像是根本沒有聽清她話裡說的什麼意思一般，只是點了點頭。

「嗯。」

「我看到聶晴了。」崔薇又重複了一次，又略微提高了些聲音。「我看到聶晴跟一個男的在一起。」這話一說完，聶秋染神色倒是微微有了些變化。

這就對了。

自己看到聶晴時都已經十分吃驚了，而聶秋染聽到聶晴跟個男的在一起還淡然異常的話，崔薇當真是要吃驚了。她一想到這兒，乾脆翻了身坐起來，趴在聶秋染身上，盯著他道：「不只如此，我、我還看到聶晴跟潘大郎君一起了。」

她一說到這兒，不由得想到了那潘世權跟聶晴在一起的情景，頓時臉上浮現出兩片嫣紅來，一雙眼睛裡像是含了水意一般，看起來粉嫩可愛。但聶秋染此時可沒注意到她的模樣，只是聽到崔薇說看到聶晴跟潘世權在一起時，他不由瞇了瞇眼睛，嘴角邊露出一絲譏諷的笑意來。

聶秋染還沒開口，突然間外頭便傳來一聲尖利的哭喊聲——

「……殺千刀的，偷東西……」

聲音離得不算近，但因為是在夜裡，所以顯得特別清晰，聽那聲音，倒像是從崔家那邊傳過來的，但這聲音雖然尖利，可聽起來不像是楊氏等人的。崔薇頓了頓，突然看了聶秋染一眼。

「是我奶奶！」她一邊說著，一邊坐起身來。

也不知道隔壁那邊發生了什麼事情，聶秋染眉頭皺了起來，一邊坐起身拿了被子給她裹在身上，一邊認命地下床準備點油燈。兩人這邊剛點上燈火，那頭隔壁便傳來了走動聲，聶秋染將衣裳丟給崔薇，示意她放在被子裡捂一陣，自己還沒將衣裳穿好，門外卻突然傳來了拍門的響聲。

汪汪汪……黑背雄厚有力的叫聲也跟著響了起來。

那敲門聲顯得很急，聶秋染回頭看了崔薇一眼，示意她慢慢穿衣裳，一邊自個兒將房門攏好，這才去開了門。

門外崔世福滿臉焦急之色，一雙眼睛裡帶了些絕望，見到聶秋染過來開門時，眼睛不由一亮，連忙就道：「姑爺，你這邊可是看到有什麼人沒有，我娘那邊遭賊了。」他倒不是懷疑聶秋染這邊窩藏有人，只是怕若是賊子看到這邊屋子連著，鑽到了崔薇這邊過來。

聶秋染搖了搖頭，看了黑背一眼。「岳父，若是有賊，黑背這會兒哪裡還會睡著。」

這話倒也是真的，黑背凶悍異常，一般人看到牠躲都來不及了。崔家那邊離這邊不遠，若是遇著外人偷東西，怎麼也該叫才是。崔世福急得上火了，一把年紀的漢子，可是這會兒卻急得快要哭了起來。

聶秋染看他這模樣，連忙先讓他進來坐，只是這會兒崔世福哪裡坐得下來，忙就要回家去打了火把四處找找看。

「岳父，天色已晚，丟了什麼東西，你進來跟我慢慢講，說不定我也能給你拿個主意。」

聶秋染態度溫和冷靜，這讓急得如同熱鍋上螞蟻的崔世福也跟著稍稍冷靜了下來，想到他說得也有道理，如今自己娘林氏那邊東西已經被偷了有一陣了，那賊子若是存心要跑，這會兒恐怕也不易捉住了，倒不如跟聶秋染說說，他是讀書人，說不定能拿出個什麼主意來。崔世福一想到這兒，頓時點了點頭，強忍了心頭的焦急便進了院子。

聶秋染還沒門門，那後頭林氏等人跟著便過來了。這會兒林氏人已經癱在了兩個兒媳身上，哭得呼天搶地的，黑背叫得又凶，聶秋染乾脆將狗給拴了起來關進狗窩裡，這才讓崔世財等人都進來。

屋裡崔薇已經披了衣裳起身點好了燈，林氏一進來時，整個人便哭了起來，有些渾渾噩噩的樣子，也不知道丟了什麼東西，竟然哭成這般了。崔薇嚇了一跳，那頭楊氏卻是連忙伸手在她人中處掐了一把，林氏才悠悠的醒轉過來，一回過神來，她便又拍著大腿哭了起來。

「哪個殺千刀砍腦袋遭瘟的東西斷子絕孫啊，偷我的東西，不得好死啊！」林氏哭得鼻涕流了一大串出來，確實是有些傷心了，楊氏與劉氏兩個兒媳侍候在她身側。崔薇看林氏模樣，連忙進廚房裡拿蔗糖添了些鹽混了些水端出來，就見到聶秋染這會兒已經跟林氏說了起來。

崔家大房那邊人都來齊了，除了一個在家裡照看孩子們睡覺的崔薇堂嫂外。二房這邊王氏抱著崔佑祖都過來了，一時間將屋裡倒是擠得滿滿當當的。

「岳父，到底是什麼東西丟了？」這會兒崔家的人都已經慌了神，就連平日裡身為老大的崔世財臉上都露出惶恐不安的神色，更別提幾個女人了，眾人都如同亂了方寸般，偶爾只聽到林氏抽泣的聲音。在這個時候，聶秋染冷淡的態度無疑是很能有一種安定人心的作用，眾人隱隱都將他當成了主心骨。

崔世福還沒來得及開口，崔世財便已經說道：「今兒晚上潘家裡請了人唱戲，咱們都過去瞧了，晚上回來時，娘便發現她的櫃子被人翻過了，裡面裝了老二還的四兩多銀子，這回全沒了。那可是我娘的棺材本，有些是我爹留下來的，那可是我娘辦喪事要用的。」

他一句話說完，屋裡林氏又跟著哭了起來，連楊氏與劉氏二人都哭。林氏的棺材本被偷了，往後她一旦有個什麼三長兩短的，腳一蹬嚥氣了，便得要兩個兒子來給她貼錢，這對於哪家都不是個什麼好消息，楊氏妯娌二人自然也是跟著哭得無比的傷心。

劉氏跟著也七嘴八舌的解釋起來，林氏也在比劃，幾個女人都在說，屋裡頓時間亂糟糟的。

聶秋染沈默了半晌，突然抬頭往屋裡看了一眼，又點了點數，這才開口道：「大伯家裡其他人呢？」今兒晚上幾乎村裡的人都去潘家裡看戲了，家裡很少有人留下來看家的，而自己家院子裡養了黑背，也沒有聽到響動聲。聶秋染懷疑這事恐怕不一定是外人幹的，畢竟若是外人，誰能猜得到林氏有些什麼東西，又怎麼專找林氏來偷了？

畢竟說句不好聽的，林氏就算是有幾兩銀子，可她這幾兩銀子算什麼，在這村裡，有銀子的人也並不只是她一個，好些人一輩子也不一定就掙不下來這些銀子的。今晚村裡所有的人幾乎都去了潘家那邊，若這事不是村裡人幹的而是外人幹的，旁人一來應該也是盯著自己那邊，而不是林氏那兒。

聶秋染神態冷靜，目光冰冷，一雙黑幽幽的眼睛看得人腳底直冒寒氣。

被他這樣一瞧，林氏全身激靈打了個冷顫，覺得慌亂的心也跟著漸漸地冷靜下來，想了想抹了把臉便道：「屋裡幾個小的都一塊兒去了，坐我旁邊的，我親眼瞅著，不可能。而大郎媳婦兒現在正哄著孩子們睡覺哩，半夜了，他們怕。」她強忍著哭意將事情解釋了一通。

聶秋染點了點頭，目光便落到崔世福臉上。

不知為何，這目光看得崔世福心裡直發寒，連忙就道：「我家裡的人都過來了哩，我也跟著一塊兒去看戲了。」

「岳父品性純良，自然不可能去偷祖母的銀子。」聶秋染說到這兒，心裡基本上已經有了數，回頭便又看著崔世財道：「大伯，不知您家裡遭了賊，雞蛋等物可否被偷了？」

這事說來也奇怪，劉氏在林氏一喊銀子不見時，便翻了自己藏錢的地方，倒是沒有被人撈去，甚至屋裡都整整齊齊的，唯獨林氏房裡被偷了，像是人家摸準了她的地方去一樣。崔世財搖了搖頭，一邊就抱著腦袋道：「沒有，那殺千刀的賊，拿什麼不好，偏偏拿我娘的養老錢，這不得好死，要遭天打雷劈的東西！」

聶秋染一聽到這兒，臉上便露出微微的笑意來，笑容裡帶了些凜冽，想了想與崔世財等人道：「岳父家裡與大伯離得如此近，可偏偏人家一準兒便摸進了大伯那邊？祖母房中有銀子，這事別人恐怕也不知道。若是外頭來的賊人，一般不翻個箱底朝天，乘機將屋裡找個遍是不可能離開的。就算是因為時間來不及，怕被人捉見，可取了銀子之後再去院裡捉幾隻雞鴨也不過是現成的事。」他說到這兒，崔世財等人便跟著不住的點頭，眾人目光都落在了他身上。

王氏看著聶秋染侃侃而談的模樣，容貌英俊溫和，看得人心裡直泛酸水，又見一旁崔薇還沒長開的樣子，只覺得老天沒眼，讓她一隻瞎貓也撞上了這樣好的一隻耗子。

「所以依我看來，這事恐怕是相熟的人做的，畢竟一來能知道祖母有銀子，且直接去她那邊拿，而不經過大伯那邊，這便是最大的嫌疑。唯有相熟的人，才知道祖母銀子放哪兒，知道哪裡有錢，直接拿了便走，他為財而來，因此才不願去捉那些雞鴨。」他說到這兒，事實上心裡隱隱也開始懷疑起一個人來，但現在還沒有說出口。只是他不說，想來林氏等人也該懷疑上什麼了。這會兒聶秋染看到林氏臉色都黑了，連楊氏面色也有些不自然，崔世福也是臉上青白交錯，那拳頭握得咯咯作響。

「今晚上誰沒在這邊，不如去找一找便知道了。」聶秋染這話一說完，崔世福登時身體便晃了晃。

王氏討好地抱著半睡半醒的兒子湊了過來，一邊嘴裡哈哈笑道：「還有誰沒來？大伯娘家裡人都是齊的，咱們家裡也就只有二郎一家沒來，那孔氏可是個慣會偷東西的賊，說不定就是她給拿了。她現在正缺銀子呢，上回我還聽說她兄弟現在正要說媳婦兒了。」王氏這話一說完，才後知後覺地感到屋裡登時冷下來的氣氛，她明白過來自己說了什麼，腦海中竟然想到了崔敬忠來，回頭便看到楊氏惡狠狠瞪她的眼神。

王氏頓時被楊氏的目光嚇了一跳，原本只想著討好聶秋染，卻是忘了還有楊氏，心中也覺得忐忑，只是不安後，想到若是崔敬忠當真做了這樣的事情，那往後可真不能再回崔家了，心裡不由又歡喜了起來。

「不可能的，不是二郎，二郎從小讀聖賢書，怎麼會幹這樣的事情。」楊氏看到眾人目光都落到了自己身上，慌忙地搖頭。

林氏等人則是沈默不語，一晚上的時間裡，林氏像是憔悴了好幾歲，她年紀雖然大，但以往身板硬朗，農忙時還能跟著崔世財等人一塊兒下田做事，從沒露出過這種像是再哭便會倒的模樣來。劉氏緊緊扶著林氏，憤憤不平想要開口，那頭崔世財卻是掏出旱煙點著了火吸了幾口，這才板了臉道：「是不是，可不是二弟妹這會兒一說便成的。敬忠雖然讀過書，但最近幾年鬧的事，哪樣是個省心的，妳瞅瞅他這些年成了什麼氣候？」

崔世財明著是教訓崔敬忠，但那目光卻並不看楊氏，只是他這樣的表態，無疑卻更證明了他心中懷疑崔敬忠的事情來。

若當真眾人都說是崔敬忠幹的，崔敬忠可是讀書人，做出這樣偷雞摸狗的事，往後就算功名不會被剝奪，但若他想要尋個事做，哪家肯用他這樣一個聲名狼藉的人，如此一來，他一生豈不就是毀了？楊氏一想到這兒，心裡便發慌，連忙回頭看了崔世福一眼，驚聲道：「當家的，你說說，二郎的為人你也知道，他絕對不可能做這樣的事情，我生的孩子，我最瞭解的，二郎品性端正，絕不可能做出這樣的事！」

在場的人中，諸人都安靜得厲害，就連崔薇裹了衣裳靠在聶秋染懷裡發著抖也沒有聲音，夜深人靜的客廳裡，火光不住閃爍，四處傳來的安靜簡直能將楊氏給逼瘋了。客廳中眾人都沈默著不說話，只聽到楊氏聲嘶力竭為崔敬忠辯護的聲音。

半晌之後崔世福才站起身來，捏了捏拳頭，臉色既是難看，又是有些異樣的淡漠，他對崔敬忠這個兒子早就已經失望，可心裡總還是顧念著父子之情，希望他能悔過一些，但若這回的事情當真是崔敬忠做的，也證明這個兒子是真的沒有救了。

林氏的那些銀子是她養老的錢，這些銀子是她安身立命的東西，大嫂如今雖然孝順，除了崔世財的威壓之外，何嘗沒有林氏現在幫著做事，往後卻又不要她花銀子養老送終的原因？不過費些力氣而已，劉氏當然拎得清哪樣重要。可一旦林氏沒了銀子，往後養老埋葬的錢要兩家出了，恐怕崔世財再打罵，劉氏心裡也得不舒服，更何況這事若真是自己兒子幹的，崔世財不見得就會高興到哪兒去。

崔世福一想到這些，心裡對崔敬忠那個兒子便失望無比，此時聽到楊氏這樣一喊，頓時連看楊氏也不耐煩了起來，捂著胸口，冷冷便道：「是不是他，還得看過再說，找他一問就知道了，妳現在嚎什麼，老子現在還沒死呢！」

楊氏聽出他話裡的厭煩，頓時心裡也有些惶惶不安，此時在場的人看她的目光都帶了些異樣，楊氏哪裡看不出來，既是擔憂兒子，又是有些害怕，忍不住低頭又哭了幾聲，才睜著一雙紅腫的眼睛，不敢吱聲了。

眾人心裡幾乎都已經開始懷疑起崔敬忠來，這會兒只是還沒挑破而已。畢竟崔敬忠之前幹的便沒哪件不是讓人生氣的，崔世福此時雖然嘴上說著沒有證實，但想到這個兒子三番幾次偷銀子的行為，心中也覺得是他做的。眾人出來點了火把要去崔敬忠那邊問，一群人走動中，引得黑背又開始瘋狂的大叫了起來。

在這樣的情況下，崔薇自然穿了衣裳也要跟過去，聶秋染深怕她受了風寒，連忙進屋裡給她抓了件鋪棉披風裹嚴實了，才跟她一道鎖了院門出去。

第八十九章

這會兒崔敬忠門前已經站滿了人，崔世福手握著拳頭將崔敬忠的門敲得「砰砰」作響，傳得四面八方都聽到了，可屋裡卻是沒人過來開門。

那門板被敲得不住搖晃，牆壁上往下「唰唰」地掉著泥土，楊氏一臉欲言又止的神情想上前阻止，但是又不敢去張那個嘴。

楊氏原是要去扶林氏，林氏卻冷冷看了她一眼，嘴裡譏諷道：「我可不敢叫妳這有讀書人兒子的老封君扶！」

這話臊得楊氏抬不起頭來，只得站在後面不吱聲了。

敲了好一陣，崔世財有些不耐煩了，連忙拿手指將煙桿給按熄了，扯了扯身上披著的舊襖子，一邊道：「老二，你這樣可不行，還是讓我來吧，那門先給下了，若此事不是二侄兒幹的，我這當大伯的殺了雞鴨擺桌酒給他賠罪，再花錢給他重新裝門。」

楊氏忍不住道：「到時若不是二郎，擺桌酒成什麼道理，二郎名聲都壞了……」

她話音剛落，原本便臉色脹得通紅的崔世福，掄起拳頭便一下子重重打在了楊氏臉上。「砰」的一聲，這一下子直打得楊氏頭暈眼花，身體打了個旋兒，若不是後頭的崔敬懷見機得快將她攬進懷裡，恐怕楊氏這會兒便要坐到地上去。

王氏抱著兒子，既覺吃力，可看楊氏被揍又覺得痛快得很，忙別過臉了咧嘴去笑，正好與站在後頭滿臉冷靜的崔薇與聶秋染二人對上，又覺得尷尬與害怕，臉色脹得通紅，忙低下頭不敢再去鬧什麼了。

崔世福一拳將楊氏打得不敢吱聲，只剩了「唉唉」呻吟，這才胸口不住起伏，捂著胸口，聲音有些虛弱道：「大哥，你只管去，若真是這逆子幹的，我將他打死給娘賠罪！」

本來崔世財心中還氣惱得很，覺得這個弟弟年紀越長越不省心，連個兒子也管不住，家裡更是鬧騰得厲害，也實在太沒本事了些。可這會兒看他滿臉痛苦之色，又想到他年紀比自己小些，可這幾年日子過得比自己還難受的情景，每日怎麼熬的也知道，心裡便軟了下來。

兩兄弟當初早早失了父親，早年日子都過得不好，可兄弟感情卻好，剛成親沒分家那會兒，兩人感情本來也深。這會兒看他模樣，將披著的襖子遞給兒子拿了，一邊轉了轉手腕，一邊還是勸道：「老二，你自個兒還是當心著些，若真是敬忠幹的，只要他把銀子還給娘便是，那是娘養老的錢，咱們哪個人都不能要的。」

「我省得。」崔世福這會兒只覺得胸口悶疼得讓人都喘不過氣來了，卻仍是強忍著心裡的不適點了點頭。

從後頭看到崔世福矮了一截的身影，崔薇心裡嘆息了一聲。她現在有了銀子，給崔世福還這四、五兩銀子倒沒什麼，可是卻怕崔敬忠有一便有二，她決定等這事一了，好好跟崔世福說說。若這事真是崔敬忠幹的，以他以往的性格，恐怕這會兒早不知跑到哪兒去了，哪裡還會在屋裡等著，將那四兩多的銀子還回去。

崔世財抱著門，又招呼了兩個兒子一起，三個兒子同時使力，一下子便將這門給卸了下來。這情景看得崔薇眼皮直跳，此時的門卸下也太方便了些，回頭她準備等過段時間將屋裡重新弄弄，把門框邊裝成鐵塊，門上再包些鐵皮才好，免得被人這樣輕輕一弄，便把門卸下了。

門一被打開，眾人舉著火把衝進屋，崔敬忠的房子裡透出一股陰冷來，可惜四處卻都無人。崔薇跟著踏了進去，聶秋染緊緊牽了她的手，幾人四處打量，都沒有人。

崔敬忠的房子是當初楊氏建的，只有兩間房屋的格局，一間裡頭睡的，一間外頭廚房連著吃飯的地方，裡頭可以說是真正的家徒四壁，四周連個櫃子都沒有，床上只鋪了一張草蓆、一件破襖子，卻是沒有人影。崔世財等人打著火把，在床鋪底下把嚇得簌簌發抖的孔氏給提了出來。

「妳躲什麼！敬忠哪兒去了！」崔世財好不容易進來，可是卻沒有料到崔敬忠不在，這會兒心裡已經隱隱生出一股不好的預感來。

崔世福想到前幾回崔敬忠拿了銀子便開跑的情況，眼前一陣陣的發黑。

楊氏由著大兒子扶著，這會兒眼睛漸漸腫了起來，還有些看不清眼前的情景。但一句崔敬忠不見了，卻是令她一下子站直了身子，眼睛縱然有些看不清了，但手依舊是在四處摸索，嘴裡慌亂道：「二郎去哪裡了？孔芳，二郎去哪裡了！」

「妳還顧著那小畜生！先將娘的銀子還了再說吧！」崔世福這會兒氣得已經說不出話來，勉強忍著胸口的悶疼，罵了楊氏一句。

眾人先將孔氏連拖帶拽地弄出了屋子，一邊崔敬懷指揮著王氏將堂屋門打開了，眾人都擁了進去。楊氏由崔敬懷扶著也進了屋，林氏這會兒緩過了氣來，但面色還有些不好看，畢竟丟失的是自己一輩子的積蓄，若就這樣沒了，她一想到晚年生活，到底還是露出幾分惶惶不安來。

這事眾人都不約而同讓聶秋染來作主，聶秋染年紀雖不大，但到底是個舉人，眾人對他本能的都有些敬畏之感，再加上崔世財等都已經被丟失了銀子的事弄得心裡惶惶不安的，這會兒早就方寸大亂，也只有讓聶秋染來作主了。

「妳夫君拿了銀子，前往何方去了？」聶秋染這會兒也不稱崔敬忠二哥，直接一坐下便問了孔氏一句。

聽見他並不是問孔氏是不是崔敬忠拿了銀子，而是直接問她崔敬忠拿了銀子去哪兒，這會兒楊氏雖然有些不滿，但她被崔世福喝住了，也不敢開口，只能任由聶秋染將這事推在崔敬忠身上。

孔氏見眾人都盯著自己，只當事情敗露了，嚇得渾身顫抖，只哆嗦著搖頭。「我、我不知道。」她哪裡見過這樣的陣仗，又當崔敬忠拿銀子的事露了底，面對聶秋染時孔氏本來就害怕，這會兒聽到他一問，連忙捂著臉就哭。「夫君只說去與奶奶借銀子，借段時間，以後會還的，會的……」

她這話一說出口了，眾人哪裡還有什麼不明白的。

「不問自取就是偷！再說屋裡都沒有人，他找誰去借？」聶秋染冷冷看了面色慌亂的孔氏一眼，這話音剛一落，崔世財等人便跟著點起頭來。

「對，就是偷！」這會兒肯定了幹那事的便是崔敬忠，大房劉氏等人氣得心窩子疼，崔世財沒有說話，劉氏卻忍不住了。「二叔，也不是我這做長嫂的苛刻，崔敬忠可是您的兒子，如今偷了娘的養老銀子，您瞧著怎麼辦吧！」

劉氏話一說完，崔世財嘴唇動了動，沒有開口，顯然他心裡也是同樣的意思。雖說打從心裡講，他也是同情這個弟弟的，但四兩多的銀子，可不是一筆小數目，就是存一輩子除了每天嚼用的，也不見得能存得起來。林氏這銀子可是兄弟二人的爹當初過世時給她留了二兩多添底的，如今一下子全被崔敬忠弄走了，崔世財心裡既是覺得心疼，又有些無奈。

一聽到說錢的事，楊氏也不敢張嘴了，如今知道確實是自己兒子偷的錢，若是她再敢替崔敬忠求情，恐怕崔世福能活活的打死她。楊氏一想到這兒，心裡既是焦急，又是替兒子心疼，忍不住抹著眼淚哭了起來。

崔世福沈默著沒有開口，半晌之後才抬起頭來，整個人有著說不出的疲憊，看著崔世財道：「大哥，這事是崔敬忠不孝，敢幹出這樣的事情來，我認了。」他一說完，便看到崔世財不由自主鬆了口氣的樣子。

林氏心裡既是心疼銀子，又心疼兒子，只一旁哭得厲害。

崔薇看著崔世福的樣子，心中有些同情，剛想開口，聶秋染便捏了捏她掌心。

崔世福轉頭看了聶秋染一眼，突然便道：「姑爺，如今勞你想個法子，將這逆子給治住才好，若是不然，三天兩頭的這般鬧，時間久了誰也吃不消。」崔敬忠偷銀子不是一、兩回的事情了，若每回都這般算了，他倒是無所謂，但他不能總讓一家人跟著崔敬忠倒楣。

一旁王氏聽到這事是崔敬忠幹的，頓時只覺得晴天雷劈，抱著孩子半晌說不出話來，剛想嚎哭時，便又聽到崔世福這樣說，算是勉強將哭嚎忍下來了。

「我有個法子，只是不知道岳父捨不捨得。」聶秋染早已經心中打定了主意，從一開始讓崔敬忠進城讀書，慢慢將他逼到現在這地步，好不容易到了收網的時候，這會兒眼見輕易便能將這人除了，他嘴角邊不由得露出一絲笑意來。

看著崔世福，聶秋染又道：「他已經犯了盜竊罪，且之前又有在賭場欠銀子的事發生，若長此以往，再多來幾趟，恐怕岳父長著三頭六臂，也難以替他還債。如今他既然偷了銀子，岳父不如直接進縣裡投了帖子，狀告他偷竊，如此一來，證據確鑿，他也能受應有懲罰。此罪又不致死，且還能給他一回教訓，正好可借朝廷法律，替岳父教訓兒子。」

聶秋染臉上雖然帶著笑，可溫文俊朗的少年臉上這會兒那笑容裡卻是透出一股讓人心寒的冷漠來。崔敬忠這樣的人，上輩子根本沒資格與他說話的，如今這輩子少不得因為崔薇的事要跟他打交道，此人心狠手辣且毫無廉恥之心，乃是真正地道的小人，其狠辣之心就是比起羅石頭也不遑多讓，只是沒什麼才幹，才成不了什麼氣候，只折騰自己人而已。崔世福這老好人受了折騰，可若不除去此人，他往後受苦的日子還在後頭，如今也不枉他布了這樣久的局，終於將人給繞進去了，這也算是他為崔世福做的一件好事了。

「報官？」崔世福臉上露出愕然與猶豫之色來。

他雖然恨崔敬忠，但一聽到報官，心中也有些害怕，若這盜竊之罪當真報了官，崔敬忠又沒銀子還得出來，恐怕不是坐監便是被斬手或是剔膝蓋骨，端是殘忍非凡，吃場大罪崔敬忠是免不了的。崔世福一向宅心仁厚，平日裡對別人都做不出來這樣的事，這會兒一聽到報官的話，心中也有些犯怵。

「岳父若是心疼不捨，可也要想想崔佑祖與大哥等。」聶秋染捏了捏崔薇的小手。

這話一說，原本還有些猶豫的崔世福頓時便下了決心來，狠狠一咬牙，便點了點頭道：「既如此，我全聽姑爺的就是！這逆子行為不端，合該受些懲罰，免得往後禍連一家！」崔世福眼睛通紅，咬牙半晌之後，才握了握拳頭，眼中不由露出光光來。

楊氏一聽這話，頓時便嚎啕大哭了起來。「當家的，不能啊！吃上了官司，二郎便是毀了，他還有功名在的，那可是讀了多年書才堆出來的。」

她一邊說著，崔世福卻是不為所動，只將楊氏推開。楊氏見他這作派，心裡一陣絕望，既恨崔薇二人多管閒事，又恨聶秋染心狠手辣要人性命。但如今崔薇已經嫁了人，不是當初她想打便能打，想拿捏便能拿捏的了。而且這聶秋染更是不好惹，楊氏這會兒是真怕了他，心裡一股火氣堆積下，頓時將滿腹怨氣都怪到了孔氏身上，撲上前便撕打她。

「賤人！妳手腳不乾淨。全是妳將二郎給教壞了，那銀子肯定是妳偷的，妳想偷回去幫妳弟弟！」楊氏一邊抓扯著孔氏，一邊怒聲大罵。

那罵聲不堪入耳，聽得孔氏面色通紅，又淚流滿面。她性情一向有些軟弱，楊氏這會兒在盛怒之下出手那當然是重的，直打得孔氏爬不起身來，嘴裡只痛哭道：「我沒有，我冤枉。」

只是她越這樣喊，楊氏打得她便越凶，好半晌之後孔氏嘴角邊已經流出血來，楊氏才被崔世福給拉開了。

「我那兒還有些銀子，既然岳父已經下了決心，只要將他告上官府，不再管崔敬忠閒事了，我就先將這銀子代岳父先給祖母。」聶秋染一旦將這事解決完，自然便又說出了崔薇的打算。

如此一來，崔世財一家人自然是歡喜無比，就連崔世福也是面色通紅，他不想要這個銀子，也不願意去要，但如今的情況已經容不得他不要，若是沒了這銀子，自己母親往後如何過活？恐怕沒了銀子，她在崔世財一家裡抬不起頭來。

崔世福一想到這兒，也只有強忍住心裡的羞愧，一面低聲道：「只有先麻煩你們，往後我一定還，我開了春便去找個活兒。我種地，我一定還……」他有些語無倫次，又有些激動羞愧，說到後來時，眼淚忍不住跟著流了出來。

雖說之前崔世福將這筆債認下來時崔世財一家子便鬆了一口氣。但如今聶秋染答應將這筆銀子添上，顯然更有說服力，崔世財一家人這會兒已經笑了起來，劉氏更是恭維好聽的話一片片的往人耳朵裡湧。

崔世福也懶得再理孔氏，雖說這事崔敬忠辦得不地道，不過孔氏這人手腳也不乾淨，以前崔敬忠雖然性情涼薄了些，可好歹還沒有偷過東西，娶了這孔氏之後，可算是將這惡習給學到了。他心裡當然對孔氏沒有好感，只讓王氏將孔氏弄了出去，這才親自送著崔薇他們回去。

領著崔世財等人回去，崔薇又親自拿了一錠五兩的銀子交到林氏手中，算是這事才真正完結了，之前崔世福欠的銀子也是一併還完了，崔世福心中自然是感動。

崔薇本來還想再給他幾兩銀子做家用貼補，他死活也不肯要，崔薇也沒有法子了，只說讓崔世福不要再種莊稼，也不要去鎮上幫工，等到崔世福答應下來，她也不再堅持要給崔世福銀子了。

將人給送走，崔薇這才察覺自己的腳凍得都已經沒有知覺了，剛剛出去走了一陣，褲腿上都沾了泥，她索性又燒了水洗過臉和手，泡了腳將褲子重新換過了，才跟聶秋染一塊兒鑽進被窩。今兒發生的事情不少，她險些都將聶晴的事給忘了，如今兩人睡到一塊兒，一邊互相摟著取暖，她才一邊將今日看到的事情詳細跟聶秋染說了一遍。

聶秋染的心思倒不是放在潘世權身上，而是放在了前頭崔薇所說的那年輕男子身上。照崔薇所說，那年輕男子面色有些蒼白，身材瘦弱並不高大，這兩種情況的年輕人在村裡並不多見。一般鄉下人要種地的，哪一個不是像崔敬懷一般身材結實的，就算是身材矮小一些，但也絕對不會臉色蒼白到哪兒去。除了一些讀書的，倒也有可能像她所說的這般。但村裡讀書的人並不多，就是在這整個鄉下，讀書的人家一隻手指頭都數了出來。

他一邊心裡想著事情，一邊伸手便在崔薇背上拍著，下意識地哄著她睡，半晌之後，聶秋染突然倒是想起了一件事來，若是沒有估計錯誤，他恐怕倒真是猜出了那年輕男子是誰了。一想到這兒，聶秋染眼裡不由露出譏諷之色，這才閉了眼睛睡了。

昨日受的刺激大了，崔薇對潘家本能的生出幾分抵觸情緒來，潘家再使人過來請去吃飯時，聶秋染便婉言謝絕了，事實上潘家的人也不過是來做下姿態而已，見聶秋染真拒絕，他們態度表達了，自然也不會三催四請的非要將人拉過去。

一大早時崔世福兩兄弟便準備好要去縣城裡，去之前聶秋染又給了一封書信。他們是走路去的，自然比不得坐馬車，恐怕這光是去縣裡便要大半日的時間，這回他們是去告崔敬忠的。

楊氏一大早的哭喊聲便響亮得有些刺耳，話裡都是在打罵孔氏的，崔薇聽了這些，心裡雖然對孔氏沒什麼好感，但這會兒也忍不住覺得她可憐起來。

崔世福兄弟這一趟進縣裡直到半夜時分才回來。兩人本來當這天底下衙門是最不敢去的處所，但這回因聶秋染的關係，去時極為順利不說，而且最後那些平日看起來張牙舞爪的衙役對他們還極為客氣，心中不由又驚又喜，回來時先來崔薇這邊感謝了一趟，這才回去。自此之後，崔家人看到聶秋染時，都很是敬畏的樣子。

如今小灣村裡因為潘世權謀了官職之事，成為村中最為熱門的話題了，因此原本林氏被偷銀子也算是件大事的，可是硬生生的卻被這件事情給壓了下去。楊氏對此既是感到有些欣慰，又是感到有些惶恐不安，已經過去兩、三天時間了，可崔敬忠還沒有消息，她心中有些害怕兒子出了什麼意外，又高興兒子還沒被人抓著。

崔薇過來崔家拿竹籃時，楊氏正在院子裡拿了細竹枝捆成的人高大掃帚在掃著，崔世福也在。

楊氏前兩天晚上被崔世福揍過一回之後，額頭便腫了鴿子蛋大小的包，周圍青青紫紫的一片，連帶著眼睛都腫了起來，瞇成一條縫，看起來頗為嚇人。她一向好臉面，這些天是連門都不敢出了，洗衣裳等事便都喚著王氏去。

王氏被使喚得敢怒不敢言，但她如今生了孩子多年，早摸清崔敬懷的脾性，也不敢對楊氏不孝順，因此忍氣吞聲著。崔薇過來時，她剛好挑了洗好的衣裳回來晾，嘴裡正低聲咒罵道：「一天到晚的便讓人洗衣裳，也不知哪兒來的這些臭脾性，衣裳洗得再乾淨，生個兒子卻是手腳不乾淨的東西，沒見她將自己拉孩子的東西洗一洗。」

王氏唸得小聲，崔世福與楊氏離得她又遠，因此沒聽清她嘴裡到底唸了個什麼東西。崔薇一進門卻是聽到了，頓時險些噴了出來，連忙抬頭看了王氏一眼。

那頭王氏一見到崔薇過來，眼睛便是一亮。聶秋染如今在縣衙門裡都有臉面的事，崔家裡便沒人不知道的，再加上那晚聶秋染伸手便是給了五兩銀子，眾人都是看見的，王氏當然也想討好了她，往後得些好處。因此一看到崔薇，也顧不得再晾衣裳了，將東西往桶裡一丟，連忙就迎上來，陪著笑道：「小姑子來了，可是過來找爹拿竹籃的，不如中午就在這邊吃飯吧。」

這請崔薇吃飯，王氏可是破天荒的頭一回，但這家裡她說了卻是不作數，楊氏見不得王氏這模樣，她這會兒正是恨崔薇的時候，聽了王氏這話頓時拉著一張臉，將手裡的掃帚一扔，厲聲便罵。「這家裡什麼時候輪得到妳來作主了！豬草割回來沒有，沒有就趕緊滾出去，等下還要做飯呢！」

楊氏臉腫了大半，看起來本來就嚇人，她一板起臉來，額頭硬生生的疼，她臉抽著，可又強忍的模樣，看起來有些滑稽。

王氏聽她這樣喝斥，心裡不由詛咒了一回，但面上卻不敢多說，忙衝崔薇討好的笑，可惜崔薇根本不理她，王氏也只有哭喪著臉，趕緊將衣裳晾了，拿了背篼出去了。

「薇兒來坐，我剛編了些竹籃，妳等會兒，我再湊幾只妳一併拿走了。」崔世福沒有理睬楊氏兩婆媳的吵嘴，只笑著衝女兒招手，他手邊擺了一大溜竹籃，都編得精緻小巧。這古代不像現代有各種各樣精美的禮盒可以用來裝蛋糕，崔薇也唯有用這東西來裝蛋糕了。臨安城那邊最近蛋糕賣得好，竹籃也沒少要，她準備再讓旁人也跟著編一些。可看崔世福兩手飛快的編織著竹片，就為了想多掙些錢的樣子，她話到嘴邊又有些說不出來。

「爹，您也歇一歇，這銀子我照舊給您就是了，我那兒還有錢，聶大哥說他兩年後還要進場試的，若是到時中了進士，銀子只有更多的，您這樣辛苦做什麼。」崔薇看他手掌上被割出大大小小的傷口，鼻子不由有些發酸，連忙進廚房裡打了些溫熱水出來要讓崔世福洗手。

楊氏透過腫脹的眼皮看著這情景，心中酸得厲害，又聽到崔薇說出口的話，想到前幾天聶秋染非要讓崔世福去縣裡告崔敬忠的情形，更是將聶秋染恨得入骨，想到以前崔敬忠便不喜歡聶秋染，果然不是沒有道理的。這會兒聽崔薇這樣一說，忍不住便冷哼了出來。「話不要說得這樣滿，他當自己是什麼文曲星下凡呢，也敢厚著臉皮說中進士，我瞧著他就不像這塊料！」

崔世福聽到這話，頓時大怒。此時人極為講究凶兆吉說，楊氏這樣無異於在觸人霉頭而已，這話只是她自個兒說了痛快，又得不到好處，反倒損了別人，而且聶秋染還是她的女婿，也不知道她話怎麼說出口的。

崔薇卻是衝崔世福搖了搖頭，一邊擰了帕子遞給他擦手，一邊看著楊氏溫和的笑。「您這話就說錯了，我聶大哥再不是這塊料，也是正經的舉人，比起一些只知吃喝賭無所事事，惹了禍還要不是那塊料的人來替他擦屁股，該遭天打雷劈不要臉的小人來說，聶大哥已經很不錯了。」

楊氏原本咒了聶秋染一回，還覺得心中痛快，可誰料崔薇一句話正好戳在她心窩子上，頓時讓她氣得渾身顫抖，指著崔薇便罵。「小東西，妳越長膽子越大了，妳這小賤人，老娘今兒打死妳！」她這會兒氣昏頭了，也不管崔薇是不是已經嫁了人，伸手拿了掃帚便要朝她衝。

崔世福冷冷站起身來，看著楊氏便道：「妳今天動一動手試看看，就瞧瞧我能不能把妳抬回娘家去！」不是將楊氏趕回娘家，而是將她抬回去，便證明崔世福是要動手打楊氏的。

猶如兜頭被人潑了盆冷水，楊氏心裡剛湧出來的火氣登時便熄了個乾淨。

崔薇這會兒一想到崔敬忠便噁心，也懶得跟楊氏多說，本來想與崔世福說幾句話的，但楊氏在，她也懶得去開這個口了。剛跟崔世福說了句話準備拿著籃子離開，誰料外頭傳來一陣陣的喧譁聲，不遠處人聲傳了進來，間或還夾雜著一聲聲有些沙啞的嚎叫，這聲音有些熟悉，崔薇還沒反應過來，楊氏手中的掃帚便落了地，慌忙朝外跑道——

「二郎回來了！」

第九十章

楊氏這做母親的，一下子便聽出了兒子的聲音。

崔薇一聽她說崔敬忠回來了，顧不得拿籃子，也跟了出去。

崔世福臉色鐵青，扔了東西便朝門口走。

不遠處幾個衙役推著崔敬忠便朝這邊走，崔敬忠嘴裡還喊著。「你們放開我，我是有功名的，我妹夫是舉人，你們敢這樣對我！」他這話音一落，那兩個提了大刀的衙役便重重推了他一把。

這幾人身後跟著不少的人群，看樣子有些還不是小灣村的人，應該是從別村一路跟過來看熱鬧的。此時崔敬忠滿身狼狽，臉上還帶著血跡，這樣一路被人押回來，他恐怕功名就算未被剝奪，但名聲臉面也算是丟了個乾淨。

楊氏只覺得腦門裡像是有什麼突然間斷裂開來般，嘴裡喊了一句。「我的兒呀！」說完，便一頭栽倒下去。

此時崔世福根本沒理睬她，只是面色鐵青的盯著不遠處看，崔薇瞧他臉色不對勁，忙伸手扶住他胳膊，隔得近了，才感覺到崔世福身體還在不住顫抖著，顯然心裡此時並不太平。

崔敬忠被人一路押著回來，身上穿了一件棗紅色長袍，只是此時那衣袍上已經沾滿了泥污，看起來狼狽不堪。他遠遠的一路被推過來時，看到站在門口的崔世福，頓時滿臉怨毒之色，抬頭看著崔世福便喊。「你不是我爹，你故意害我！」

一句話說得崔世福身子抖得更加厲害，崔薇嘆了口氣，安撫似的拍了拍崔世福的背，低聲勸他道：「爹，他變成如今這樣了，您就當少一個兒子吧，也不必為他傷心難過，不值得的。」

崔世福重重握了下女兒的手腕，一邊就點了點頭，下意識地伸手想去掏腰間的旱煙，崔薇替他取下來了，取了煙桿遞到他手上，崔世福深呼了一口氣，臉色才稍微平靜了些許。

這會兒工夫，村裡許多人都圍過來瞧熱鬧了，隔壁崔世財一家子已經跟了過來。

那衙役押著崔敬忠回來了，劉氏指著崔敬忠的鼻子便破口大罵。「你這不忠不孝的，連你祖母的喪葬費你也偷，你良心被狗吃了吧，你讀書讀的良心也黑了，該遭天打雷劈的狗東西！」

眾人聽到這話，也你一言我一語地罵了起來。

崔敬忠不甘被劉氏這樣責罵，頓時也跟著劉氏互罵了起來。崔敬忠平日裡瞧著是個讀書人，以前也是滿腹傲氣的，崔家裡的人都當他是個斯文的人，可誰料這會兒一張嘴跟劉氏對罵，才顯出他那張嘴不是唬人的，一些污言穢語，就是成婚了幾十年的婦人恐怕都不好意思說出嘴。他此時卻不管劉氏是長輩，直與她對罵得面紅耳赤，實在讓人大大出乎意料。

那兩個衙役將人給帶到了，也樂得看人熱鬧，抱著雙臂不說話。

一時間崔家大門前熱鬧非凡，眾人都瞧得津津有味。

崔世福滿臉通紅，又氣又惱，崔薇忙遞了一個錢袋子到他手中，看了崔世福一眼，崔世福這才強忍著心裡的難受，上前遞了打點的錢分別給兩個衙役。

一收到錢，那兩人也不再袖手旁觀了，重重一巴掌拍在崔敬忠腦袋上，厲聲喝道：「罵夠了沒有！枉你還是個讀書人，竟然也是這般模樣，呸！」

「大人，這崔敬忠不孝不義，又是個心狠手辣的，該判他斬首才是！」劉氏這會兒被崔敬忠罵得火大，一抬眼皮便衝那兩個衙役嚎了一句。

這話惹得崔敬忠還要罵她，那頭楊氏卻悠悠的醒轉了過來，一聽到劉氏這話，頓時急火攻心，一口痰堵在喉間吐不出來，瞪著劉氏，眼神似要吃人一般。

「你們的家事，咱們管不了，這一趟咱們過來是給送人回來的。上回崔老爺舉報，說此人偷竊銀兩，不知此事屬實否？若是屬實，咱們便要將人帶回去了！」那兩個衙役中身材略微高大些的又一巴掌拍在了崔敬忠頭頂。

崔敬忠吃疼，卻是連聲都不敢哼，只是哀求的看著崔世福，哪裡還有之前的囂張模樣。

這人便是個欺善怕惡的，崔世福早就被這個兒子寒了心，又想到剛剛女兒塞來的那包銅錢，恐怕足有幾百錢之多了。為了打點這兩人，一個外嫁的姑娘總惦記著娘家，而自己一直捧在手心的兒子最後卻這樣不成器。他這會兒鐵了心，也不去看崔敬忠的眼神，一邊飛快地就點了點頭。

「煩勞兩位差大哥，此人偷我娘銀子，他不是我兒子，該怎麼辦，我、我沒有意見，全聽大人的。」

這話一說出口，崔敬忠眼睛登時便瞪大了。

楊氏受了刺激，咕咚一聲將堵在喉口的痰吐了出來，抓著崔世福便哭嚎了起來。「當家的，他可是咱們的兒子啊，不能啊，差的銀子，四丫頭已經還了，饒了他一回吧！」

崔世福忍著心頭的不捨，將楊氏給踢了開去。

周圍人指指點點的望著這邊，崔敬忠嚎哭著被人又拖了回去。

有了崔世福塞錢的打點，衙役們辦事也很是俐落，那天崔世福的態度眾人都看在眼裡，這事是聶秋染親自給寫了書信的，聶秋染是什麼身分，他現在年紀輕輕便中了舉人，若往後哪一日他有了出息，中了進士，前途不可限量，恐怕就是縣太爺也得對他陪笑幾分。崔敬忠無權又無勢，縣裡的人自然樂得整他一回，好給聶秋染賣臉。

因此崔敬忠回來時，是被人剔掉兩隻膝蓋骨給送回來的！沒了兩隻膝蓋骨，崔敬忠這輩子便成了廢人，功名也被剝奪了，從此行走也不便，崔薇聽說這事時，只知道楊氏哭成了個淚人兒，頭一回不顧崔世福的怒罵，執意搬到崔敬忠那邊，要好好照顧兒子。楊氏心裡重重地恨上了崔薇二人，又跟大房也鬧得不可開交，這事才算落幕了。

春天一到，天氣便漸漸地開始暖和起來，村裡許多人最近忙著插秧的事情來，如今崔世福算是已經跟楊氏鬧翻了臉，兩家之間各過各了，崔世福索性自己住到了羊圈那邊，任崔敬懷怎麼請也不肯回去。崔薇便準備請人在隔壁再給他蓋一間房子，有自己幫著，崔世福日子也能過得好些。

最近崔家的事鬧得太大了，聶夫子心中也有不滿，喚了崔薇過去明裡暗裡的敲打過幾回，對於這些，崔薇也是無奈得很。這些事也不是她鬧出來的，只是這輩子成為姓崔的，也不是她自己願意的，被人罵也是無可奈何，只能每次聽過就算了。

幸虧聶夫子還記著自己秀才的名聲，也沒做出什麼過激的手段，他使用的冷暴力方法對孫氏有用，可這種冷淡對崔薇卻沒什麼用，再加上頭頂有聶秋染頂著，倒是每回都只聽幾句唸就算了，多來幾回，崔薇也只當這是一個任務般完成了。

三月剛過，天氣便更是暖和了些，一大早的崔世財那邊便熱鬧了起來，像是來了客人的樣子，崔薇洗了衣裳回來，那頭劉氏便過來敲了門，滿臉帶笑的要請她過去吃午飯，說是那邊來了客人。

自上回聶秋染替崔敬忠出了銀子還給林氏之後，好像誰都當討好了崔薇便有好處一般，不只是劉氏三天兩頭的要請他們過去吃飯，就連那王氏都抱著兒子上門來說過好幾句好聽話。

這會兒崔薇連菜都準備好了，自然不去崔世財家裡吃飯。因此便婉言拒絕了劉氏的邀請，只是最後卻仍有些好奇，雖說不去崔世財那邊吃飯了，但卻多嘴問了一句：「大伯娘，你們家來客人了?可是大伯娘家裡的人過來了?」

崔世財那邊的親戚幾乎都跟崔家人有關的，劉氏的娘家人崔薇也見過，可每回娘家人過來劉氏雖然高興，但也不像現在一般，笑得滿臉都是褶子，只見牙不見眼了。

一聽到崔薇問話，劉氏臉上的笑意更深了一些，忙歡喜地就道：「哪是我娘家人來了，是妳大梅姊，她要說親了。」一說到這兒，劉氏忍不住捂著嘴就笑了起來。也不待崔薇答話，忙噼哩啪啦就道：「妳大梅姊現在也到歲數了，該成婚了。前幾日便有媒人過來找我提親，說是那鳳鳴村的陳家瞧上妳大梅姊了，這不，今兒陳家的人正好過來呢。」劉氏一說到女兒相的這門婚事，滿臉都是笑意。

只是崔薇聽到鳳鳴村陳家的名字時，頓時心裡一個咯噔，臉色馬上便有些變了。「大伯娘說的鳳鳴村陳家，該不會那個人叫陳小軍吧？」

崔薇面色有些不好看，語氣又有些急，劉氏聽她這樣說，頓時便嚇了一跳，今日是她大喜的日子，大女兒崔梅今年都已經十四歲了，還沒說親，正著急了，可現在倒有一戶好人家送上門來與她說親，她是歡喜都來不及，偏偏崔薇看起來不像是為她女兒高興的樣子。劉氏心中多少有些不痛快，要不是礙於聶秋染的臉面，恐怕這會兒她臉早已經拉了下來，不過雖然還沒有立即翻臉，但她笑意已經收了個乾淨。

「四丫頭，妳也是當妹妹的，怎麼妳大梅姊要說親，妳還不痛快？再說了，這男方叫什麼名字，妳也是個出了嫁的，怎麼知道的比我還清楚？妳自個兒現在是嫁得好了，也不能讓妳大梅姊嫁個泥腿子吧？」劉氏說到這兒，看崔薇面色有些不好看的樣子，心裡多少舒坦了幾分，這才笑道：「不過妳年紀小，我也不跟妳計較，只是這樣的事往後可不興胡說了，我家裡還有事，就先回去忙著了。」

這會兒劉氏就算是再想著要討好聶秋染，可崔薇問了一句之後她也不願意請這兩人回去吃飯了，若不然崔薇一個口沒遮攔將人給得罪了，她往哪兒哭去？

劉氏生了兩兒一女，兩個兒子大些，都已經成婚了，唯獨只有一個女兒，從小勤勞乖巧，劉氏雖然也重男輕女，可女兒到底是她生的，往後若是崔梅嫁得好，她自己日子過得不錯，說不定還能貼補娘家。聶秋染雖然是有出息，可說到底，又不是她女婿，到底隔著一層，那陳家的兒子聽說也是在讀書的，往後要是有了出息，受益的也是自己的兒孫，求女婿總比求侄女婿要好一些吧！劉氏心裡打著算盤，又想到陳家，更是覺得崔薇這模樣是在霉著她呢，不想自己的女兒嫁得好一些，臉色便更難看了幾分。

崔薇見劉氏這臉色，哪裡不知道她心裡在想什麼，心中也是有氣，可一想到崔梅，她雖然跟這個大堂姊一向沒什麼交集，可也知道這崔梅是個最老實不過，又膽小勤勞溫順的少女，平日裡不多言多語的，跟原主的崔薇極為相像。若那前來提親的陳家果真是之前要與聶晴說親的陳家，那麼這陳家絕對有問題。

孫氏這邊都已經開始讓聶秋染準備聶晴的嫁妝了，這會兒陳家怎麼又開始來崔家提親了？這不是擺明著要整人的嗎？往後事情真要傳出去，崔世財一家子不知得變成什麼樣子了。

搶了聶家正在說親的對象，往後劉氏哪裡還有面目出門去？就算最後她真將女兒嫁到陳家了，恐怕小灣村人的唾沫星子也能將她活生生淹死！更不要說嫁到陳家裡去的崔梅了。

一想到這兒，崔薇抿了抿嘴，也顧不得劉氏臉上不耐煩的神色了，連忙開口道：「大伯娘，您聽我說，這陳家到底是不是那戶人家，您說給我聽，我之前聽人說，咱們村裡也有人在跟陳家議親，說是婚事都準備得差不多了……」

劉氏本來要走，可惜胳膊被她捉住，又聽到崔薇說這話，眼睛裡露出著急之色，心中不由有些狐疑，又有些生氣。「那鳳鳴村姓陳的人家又不止是一戶，有人說親怕什麼，就算是同一家人，那事不是沒成嗎，不然人家幹麼到我這邊來提親？那陳家裡可有著兩畝地，是自己的哩，可不是租朝廷的，妳小孩子家家的，也不懂這事，妳別管了。」劉氏說到這兒，扯了扯胳膊，不滿地看了崔薇一眼，冷哼了一聲，離開了。

崔薇想到剛剛劉氏防備的神情，頓時有些鬱悶了，她可是一片好心的，偏偏劉氏不領情，剛看她那樣子，像是覺得自己在嫉妒她女兒一般，那陳家再好，她也不稀罕的，她自己手裡的地現在就有十幾畝了，用得著嫉妒人家兩畝地嗎？更何況有自己地的人家可不多，偏偏還是姓陳的，崔薇幾乎敢肯定與崔梅說親的那人便是陳小軍了，這樣的一戶人家可不是什麼好去處。

崔薇一想到這兒，雖然剛剛劉氏的態度不好看，但她仍決定下午後去崔世福那邊與他說說，上回自己問過陳小軍的情況，崔世福也是知道的，說不準與他提了，他能提醒一下崔世財也好。

一頓午飯崔薇匆匆吃完了，連聶秋染喚她也沒答應，揮了揮手便朝崔世福那邊跑。這幾天崔薇準備找人來給崔世福修房子，因此他暫時又搬回了崔家住，此時崔家裡沒有人，大門緊鎖著，看樣子一家人都去了崔世財那邊吃飯。崔薇撲了個空，乾脆又回了家裡。

聶秋染搬了個躺椅坐在外頭院子裡，曬著溫暖的陽光，一邊拿了本書在看，見到崔薇回來時，他嘴角邊不由露出一絲笑容來，挑了挑眼角就道：「沒找著人，還是受了氣？多管閒事了吧！」

聶秋染瞧她鼓著一張臉的樣子，忍不住就想笑，忙將手裡的書擱下了，一邊從屋裡搬了張椅子出來，拉了她便往椅子上坐。「妳跟我說說，午飯時就不對勁了。」

「聶大哥。」崔薇這會兒心裡也有些鬱悶，見聶秋染跟自己提起這事，想到陳小軍的名字還是他告訴自己的，頓時眼睛一亮，忙就與他說了起來。「今日我大伯娘過來找咱們去吃飯，說是我大堂姊那兒有人過來提親了，你猜猜前來說親的人是誰？」她一邊著急地說完，一邊眼巴巴的就望著聶秋染。

瞧她眼睛晶亮，一雙粉嫩的臉頰上剛剛跑了一趟還染著紅暈，小嘴嫣紅，看起來實在可愛得很，聶秋染喜歡她這樣著急的樣子，比起平日一副小大人的神色來說，覺得她這模樣可愛得多，因此故意不說話，使崔薇有些著急了，搖了搖他手就撒嬌。

「聶大哥，你趕緊猜嘛！」她這會兒想到陳家，便有些忍不住了，非要讓聶秋染猜。

聶秋染故作想了半天的樣子，眼裡不由閃過一道冰冷之色來，臉上卻是帶著溫和的笑意，抽了帕子替崔薇擦額頭的汗，一邊溫和地道：「是鳳鳴村陳家的吧？」

崔薇點了點頭，精神一振，半晌之後又回過神來，有些詫異道：「你怎麼知道？我還沒說呢！」劉氏過來時，聶秋染被聶夫子喚回了聶家，並不在屋裡頭，他怎麼就知道這事了？

崔薇瞪大了眼睛，突然開口道：「該不會現在村裡人都知道了吧？」

若是村子裡的人都知道了鳳鳴村陳家既跟聶家訂了婚事，而這又轉頭上門來崔家提親之後，恐怕崔家立即便會成為小灣村裡最大的笑柄了！

剛剛劉氏嘴裡所說的那兩畝地，幾乎可以讓崔薇肯定來向崔梅說親的那家便是陳小軍了，雖然不知聶家那邊怎麼突然便沒了下文，但這會兒崔薇卻本能地覺得有些不大對勁。

這幾天孫氏一直都在催著聶秋染趕緊將嫁妝給她送過去，一副嫁妝要從她那兒抬出去的架勢，既是想要臉面，又不肯出一分銀子，說不得以孫氏為人，還想貪一些留下來給聶秋文。聶秋染不知為何，總將這事給推了，說要將聶晴嫁出去他才肯抬嫁妝，孫氏也無奈，過來哭過幾場，但她可不敢找聶秋染麻煩，只能鬧過之後又蔫蔫地回去了。

「妳放心，我猜的而已，這事妳不要管了。」聶秋染表情淡然，勸了崔薇一句。「這回妳大伯娘若是聰明些，不要貪小便宜，將人給推了便罷，若是她想貪些禮金，又想著要將女兒嫁好些，那便是她自找的了。」

一般這樣的事情鬧大了，最吃虧的便是女方。聶晴那頭有聶夫子與自己名聲在，她根本吃不了虧，再加上若這事一出來，說不得她便會成為一個受害者，人家只會對她同情的，使她名聲更好，如同前世般，背了罵名的，便是那個受她算計的女人，一輩子吃苦受累，最後深受夫家折磨而死。這一世聶晴幹出這樣的事來，恐怕是不知道什麼時候她對崔薇不滿了。她那人永遠都是寧叫她負別人，也不會讓別人負她，一有丁點兒不如她意的，便百般算計報復。

前世時的自己便吃過她這一點虧，拿她當親近的妹妹看，以為小時虧欠了她，誰料最後百般照顧，也沒暖了她的心。

這一輩子她瞧崔薇不順眼，因此這事她才推到崔家來，只是不知道前一輩子，崔薇又怎麼惹著了她，或者她只是隨意挑個替死鬼而已？

聶秋染心裡一瞬間各種念頭一閃而過，他想到那日裡崔薇口中所說的面白瘦弱的少年，若是沒有記錯，那應該便是陳小軍了；前世之時，他曾看過這個人一眼，崔薇攔路求他幫忙之時，他曾遠遠的看到過那人一次，依稀有個印象，就是面白瘦弱，只是不知聶晴什麼時候與他見過面。

前一世因為陳家先與聶家說親，這事是誰先說親也不知道，最後莫名其妙與陳家的婚事沒了，聶晴成日哭哭啼啼，最後陳小軍另娶，眾人都憐惜聶晴，就連聶夫子後來對這個女兒也多有關注。

以致到後來他對崔家沒什麼好感，聶晴後來另嫁，又有羅石頭一路撐腰照顧，日子過得越來越好，若不是後來崔薇攔路求他看在同鄉分上主持公道，恐怕聶秋染也不會記得有這樣一個名叫崔薇的小丫頭。

這一世從頭來過，重新經歷一次當初自己忽略過的事情，發現聶晴在其中的影子之後，聶秋染越發有些佩服自己的這個妹妹，恐怕她在尋求自己未果之後，便已經去過陳家。而上一輩子看來崔薇最後的結果那樣淒慘，最後竟然死無全屍，也是拜聶晴所賜了！

只是上一輩子聶晴得了羅石頭的善緣，無意中不知道哪一個舉動讓後來令人懼怕的羅石頭對她傾盡全力報答，如今的她已經沒了這個本事，又有自己在一旁不會如她之意，不知她現在該怎麼重複上一輩子的輝煌了。

聶秋染一想到這些，心裡不由有些翻湧，眼睛裡露出幾分陰戾來，倒是令崔薇嚇了一跳，又推了他一把，聶秋染才極快地將眼底的思緒隱下去，重重握了握崔薇的手。

「薇兒，妳不要管這事了，我瞧著妳大伯娘不像是會聽妳話的，妳就算是一片好心，說不得在她看來便是驢肝肺！」他一想到上輩子這小丫頭嫁的是旁人，心裡不由自主地冒出一股酸水來。「那陳家的，總有一天我會好好收拾他們。」他說到這兒時，語氣有些嚴厲，看到崔薇的眼神，他這才解釋道：「他視咱們聶家如無物，輕易便毀了聶家名聲，我倒要讓他好好瞧瞧，咱們聶家可不是他們陳家好擺布的！」

上輩子的聶晴就是因為陳家毀婚而占盡眾人憐愛，這一回再來，聶秋染當然不會如了聶晴的意，只是事到如今，事情的軌跡大多都隨著上一世在發展，上一世發生過的事情，也必會應在某一個人身上，他阻止不了。就如同與羅石頭的結緣，不是聶晴便是崔薇，只不過聶晴是無意中一個厭煩的舉動，而崔薇是真有些同情那小子而已。上一世嫁人的是崔薇，而這一世，嫁人的則是崔家大房的崔梅。

「聶大哥，我再試試吧，若是我大伯娘不聽，我也不說了。」崔薇想到那個與原主性格相差不多的小姑娘，心中也有些憐惜，想了想之後，歪了腦袋看著聶秋染說了一句。

聶秋染看了她半晌，突然之間就笑著點了點頭。不知為何，這輩子崔薇與前世性格完全不同，前一世她就是到快死了，所求的也不過是讓夫家給她孩子留個小小的活路便成，她自己本人是忍到了死也是要忍下去的，倒與她這一世不同，這一世的小姑娘不知為何，脾氣看起來厲害了許多，楊氏打她時也敢還嘴，聽說當時還敢砍了她大嫂王氏，更是敢搬家出來另過。要知道前世她嫁了人之後回娘家被嫂子打得沒了孩子，也是忍氣吞聲不敢多說，回了婆家又遭折磨的軟綿性子，哪裡想到她會像現在這般，簡直如同變了一個人的樣子。

當時崔薇這事鬧得極大，王氏也因此壞了名聲，最後崔佑祖說親不上，一個鄉里鄉親的，當初孫氏又愛說這些閒話，每回說起都是一臉不屑與嘲笑的樣子，因此他對於崔薇多少有些同情，所以在後來她攔路相求時，才替她援手過一回。

一想到當初崔薇嫁人生子的事，聶秋染心裡有些不悅，嘴唇也抿了起來，半晌不開口說話，臉色漆黑。

崔薇還在說著大房那邊的事，又猜著陳小軍那邊是個什麼盤算，回頭便看到了聶秋染的臉色，不由就輕輕推了他一下。「聶大哥，這陳家到底是怎麼回事啊！」

聽她總是說起陳家的事情，聶秋染眼皮跳了半晌，好不容易才咬了咬牙，忍不住擰了她臉蛋一句，這才開口道：「管他們現在如何，反正他們現在與妳無關！」

崔薇有些莫名其妙，拍了他的手，卻又被他順手將自己還帶了些小孩子特有肉感的手抓在掌心，她掙扎了好幾下，沒掙得脫，聶秋染力氣用得其實不大，這會兒天氣雖然回暖了，可還是有些僵手腳，他的手帶了些溫暖，指邊有薄繭，骨節分明，雖然一握便知道是讀書人細緻修長的手，可卻並不令她反感，因此也不掙扎了，任他拉著。

她睜著眼睛不滿道：「什麼現在跟我沒關係，我本來跟他們就沒關係，我現在說的可是我大堂姊的事！」她跟崔梅並不是真正親近的堂姊，就是崔薇原主本身與她感情也並不如何深，畢竟在這農家裡頭，一天到晚要做的事都不少了，楊氏與劉氏兩人可不是疼女兒到願意讓她們一天到晚不做事出去串門子的。

她對於崔梅，只是有些同情而已，想盡自己的努力幫她一把，免得往後她嫁得不好，落得個孔氏那樣的結局，自己想起來也會有些後悔。說到底，她還是本能的覺得陳家有些信不過。

「是是是，他們本來與妳也沒關係。」聶秋染聽了她這話，心情跟著大好了起來，也不去想那些糟心的事，眼角唇邊都帶了笑意，一邊摸了摸她臉蛋，不知為何，心裡一種舒坦感覺掩都掩不住，令他不自覺的就想笑。

崔薇前世跟現在完全如同變了一個人般，雖說想到她當初嫁過人，聶秋染心中還有些不大舒坦，不過若她當真是另外換了個人，那前世的事情也與她無關了，她自始至終都是自己的！

聶秋染沒料到自己這會兒心裡的想法，本能地就覺得很爽，一邊抓著她的手不想放開，也沒意識到自己的行為與想法有何詭異之處，便開始想起崔家這事能不能解決來。

與一心二用的聶秋染談了半天，崔薇沒料到他腦海裡還轉著其他的念頭，看了看時辰不早了，也不知道崔世福吃完沒有，她想再去瞧瞧。

崔家那邊突然傳來一陣說笑的聲音，崔薇一下子站起身來，聶秋染知道她心裡的想法，嘴角抽了抽。本來不想讓她去多閒事，但一想到她現在嫁給自己了，反正不可能會像上輩子般中聶晴暗算，也由得她去折騰吧，反正最後自己也能替她收拾，不如隨她心意了。

第九十一章

崔薇這會兒不知道聶秋染心裡的想法，她只覺得自己想要去提醒劉氏一回，反正聽不聽在她，自己也只是多句嘴而已，若是她能聽，說不定自己還能挽救一個跟原主相似性情的少女，不用再重複原主之前死得無聲無息的悲劇。

事實上崔薇雖然覺得自己不想來到這古代，也並不想頂了崔薇本來的身分，但她心裡其實對於那個早已經消失不見的小女孩兒很是同情的，尤其是在自己頂著她過了這些日子之後。

這會兒崔世財一家人正送著一大群人出去，崔薇剛走到轉角便碰上了，崔世福等人也在其中，只是崔世福臉色有些不大好看，聽到腳步聲時，轉頭便看了女兒一眼，以眼神示意她離開一些。

那頭王氏抱著兒子，一臉看好戲的神色，這會兒崔薇剛出來，眾人目光還沒落到她身上，王氏一向唯恐天下不亂慣了，深怕自己瞧不到人家熱鬧，哪裡還記得她想要討崔薇歡心，一順著崔世福的目光往崔薇看過去，頓時便興奮的大叫了起來。「四丫頭，妳快過來，人家剛剛陳家郎君還提到想娶妳呢！」她一邊說著，一邊臉上露出看好戲的笑意。

崔薇聽清楚王氏的話，頓時既對陳家人感到噁心，又恨不能一耳光朝王氏打過去！

她一聽這話，氣得手腳發抖，那頭劉氏目光順著王氏的話便轉了過來，一雙眼睛惡狠狠的盯著她，像要吃人似的，哪裡還有之前的溫柔和藹？

崔薇正恨王氏入骨，不用她動手。崔世福已經反手一耳光便抽到了王氏臉上，打得王氏有些發懵，崔世福這才強忍了怒氣衝大兒子厲聲喝道：「把你婆娘管好！」

照理來說一般管教兒媳是婆婆的責任，可此時楊氏還在崔敬忠那邊，幾乎被剝除在崔家之外，而這會兒王氏做的事也實在太過分了，這樣大聲，她是在破壞崔薇名聲，崔世福如今經歷過崔敬忠的事之後，對兒子看得越發淡，反倒是對女兒很是感激，哪裡能容得了王氏這般毀她。

王氏看到崔世福眼神，以及崔敬懷渾身勃發的怒氣，便知道自己糟了。她剛剛一時激動與興奮，不小心說錯了話，誰料現在換來這樣一個結果。她捂著嘴，也不敢吭聲，眼淚在眼睛裡打轉，卻是不敢哭出來，否則崔敬懷那眼神，恐怕現在真會活活打死她！

「四丫頭過來了，莫非妳是來幫咱們家大姊兒挑男人的？」劉氏心裡氣得要死。昨兒聽媒人說過鳳鳴村的陳家瞧上了他們大姊兒之後，她一打聽了陳家的情況，心裡便滿意得不得了，今日興沖沖的來找崔薇，本來是想讓他們兩口子過來給自己家添些光彩，畢竟自己若是有一個侄女婿幫著撐腰，而這侄女婿還是個舉人，那陳家說不得便會更高看自己幾分。

哪知一過來崔薇便給她潑了盆冷水，她回去之後便隱隱有些不舒服，可沒想到那陳家老太太賀氏比她還要臉色擺得高，一副處處瞧不起自己家，處處比自己家高上幾分的模樣，氣得劉氏心口疼。而且這還不是最緊要的，最緊要的是在酒席間，那同來的陳小軍口口聲聲說他本來想娶的是崔世福家的四丫頭，不過是因為四丫頭嫁人了，他沒法子才娶崔梅而已。

本來這上門說親就沒有男子家的事，劉氏一開始以為這陳小軍是為自己女兒而來，還當自己女兒沒嫁到夫家，便得夫家看重，往後恐怕更是能耐的，說不定能拿捏著丈夫貼補娘家，可沒想到，這陳小軍竟然說他是為崔薇來的！

若不是這陳家還有兩畝地，劉氏當即便能將人打發出去。不過就算是這樣，她心裡忍下了那口氣，可是對崔薇到底是怨恨了起來，只當她是自己占著兩個蘿蔔坑，不想讓一個給自己女兒。劉氏氣得要死，這會兒看到了崔薇，哪裡還有好臉色，忍不住便冷笑。「妳可真安的好心，我當妳早上跟我說什麼呢，原來背地裡竟然藏著這樣一茬。」

崔薇沒想到這陳家如此惡毒，心裡雖恨王氏，但一想到王氏說的話，頓時便將目光落到了另一群自己不認識的人身上。

既然王氏都說了是陳小軍親口說出要污她名聲的話，那麼這話不是陳家人傳出來的，便是陳小軍就在這群人中。崔世財等人送出的客人裡，有一個身穿青色長衫，身高與劉氏相等的瘦弱年輕人，雖然沒人介紹，但崔薇幾乎便可以肯定這人就是陳小軍了，而不知為何，這年輕人還沒抬起頭來，她便總覺得自己像是在哪兒瞧見過他。

「我家夫君是舉人，該不會陳家郎君將自己比作舉人老爺了，白日裡就開始作著這樣的夢吧？」崔薇說話也不客氣，這陳小軍的話若是她忍下了半分，這村裡的流言蜚語便能將她命都要去半截！

這人年紀瞧著也不小了，該到了說親的時候，不知怎的就這樣惡毒，難道他不知道這話汚了人家名聲，是能要別人命的？崔薇這會兒是氣憤到極點了，看著陳家人便冷笑。「話說咱們還真是熟人呢，我家夫君姓聶，想必諸位也都知道了，如今你們說認識我，還真不奇怪。」

崔薇這話一說出口，一個年約四十許，穿著一身湖綠色衣裳，眼睛似研究般，上下打量了她好幾眼的一個婦人，臉上頓時露出尷尬與慌亂之色。

她是聽出了崔薇這話裡的意思，剛剛只顧著惱火，倒是忘了，這崔家的丫頭聽說是嫁到了聶家的，而自己之前還想著給兒子娶了聶家的姑娘，本來是瞧在那聶大郎的分上，讓聶大郎提攜一二的。可誰料兒子一回來，死活便說喜歡上了崔家的姑娘，不肯娶聶家的那位。賀氏也實在是沒有法子了，她雖然想攀高枝兒，也打聽到了聶家的名聲與地位，可到底相比起其他，自己的兒子還是最重要的，不然陳小軍要死不活的，她再是無奈，也只有今日隨了媒婆一塊兒過來。

本來賀氏是將滿心怒火發洩到了崔家頭上，可是瞧陳小軍這模樣，又不像是真正喜歡崔家姑娘的，又聽說他喜歡的是崔老二家的四丫頭，那丫頭已經是嫁了人的，賀氏本來很不高興，認為這事有傷風俗，但此時一看到崔薇，雖然依稀能看得出眉眼長得不差，往後長大倒是個標緻的，但現在年紀還小，哪裡自己的兒子便會喜歡上她了？心裡隱隱就懷疑是不是兒子為了能娶到崔梅而故意胡說八道，又有意想替她隱瞞保她名聲的，心下氣得半死。

又聽崔薇現在提起聶家，賀氏心裡又急又慌，若那事傳了出來，自己陳家名聲可是糟透了，自己兒子讀書多年，往後還要考秀才的，要是污了名聲如何了得。因此她一著急之下，也顧不得這兒子便是自己的心尖子了，狠狠的擰了他一把，厲聲道：「逆子，剛剛胡說八道什麼。聶夫人可是正經的舉人娘子，你究竟心裡如何想的，還不趕緊給我說出來！」

賀氏這會兒一擰了兒子，心疼得臉都皺巴成一團，既恨這兒子滿嘴胡說，那媳婦兒還沒娶進門呢，便已經維護上，又恨這劉氏裝模作樣，養出一個不正經，婚前便與人勾搭的女兒來。

賀氏本來是想與聶家結親的，但此時為了保兒子名聲，又看兒子確實喜歡，也願意遂了他心願，因此打定主意要讓他承認了這崔家大姑娘是他心上人，反正就算是自己不滿意，往後這兒媳婦娶進門了慢慢再收拾就是，沒必要現在便壞了名聲，得罪了聶家！雖說兒子做的事不地道，本來便已經得罪聶家了，但賀氏還不願意將聶家得罪得太狠，畢竟聶秋染現在出息了，誰知道他往後有沒有記恨自己之時？

陳小軍低垂著頭，咬了咬牙，腦海裡浮現出聶晴淚眼婆娑的表情，頓時心裡一陣陣的擰著疼，又想到她說嫂子刻薄她的話，頓時深呼了一口氣，也不顧母親還在擰著他，便倔強道：「我沒說錯，我想娶的就是她！」他到了現在還一心想污了崔薇名聲替聶晴報仇，崔薇頓時氣極反笑，還沒開口，她身後聶大郎的聲音便已經傳了過來——

「好女百家求，這是理所當然的事，就像咱們聶家的姑娘，說不定也有百家來求的。」

不知道聶秋染何時出來的，崔薇不由自主的鬆了一口氣，她到現在才察覺出自己有多相信聶秋染，一聽到他的聲音，全身不由自主的便放鬆了，將這事交給他來辦。

聶秋染看到崔薇有些泛白的臉色，眼裡湧出一團怒火來，盯著那還低垂著頭的年輕人一眼，聲音溫和，可是又似含了冰雪一般。「像我的妹妹，便是縣太爺要抬了她做妾，也是有可能的。」

陳小軍一聽這話，不由自主地便抬起頭來，一邊盯著聶秋染，一邊嘴裡驚呼道：「不！」

他這話聲音喊得極大，眾人不約而同地都將目光落到了他身上，他這才像是回過了神一般，勉強笑了笑，一邊死死的將手掌握成拳頭，一邊指甲深深的掐進了掌心裡，一邊衝著聶秋染露出憤怒又強行忍耐的神情來。「聶姑娘年紀還小呢，哪裡有給縣太爺做妾的道理……」

「逆子，聶家小娘子的事，跟你有什麼相干！」賀氏一看兒子這神色，心裡有些疑惑了。

陳小軍也顧不得他娘的責罵，看了聶秋染一眼，突然間便一下子跪了下去，嘴裡低聲道：「娘，我是真心喜歡崔梅姑娘的，您讓我娶了她吧，我剛剛是胡言亂語的，只是氣崔梅這幾天不理我……」

他這話一說出口，聶秋染臉上便露出似笑非笑的神色來。崔薇這名聲一洗乾淨，但崔世財家裡與陳家的婚事便算是真正落下了。

此時賀氏心裡複雜，既恨兒子不爭氣，又恨崔世財家的閨女不自重，更怕聶秋染與自己家秋後算帳，種種情緒交織在一起，讓她面對兒子半晌沒說出話來。

而與賀氏表情不同的是，劉氏臉上驚喜的笑意，與崔世福鬆了一口氣的神情。

眾人都歡天喜地，人群裡媒婆滿臉堆笑，一邊揮著手帕道：「這可是郎才女貌，天作之合呀！」

賀氏滿臉僵硬的笑意，雖然對於這事還有些不甘心，但她知道此事已經沒有回旋的餘地。她心裡這會兒活生生掐死崔梅的心都有了，看劉氏臉上的笑容，怎麼看都不順眼，眾人也顧不得一旁站著的崔薇兩人，忙就擁著媒婆與賀氏母子要再回崔家商議這婚事。

這會兒陳崔兩家的婚事已經是鐵板上釘了釘子了，有了媒婆見證，再也無法更改，否則今日崔梅與陳小軍私相授受一事，便足以將崔梅給毀了。

此時崔世財一家人人臉上都帶著笑意，可偏偏崔薇笑不出來。那陳小軍抬起頭時一瞬間，她便看到了這個男人模樣，蒼白瘦弱，竟是那日晚間崔薇看到與聶晴頭一個相會親嘴的人！他跟聶晴是相識的，而且兩人關係還如此的親密，這陳小軍說起崔梅時，滿臉冷靜與厭惡，與那日他看到聶晴時的歡喜完全不同，這究竟是怎麼一回事？她實在是太吃驚了，因此好半晌沒有回過神來。

聶秋染與崔世福打了個眼色，伸手勒在崔薇腰間便將她抱起來往屋裡走，外人看來只當兩人親密了一些，不會看到崔薇這會兒臉上驚駭的神色。

「聶大哥，這究竟是怎麼回事？」崔薇太激動了，一回了屋，抓著聶秋染的衣襟便問了起來。「這陳小軍，他是……那天與聶晴……」

「我知道，我知道。」聶秋染看她這模樣，不由有些好笑，忙閂了門拉她進屋，又給她倒了杯溫開水，一邊抓著她的手餵進了她嘴中，看她喝得涓滴不剩了，才掏了帕子替她擦嘴。「妳不要著急，慢慢說就是。聶晴跟他相識，這婚事恐怕也有聶晴的主意。」

索性將她想說的話一併全說完了，聶秋染這才看著她笑了起來。

「早跟妳說聶晴不是省油的燈，讓妳小心一些的，今兒差點被她算計了吧！」聶秋染說完，又伸手摸了摸她臉蛋。

崔薇之前是聽他說完要讓自己小心聶晴，她也一直在小心謹慎了，平日裡少跟聶晴相處，幾乎從不跟她單獨說話，可沒料到這樣，竟然也差點兒著了她的道！崔薇不由冷笑了兩聲，想到剛剛的情景，滿臉不屑之色。「這樣就以為我會怕了？若他真敢這樣污我名聲，我也敢讓聶晴比我更慘！我可是嫁了人的，不像她一個未婚小姑娘，要是這事曝露出來，她往後不死也脫層皮吧！」

這話倒也是大實話，只是聶秋染沒料到她竟然敢大聲的說出口來，不由有些驚喜地看了她一眼。「這樣一來確實聶晴自己也討不到好，但妳名聲也會受到影響的。」他今日做的，其實是與崔薇說法相差不多的做法，但這話若是自己說出口來，比讓一個女孩兒說出口來更有效果。只是他沒料到，崔薇竟然有這樣的勇氣。

想到前一世崔薇到死時還懦弱無比的樣子，連一句求他看在同鄉分上幫她一把的話都說得結結巴巴，不敢直視人的眼睛，哪裡有現在的勇氣與耀眼。聶秋染將她給摟進懷裡，一邊上下打量了崔薇好幾眼，這會兒他心裡原本只是一個隨意掠過的念頭，現在卻是不可思議的浮現在心裡——崔薇，該不會真不是前世那個人吧？

畢竟連他自己都能再生，這世上又有什麼是不可能的？

一想到這些，聶秋染怦然心動，自己也不知道為何現在心裡有些雀躍，只是這會兒他卻本能的將這事給壓在了心裡，面色淡然的與崔薇又說了幾句話，逗得她眉開眼笑，忘了剛剛陳家的齷齪事，心裡這才鬆了一口氣。

兩夫妻這廂說著話，那邊不出兩刻鐘後，崔世福便過來了。崔敬懷沒有跟他一塊兒，王氏也不在，就憑王氏之前說的那句話，崔薇這會兒也厭惡她，猜到她現在恐怕正被崔敬懷教訓著。也不提王氏，只將崔世福給讓了進來。

「薇兒，那陳家的事到底是怎麼回事？」崔世福一進門，還沒來得及坐下，便連忙將這話給問了出來。「我剛在妳大伯那邊便想問了，可妳大伯娘不肯說，我一提她就說我觸她霉頭……」

崔世福本來也是為侄女好，可剛剛去了崔世財那邊一趟，崔世財老兩口兒意思卻是說他自己女兒嫁得好了，不希望他們也有個女兒嫁給讀書人，而且是難得遇著一個對崔梅有情有義的。劉氏上回便因崔敬忠的事對他不滿得很，如今幾句話說下來，直氣得崔世福當下便往崔薇這邊過來了。

「爹，那陳家是與聶晴說過親的，並且這事都已經快定下來，我聶大哥都將聶晴的嫁妝也準備好了，他們現在卻又突然過來向崔家提婚，若是這事傳了出去，您覺得這會是什麼樣？」崔薇想到剛剛劉氏的話，現在還惱火著，說起這事，面色便有些不好看。「我也將這事給大伯娘說過了，她卻總覺得我像是見不得大姊過不好一般，她過得再好，還能越得過我去？」

現在她在城裡有店鋪，又加上羊圈那邊，總共有十畝多的地，不論如何看都甩出陳家一條街了，而且那陳小軍這樣的秉性，說得好聽些是對聶晴忠心耿耿，一心替她辦事；說得難聽些，便是吃著碗裡惦著鍋裡，為著聶晴的事，便要禍害其他無辜少女，這樣的人本來人品就是有問題的，她怎麼會去嫉妒？

聶秋染一聽崔薇這話，心裡頓時五臟六腑到渾身裡外都舒坦透了，跟吃了人參果一般，看崔世福愁眉苦臉的樣子，連忙便笑道：「岳父也不要著急，這事您到底只是一個做叔叔的，越不過人家父母，您要不先與大伯商議一番再作決定吧！」

崔世財一家都頭腦發熱非要去做成這樁婚事，聶秋染怕崔世福最後吃力不討好，沒人會以為他一片好心，反倒會怪他多管閒事。有些事情，在沒有吃過苦頭時，崔世福說什麼，恐怕以劉氏現在的德行，都不會聽得進去的，反倒他說得越多，人家越當他眼紅，說不得還要加快一些動作。

顯然崔世福自個兒也知道這種情況，聽到聶秋染這話，頓時便嘆了口氣，不再開口了。

塞了二兩銀子到崔世福懷裡，將滿臉愧色與心情沈重的崔世福送走不久，那頭兩夫妻還沒坐下來，聶夫子等人便過來了，同行而來的還有許久沒見著的聶秋文，衝聶秋染偷偷看了一眼，又給他使了個眼色，才低下頭去了。

孫氏一進屋裡，氣勢洶洶便往屋中一坐，重重拍了拍桌子便厲聲道：「怎麼回事？我聽說那陳家跑到崔家來提親了，中間是不是妳這小賤人搞了什麼鬼！」孫氏指著崔薇，便是破口大罵，這還是她這些年頭一回在崔薇面前硬氣挺得起胸來。

那頭聶夫子皺著眉頭，沒有出言，一旁聶晴淚眼婆娑，抽抽噎噎的樣子，看起來倒是楚楚可憐。

聶晴今年已經十五了，身段早已經開始發育，她本來長年做事，顯得便有些瘦弱，這會兒看起來倒頗有一種楊柳拂風之感，這一哭起來，梨花帶雨的，看得讓人心裡也不由對她有些同情了起來。連聶夫子看著這個一向忽略的女兒，現在被兒媳欺負成這般模樣，連姻緣都被崔薇想方設法的給弄到崔家了，可是卻不敢哭出聲來的樣子，只剩眼淚在眼眶中滾來滾去，看得心裡也有些酸澀了起來，拍了拍她胳膊，沒有開口說話。

「婆婆這話是什麼意思？小姑子不是自己不想嫁給陳家大郎的，她之前還來求夫君幫她將這事給推了，婆婆您不知道嗎？」崔薇心裡不住冷笑，面上卻是不慌不忙地看了孫氏一眼，跟著便大聲喊起了冤來。

她這話一說出口，聶晴身子便是一僵，連孫氏也是愣了一下，聶夫子眉頭皺了起來，沈默著沒有出聲，聶晴眼中閃過一道猙獰之色，突然之間眼淚滾了出來。

「大嫂，妳搶了陳家的婚事，我不在乎，但大嫂這樣說，是不是要逼得我不活了？」她說完，身子一軟，便跪坐在了地上，一邊仰著頭，臉上露出了絕望之色來，淚眼婆娑的盯著崔薇看，一張嘴唇咬得慘白滲出鮮血，瘦弱的身子輕輕顫抖著，滿眼的決絕，似是崔薇再說一句話，她便立即不活了一般。

聶秋染看著聶晴便笑了起來。「妳要真這樣容易便死，我也說妳有骨氣了。」他說完這話，看聶夫子皺起眉頭來的情景，孫氏臉色一動，便要立即衝這個大兒子發作以揚自己母親威信，聶秋染卻不待他們開口便道：「爹，聶晴可是有自己主意的呢，一不高興還知道往你們平日裡吃的飯裡吐口水放尿的，您就確信這門婚事是她自己想要的？」

這話說得孫氏臉色發僵，連剛剛對聶晴還有些憐惜的聶夫子也跟著噁心了起來，上回聶晴吐口水的事他還親眼看到過，把他給噁心了一回，後來聶夫子認為這樣的小事沒必要跟孫氏說，因此也沒提，到如今孫氏還是頭一回聽到，頓時臉色就有些發青。

「什麼吐口水放尿的？」孫氏問道。

「娘不知道？」聶秋染嘴角邊掛起似笑非笑的神色，看了一旁臉色鐵青，雙手緊纏在一塊兒的聶晴一眼，忍不住就笑了起來。「這可是我的好妹妹常給你們的照顧。」

他話一說完，一旁聶秋文便打了幾個乾嘔，突然間跳了起來，劈頭便給了聶晴一巴掌。「我上回吃的雞蛋裡面有口痰，妳還非說是雞蛋清！」

孫氏心疼兒子，可聽聶秋文這樣一說，忍不住了，連忙轉身乾嘔了幾下，吐了好幾口口水在地上，又拿腳蹭乾了，看得崔薇眼皮不住亂跳。

聶晴這會兒早懵住了，下意識地看了孫氏一眼，就見她滿臉猙獰之色，嚇得她打了個激靈，立馬跪在地上要開口。

聶秋染慢條斯理地看了她一眼，這才含著笑意道：「聶晴早跟陳家郎君相識了，上回潘家才有人看到妳跟陳家郎君在潘家大公子謀官辦席那天與陳大郎相會過，想必為的就是這事吧？」聶秋染這會兒也不給她留臉面了，聶晴此人有心機有手段，更為重要的是，她極為能忍，若是不一舉將她除下，恐怕往後她還能掀起一些風浪來。

孫氏一聽這話，頓時大驚。

聶夫子臉色也變了，女兒跟人私相授受，若這事傳了開去，他名聲恐怕也要毀個乾淨，因此一聽到這兒，登時便站起身來，瞪著聶晴便道：「妳大哥說的這事可是真的？」

「不是的，不是的爹。」

聶晴也知道若是此時這事暴露出來，她恐怕結果好不到哪兒去，頓時便大哭了起來。跪在地上挪了幾步，抱著聶夫子的大腿便道：「不是的，爹。女兒怎麼可能做出這樣的事情，女兒的性情您知道的。」

她這會兒臉色蒼白，小臉巴掌般大，襯得一雙眼睛更是黑亮了些，倒極為可憐，聶夫子神情又有些猶豫了起來，回頭看了聶秋染一眼。

聶晴一見他神色有所鬆動，忙就又跪著挪了幾步。「女兒前些日子才聽說大嫂不想給我出嫁妝……」她說到這兒，捂著臉便哭了起來，後面半句話沒有再說下去，但在場眾人心裡不由都懷疑了起來，只當崔薇為了不想給她出嫁妝，才故意將這事給攪黃了。

孫氏一聽到這兒，又有些相信了，畢竟在她看來，女兒的婚姻大事不重要，那嫁妝誰出才是頂頂重要的，因此又有些懷疑起來，看著崔薇，半晌說不出話來。

聶秋染說了這樣久，正等著她往坑裡跳，聞言便笑了笑。「既然聶晴這樣說，為了表示我的誠意，我且將為她準備的嫁妝搬出來讓爹娘瞧瞧。」

一聽到這話，孫氏連忙滿意的點頭，就連聶夫子也是頷首，聶秋染便招了聶秋文一塊兒準備去客房裡搬箱子。

孫氏一聽到要讓自己兒子做事，忙就阻止道：「你去吧，秋文年紀還小，哪裡做得了這個！」

聶秋染聽她這樣一說，便攤了攤手。「娘要捨不得秋文搬，不如您跟我一起去搬吧，我是文弱書生，可搬不來如此重的東西。」

他話音一落，崔薇嘴角便抽了抽，箱子包含裡面的東西都是聶秋染一個人搬進客房裡去的，她現在才想起來，這傢伙平日裡不是讀書便是識字，倒是不知道何時他怎麼練了這樣一把力氣。

那頭孫氏被聶秋染堵了一句，心中不快，更不想去做事，聶夫子卻是點了點頭，下令道：「秋文年紀也大了，該做些事，秋染的手是讀書識字的，你們母子倆去搬吧！」

孫氏臉色鐵青，而那頭聶秋染正笑吟吟的看她，孫氏也只得不大痛快的站起身來，在聶秋染指使下，跟哭喪著臉的聶秋文兩人搬了個碩大的箱子出來，放在了堂屋裡的地上。

聶秋染跟著一路進去的，孫氏就算是想動手打開看看裡面裝了什麼，也不敢，這會兒一搬出來，還顧不得抹汗，便見聶秋染從懷裡掏了把鑰匙出來開了鎖，一邊將箱門輕鬆掀了起來，露出了裡頭燦爛光潔的絲緞與各色珍珠美玉來，險些晃瞎了孫氏眼睛。

「這樣多的好東西，哪裡能給她陪嫁？那不是便宜別人了嗎？」孫氏伸手便想去摸，聶秋染卻拉著箱門，「啪」一聲蓋了下來，險些將她手夾到。孫氏忙不迭將手縮回去，也顧不得發脾氣，連忙便道：「再給我瞧瞧，我這輩子還沒瞧見過這樣多好東西！」

孫氏一邊說著，一旁聶夫子便看她不上，雖然聶夫子也覺得這樣一箱東西給聶晴做嫁妝有些太過豐盛了，但兒子給女兒添妝本來也是好事，因此沒有阻止，只是瞧不得孫氏這副小家子氣，連忙便喝斥。「妳瞧什麼，妳仔細手粗，將那緞子給割花了！」

聶夫子開了口，孫氏當然不敢再說想要看緞子的話，眼珠轉了轉，想到這些東西若是給聶晴做嫁妝，倒真是便宜了聶晴這死丫頭片子，不如將東西留一半下來，往後給聶秋文做聘禮。這些東西也不知道多體面了，說不得還能給他聘到一個稱心如意的媳婦兒。

孫氏心裡打著如意算盤，頓時臉上便笑得如同一朵花般。「大郎，這嫁妝既然是給二丫頭準備的，我這便帶回去了，也好早早給她記上，免得往後再從你們這邊搬……」她這樣一說時，便伸了手想要過來拿鑰匙，聶秋染卻是將鑰匙一收，便放進了自己懷裡。

「剛剛聶晴說我做大哥大嫂的不願意給她出嫁妝，才故意壞了她陳家這門婚事。既然她這樣說，為了證明我的清白，她若是最後嫁到陳家，我就出這些嫁妝，若是不嫁，這些東西我自個兒便留著給薇兒用了！」

一聽這話，聶晴臉上不由露出慌亂之色，一旁孫氏也有些著急，跺了腳便罵。「我可是你娘，我生養了你一回。有了好東西不知道孝順你娘，偏知道拿來哄那些小狐媚子。你，真是氣死我了！」

聶秋染冷冷看著她這副作派，也不出聲，任孫氏跳罵著，上一輩子他不知給了孫氏多少的好處，樣樣都順著她，緊要著她，只當自己前些年沒孝順夠孫氏，便都處處維護她，連孫梅跟聶秋文做出那般醜事，都應她要求忍了那口氣，到後來她回報自己的，卻是弄得自己斷子絕孫。最後他跟羅石頭鬥到最後，與其說他是中了別人奸計，死在別人刀劍之下，倒不如說他是活夠了，沒了想頭，也沒了目標，自動尋死而已。

孝順這樣的娘親，一世便夠了，欠她的，上輩子還得差不多了，這輩子，只有她欠自己更多的，不讓她還回來已經不錯，還想要金銀珠寶？

瞧著兒子這模樣，聶夫子便知道他根本不會因為孫氏哭鬧而心軟，不知為何，瞧見此時兒子臉上涼薄的笑意時，聶夫子心中有些發寒，他像是看到了聶秋染眼中的殺意與厭煩一般，父子倆相處多年，他自當年聶秋染病後，便沒明白過這個兒子心裡在想些什麼。只是一直以來，他都極為聽話，若不是在崔薇這件事上他表現出自己的堅定，聶夫子恐怕都要以為，他是任憑自己拿捏的了。

此時一看他對孫氏露出這般模樣，聶夫子後背泛出一片冷汗來，忙就拉了孫氏一把，惱怒道：「妳夠了沒有，妳要穿綾羅綢緞，馬上去死，我花銀子給妳用這些東西陪葬！」

孫氏兀自還有些不甘，但丈夫不理睬她，而聶秋染根本又不心疼她，鬧了半天，根本沒人站在她這一邊，頓時便悲從中來。

「我不鬧了，但是秋文的事，你得給我解決了！」她這會兒抹了把眼淚，忍了心裡的恨意與怨毒，看著聶秋染便道：「我知道你在城裡開了間鋪子，如今崔家那小子也被送過去了哩，咱們秋文可是你親弟弟，我這當娘的你不管，弟弟你總要管管吧，你妹妹的嫁妝我也不提了……」孫氏說到這兒時，還極為不甘，深呼了幾口氣，才將湧到喉間的氣又嚥了下去，只盯著崔薇看。「要是今兒你們不答應，我便不走了，我不信，你真將我給打出去！」這會兒孫氏橫了心。

第九十二章

崔薇一聽到她說城裡開的鋪子，頓時便懵住了，頭一個反應便是這事是不是哪兒出紕漏被人瞧見了，或是這事崔敬平年紀小，是不是給聶秋文等人透了口風出來。崔敬平跟王寶學幾人關係要好，不小心說漏嘴也不是不可能的，這會兒孫氏一看便是有備而來，逮著了肥肉，她哪裡可能這樣輕易便鬆手。

「那鋪子不是我的，是薇兒自己買的，秋文的事，我作不了主，自己問她去！」聶秋染臉色也跟著黑了，他沒料到這事會被聶家給知道，一看這會兒聶夫子的模樣，恐怕也是贊同這件事的，他冷笑了一聲。

孫氏嚎了起來。「她嫁到咱們家，什麼不是我的，咱們秋文只是去自己的鋪子做事收錢，免得被崔家人將錢給誆去了，有什麼不對的！」

崔薇一聽到孫氏這話，頓時氣得要死，一下子站起身來。「什麼妳的，那是我的嫁妝，嫁給聶大哥前就有的，是我自己的，婆婆要想搶兒媳的嫁妝，這天底下還沒有這個理的，我到時去縣裡擊鼓鳴冤去！」

這古代雖說處處對女子不公平，但也不是完全沒有一點兒好處的，至少這七出之條中，女方也不是男方隨便就能休棄的，而這嫁妝也是女方私產。此時恐怕有不少婆婆謀兒媳嫁妝的事，畢竟哪家女孩兒嫁人嫁妝也不過幾床被子而已，婆婆收去便收去了，而此時的女子大多被人教得三從四德，孝敬公婆，被公婆拿捏得死死的。孫氏自己當初嫁過來時也被婆婆收過嫁妝，她這會兒一旦做了婆婆，只覺得威風無比，又聽到崔薇有店鋪，頓時笑得臉上都開了花，以為自己發財了，誰料崔薇竟然說自己若要搶她東西，她要去縣裡告自己！孫氏頓時便呆住了。

聶秋染看著崔薇笑了起來。「娘若實在只顧眼前，沒見過銀子那可不行，兩年後我是要下場的，此次前去，必定能取進士，若為這點兒銀子鬧出事來，往後我實在不敢想像若我出仕，娘會不會因家事使我後院不穩。」

他語氣溫和，但眼中卻是露出譏誚之意來，孫氏心裡火起，只覺得這個兒子完全不是自己生的，一有了媳婦兒便忘了娘。只是被他拿話一堵，又想到剛剛崔薇說要去縣裡告自己的話，她本來也就是欺善怕惡的，這會兒崔薇一硬氣起來，自己身後又沒有自己兒子撐腰，還有一個聶夫子也在陰冷的瞪著警告自己了，孫氏哪裡還敢再鬧，只能恨恨地將這口氣嚥了下來。

瞪了一旁無所謂的聶秋文一把，孫氏拉了他過來，說道：「那鋪子我不要，可讓秋文前去學學，總成了吧？只學一學，又不要妳的東西，往後學好了，他再去別家裡謀個生路也好。」

自己的兒子自己瞭解。

聶秋文是文也不成，武更不就，成天只知逗雞追狗，一把年紀了，還跟沒長醒的夢蟲似的，孫氏雖然也喜歡他這樣時時膩在自己身邊，可眼見著他年紀大了，聶夫子現在又辭了縣上的活兒，天天瞧著這兒子不順眼，不是三天一打，便是五天一揍，直打得原本好端端的一個小子，天天身上都帶著傷痕，瞧得孫氏心裡生疼，無奈之下也只有先將兒子送開，免得哪日活活被聶夫子給打死了。

可就算是孫氏能想得通要將兒子送離身邊，但現在遇著崔薇不同意，她心裡不免有些不滿了起來。

本來她認為自己將兒子送走就已經很是不捨吃虧了，可現在崔薇竟然不願意，孫氏難免就有些不舒坦。「只是在妳那兒學學，又不是要妳東西，不要妳鋪子不要妳銀兩也不成了？」她是婆母，可這崔薇嫁到聶家來，她還沒給崔薇立過規矩，孫氏已經覺得自己很寬容了，現在不過是求崔薇一件事，可看她不同意的樣子，孫氏頓時就火大了。「今兒這事妳必須給我辦了！若不然，我聶家沒有妳這個兒媳婦！」她一邊說完，一邊重重拍了下桌子，冷哼著別開臉去了。

聶秋染彎了彎嘴角，看著孫氏便道：「娘好大的架子，好大的火氣。」輕描淡寫一句話，像是在說笑一般，卻是將孫氏營造出來的氣勢，又化去了大半。

孫氏尷尬了起來，聶夫子狠狠瞪了她一眼，孫氏不敢吱聲了，崔薇卻是暗叫不好。孫氏若一味的相逼，她不同意孫氏拿她也沒法子，可聶夫子現在不讓她開口了，要是聶夫子提出這要求來，自己還真不好拒絕。

她看了聶秋文一眼，此時懶洋洋的蹲在櫃子前，站沒站相，坐沒坐相的。聶秋文今年十五了，半大的少年現在唇角上方冒出鬍鬚青影，臉上長了些痘痘，他也算是崔薇看著長大的，若是能幫他一把崔薇倒真不介意，不過這小子被孫氏寵得沒邊了，什麼好的都緊著他，從小又沒吃過苦頭的，真能做得到什麼事情？

想到上回他羊圈裡鬧出來的事情，崔薇有些不信他真能認真做事，怕是到時人家一招呼他出去玩耍就跑了，尤其是自己不在城中，他跟崔敬平又是從小玩到大的，銀子崔薇現在有不少了，不過她卻怕聶秋文將崔敬平給拐著只顧玩了。

「好了，老大家的，妳就看著安排一下吧。秋文如今也是十五歲，不小了，該做些事了，崔三郎懂事，教他一些也好。」

聶夫子果然不出崔薇所料的開了口，他原本對於聶秋染娶崔薇還有些不滿意的，但聽到說她有間鋪子，而且聽人說進項不少，頓時心裡鬆了口氣。若崔薇是個能幹的，往後聶秋染謀個官職要銀子，她也能出一些，憑聶秋染舉人的身分，謀個縣令不在話下，比起潘家那潘世權，怎麼都能耐得多了。以後聶秋染一旦出仕，只要有銀子，不愁沒有往上升之時，若能做到個五、六品，也算聶家時來運轉，他也是正經的老太爺了。

一想到這些，聶夫子臉上笑意更甚，又叮囑了崔薇幾句，伸手不打笑臉人，再加上聶夫子都將孫氏給喝止住了，崔薇猶豫了一下，也只有無奈道：「公公，我先問問我三哥那邊差人不，若是差人，聶秋文再去吧；若是不差，我出錢給他學手藝去。」

話都已經說到這分兒上了，聶夫子當然同意，他看不慣聶秋文這個兒子總在他面前晃蕩，沒個正形，若能將他發派得遠遠的，眼不見心也不煩，管他去哪邊，在他看來都一樣，因此聶夫子倒是同意了。

孫氏卻是不滿，兀自嘀咕著。「在別人那兒學手藝，哪有自己家裡的好，還得受人管制不說，做活兒又累。」

崔薇一聽她這話，真是氣笑了。

孫氏跟楊氏兩人平日裡別看鬧騰得凶，可在某些方面，二人性格還真是像，就連這說話的語氣與態度，孫氏也跟當初的楊氏一模一樣。崔薇本來就不願將聶秋文給招到自己那兒，就怕到時請神容易送神難，一聽到孫氏這話，頓時就默默翻了個白眼。

「婆婆當他是去做少爺的，還是做事的？那做學徒當然累，若婆婆有銀子，不如給他開個店鋪，讓他自己做掌櫃，不是更好？」

「我不開店！」聶秋文眼睛晶亮，一下子站起身來，表情有些興奮。「我要去城裡，我要跟崔三兒那傢伙一塊兒做事。」

聽他說起做事的語氣，就跟要去玩一般，滿臉都是激動，這哪裡像個十五歲的少年，簡直如同八、九歲正好玩時候的年紀。崔薇強忍了心裡的各種感受，也不說話，那頭聶秋染已經開始準備送孫氏等人出去了。

別說接待這些人崔薇有些煩躁，連他面對孫氏接二連三的要求，都有些不大耐煩，前輩子看她這樣的嘴臉多了，現在見到越發覺得厭煩，這會兒更沒了與她周旋的心思。

聶晴自從被聶秋染揭破與陳小軍相會的事情之後，這會兒心中亂得厲害，臉色青白交錯，身體隱隱都有些顫抖，又將頭低下去了，露出一副楚楚可憐的姿態，只是她擋住的瞳孔中，卻是隱藏著驚駭與害怕。她跟陳小軍相會的事，怎麼被聶秋染知道了？而且他點出還是在潘家，她跟陳小軍在潘家相會只有過一次，而那次她見的人還有潘世權！

聶晴這會兒心中又怕又慌，完全亂了方寸，她雖然有心思，但到底年紀還小，不能隱藏得住。幸虧孫氏等人這會兒心思放在想將聶秋文送到崔薇店鋪上，沒空注意到她，只是回頭恐怕她的事是瞞不過去的。

與她心情完全不一樣的則是聶秋文，一面他能擺脫令他心裡極度害怕的聶夫子，一面少年又想到自己能前去未知的臨安城，而且那兒還有自己的好夥伴，當然是興奮無比。

將心情各個不同的眾人都送走了，崔薇才頗為頭疼的揉了揉腦袋。「聶大哥，聶二的事你說怎麼辦？」到底是他的親弟弟，雖說成婚以來聶秋染都護著自己，但崔薇仍是有些捉摸不透他的心思。

聶秋染眼中寒光凜冽，面上卻笑得溫文俊雅，帶著絲絲邪氣。「讓他去，不讓他去，怎麼逮著他們的小辮子。」他這話聲音放得極低，崔薇聽得不大清楚，聶秋染揚了揚眉頭，將小姑娘摟進懷裡，正色看著她道：「薇兒，讓他去，這事對妳肯定有些影響，不過妳放心，往後我定然會千百倍的補償妳。」

既然他都這麼說了，崔薇猶豫了一下，到底抹不開聶秋染與崔敬平的面子，也就勉強答應了下來。

鳳鳴村陳家上回來了崔家之後，便開始緊鑼密鼓的準備起兩家的婚事來，雙方都有意向，再說陳小軍雖然口口聲聲提他喜歡崔梅，但那日來過之後再沒有來過，這事在往後的話本上寫來倒是能博人一笑，不過真正發生了，那多少名聲有些不大好聽，自然兩家都要緊快著一些。可不知為何，此時小灣村裡仍是傳出了陳家先與聶家議親的事來，因著這情況，劉氏事後跑到聶家鬧了一場，認為孫氏背後做小動作。

而孫氏則認為崔家的姑娘搶了自己家的好姻親，當然也不客氣，兩個婦人鬧得厲害，若不是還在聶夫子在家，恐怕早就打起來了。

經此一事，孫氏心裡是將崔家以及連帶著崔薇都給恨上了。

至於劉氏每回看著崔薇時也是鼻子不是鼻子，眼睛不是眼睛的說過幾回酸溜話，又在院子中大聲指桑罵槐的鬧過幾日，這事才算是擱下了。

崔薇躺著也中槍，早知道不去做那好事，沒得惹來一身腥，幸虧孫氏現在有求著她，就算心裡不滿，也不敢時常過來鬧，而劉氏最多也就是罵幾句洩憤而已，有聶秋染在，她更不敢說什麼。

時間一晃便到了五月初時，崔梅的婚事到這會兒算是基本定了下來，因陳小軍之前說了愛慕崔梅的話，那陳家賀氏便也想早日將崔梅娶過去。本來她心裡氣不過，劉氏當初在議婚時硬是找她給了三兩銀子的禮錢，更別說一些聘禮等，挑了兩、三擔，娶個媳婦兒恐怕花了五、六兩銀子了。若不是為了遮醜，她肯定是不會付這錢的，可惜付了錢之後醜也沒遮住，賀氏便想著早日將這媳婦兒娶過來了，免得往後再有流言出來，更何況娶了崔梅，以後還可以折騰她出出氣。

這樣的情況下，兩家的親事辦得很快，一旦事情定下，便約了在崔梅九月生辰一滿，便將人抬到陳家。

而這會兒聶秋文也收拾了東西，準備進城了，聶秋染親自送他入城中，順便也問問孫氏如何知道崔薇店鋪的事，屋裡便又冷清了下來。

天氣最近熱了起來，崔薇乾脆早早的把床鋪上的被褥等收到溪邊洗了，剛揹著洗乾淨的東西回來時，路上便遇著了正要去溪邊洗衣裳的崔梅。兩個小姑娘一碰面，崔薇本來還猶豫著，那頭崔梅恐怕也聽到了些流言，一看到她便將頭低下，加快腳步從她身邊移過。

崔梅裝作沒看到自己，崔薇當然也息了本來想與她打聲招呼的心思，轉頭下意識地看了那低垂著頭的少女一眼，她心下不由自主的便嘆了口氣。

崔梅現在正是青春年少之時，性格也很是老實懦弱，卻配了陳小軍那樣一個人。賀氏那天簡單看過一面，光瞧那模樣便知道不是好相與的，以後日子可有得熬了。但崔薇現在自己頭上都頂著一個婆婆，哪裡有心思去擔心別人，也不過就是心裡想想而已。見崔梅越走越遠，她也不想了，揹了東西便回去。

聶秋染是幾天後才回來的，估計他在那邊待著就是為了看聶秋文做事，或是給崔敬平交代些事情的。這次他取了三百兩銀票回來，家裡緞子等物倒是不少，他這回沒怎麼買，城中賣的一些零嘴等，還沒有崔薇自己做的好吃，現在臨安城最火的，便是崔薇開的這家店鋪了，因此零嘴之類的也沒有買，不過他卻是又帶回了五條小狼狗回來。

崔薇一看到，頓時又驚又喜，家裡雖說已經有黑背，不過羊圈那邊若是多放幾條狗也是好事，上回出現了狼的事之後，到現在為止，羊圈邊又發現過蹤影。但村裡人進山去找又沒找得到，早在開春後崔薇便請了人過去修房子，這會兒崔世福已經搬過去了，要是有狗護著，也安全一些。

將這些小東西送到了羊圈那邊交給崔世福，聶秋染半個月後與聶夫子說了一次又去臨安城一趟，帶回了些銀票。據他所說，聶秋文表現得還算好，估計那傢伙也不想被送回小灣村來，旁邊又有崔敬平盯著，他平日裡幫著做事打掃等也算是勤快，待聶秋染回來與聶夫子等人說過之後，聶夫子心中倒是安慰了些。

孫氏聽到兒子表現得還算不錯時，心中既是擔憂，又是酸楚得厲害，可又有些得意，又與聶秋染炫耀了好幾回。

聶秋文表現得不錯，因此聶秋染從一開始的不放心，半個月去一回，到後來一個月才去一趟。其間崔薇在城裡開了個鋪子的事，在小灣村裡傳揚開來，崔薇乾脆請了個老實人每隔幾天便送些貨去城中，既然瞞不了人，她索性便不瞞了。

新請的人是王家王寶學的哥哥，為這事，王寶學他娘劉氏很是感激，提了家裡的雞上門來感謝過她一回。可同樣的，眼紅的像是隔壁崔世財家的劉氏，卻是將崔薇給恨上了，為了這事，本來關係還算尚好又沾親帶故同樣姓劉的兩人，幾乎現在看見都不說話了。

崔薇才不管這個大伯娘怎麼想，反正自始至終大伯娘劉氏對自己就沒滿意過。起初崔梅那件事她難得好心了一回，可惜最後卻好心沒得到好報，被劉氏記恨了一回，她現在為了陳小軍那事，本來對崔薇心裡就耿耿於懷，現在不過是面色一樣難看而已，崔薇也只當沒看見了。

時間一晃便到了七月時，這會兒天氣熱了，前幾個月給崔世福修房子時，崔薇便請人在自己院子角落裡打了口井，如今吃水用水正好夏天方便，崔世福平日裡要用水也不用再去井裡挑了。今年天氣特別的熱，井水也有些不夠用，外頭幾十戶人家排隊打水喝，有時一等便要等半個來時辰，崔薇現在家裡的井水就供她跟崔世福兩家，用水更是方便了不少。

幾年前新搬房子時便種下的葡萄這幾年漸漸纏得好了，前些日子崔世福砍了幾根細竹竿過來給她做了個簡易的架子，如今也爬了好幾根細嫩的葡萄藤上去，院子裡看起來一片蔥翠。石桌子便靠在葡萄藤邊，不過如今沒有長出陰涼處來，平日裡沒哪個肯坐那邊，一整天石桌子曬下來，燙手得厲害。

夕陽剛落下，崔薇拿了些水澆在地上，去去一天的暑氣。剛澆著水，隔壁那邊便傳來一聲驚呼與重物倒地的響聲，崔薇手裡還提著水桶拿著瓢，一聽到這聲音，好奇地便往隔壁瞧了一眼，不多時，一道淒厲的聲音便響了起來——

「來人啊，出人命啦！快來人啊！」

那聲音裡帶了些惶恐與驚駭，聽著倒像是楊氏的聲音。

自年初崔敬忠的事情之後，楊氏便搬到崔敬忠屋子裡照顧著他，她一個人平日裡做著兩個人的活兒，就為了養如今已經膝蓋廢了、連走路都要靠枴杖的崔敬忠。平日裡下地種田也全靠她，這半年來楊氏老得厲害，前些日子瞧她連頭髮都白了大半。

楊氏曾來求過崔世福照顧崔敬忠，只是崔世福上回經過崔敬忠偷錢一事，對他已經死了心，哪裡肯管他死活，楊氏就算哭死了求也沒用。他現在日子過得不錯，崔敬懷也是個有出息的，幫著崔薇照顧果園，身上又沒了債務，只要自己存些銀子為以後的身後事做準備，不要兒女操心便是了，生活過得很是悠閒，比起以前來，不知好了多少倍。

再者楊氏之前鬧騰得太過了，把兩人夫妻感情折騰了不少，現在崔世福看她都覺得厭煩，楊氏求了他哪裡會有用。他現在連楊氏也不管，當然不會再管崔敬忠，雖然心裡仍是有些心痛，但至少是冷著臉拒絕了。

楊氏也無奈，兒子是她生的，總不能不管，因此時常照顧著，好在崔敬懷孝順，總是多多少少要貼著她一些，否則她一個女人，便是變身三頭六臂，也不好將崔敬忠養得活。

崔敬忠可不是只吃口飯便成的，他還要時常吃藥，他的膝蓋骨是被硬生生剜掉的，因為沒有銀子，斷斷續續地治不了，到現在已經發了炎，平日裡要抓藥看病的，整個人便是一個無底窟窿，楊氏自然更累得厲害。

這會兒聽到楊氏喊死人的聲音，崔薇頭一個便想著是不是崔敬忠死了。她忙將桶擱在院子裡，擦了擦手，回頭看到聶秋染也擱了書出來，乾脆便衝聶秋染招了招手，一邊語氣有些急促道：「聶大哥，隔壁好像死人了，咱們去瞧瞧吧。」

若是崔敬忠當真死了，那可真是惡有惡報了，不過一般禍害留千年，她總覺得崔敬忠不可能死。當初膝蓋骨被人挖了，崔敬忠就是到後來兩條腿腫得跟碗口粗似的，他都沒死，怎麼會在現在死了？

但哭聲是楊氏的，這會兒她喊得還更厲害了些，崔薇心裡也想去瞧瞧，因此便喚了聶秋染一路。

兩夫妻剛打開院門，便瞧見隔壁羊圈那邊崔世福也出來了，顯然剛剛楊氏的哭喊聲他也聽到了，面色有些發白，畢竟崔世福對崔敬忠這個兒子雖然失望了，但總歸是父子，如今聽到有可能是他出事，崔世福心裡也放不下。幾人一塊兒朝崔家那邊趕，這會兒不遠處已經有人聽到哭聲朝這邊望了過來。

崔敬忠自個兒另立門戶之後便將門朝南面開了，並不是與崔家東面開門一個方向的，而是在圍牆處另外挖了個口。崔薇幾人來到崔敬忠門口邊，便瞧著那大門開著，聽哭聲竟然像是從裡面房間傳出來的。崔世福猶豫了一下，乾脆提步便往裡走，崔薇也站在門口處想要往裡望，聶秋染身材比她高大得多，便先看了進去，不知他看到了什麼，一下子便伸手將崔薇的眼睛給捂上了。

剛剛將頭探進去，一股潮濕的黴味便傳到了鼻腔，崔薇還沒看清楚裡頭的情景，便被人將眼睛捂住了，頓時要扳開聶秋染的手指，嘴裡有些惱怒道：「聶秋染！你幹什麼？」若當真崔敬忠出了事，她也想瞧瞧。

聶秋染一手緊緊勒著她腰，一手重重捂在她眼睛上，任她小手跟貓爪似的在自己掌心裡撓，就是不肯放開。「妳別著急，裡面出事了，不要看，晚上要作惡夢！」

他越這麼說，崔薇越是好奇，但不論她如何掙扎，就是掙不脫聶秋染的手，頓時又氣又鬱悶，乾脆踩了他一腳，才放棄了掙扎，偎在了他懷裡。

屋裡崔世福一進去之後，楊氏的聲音便傳了過來。

「當家的，怎麼辦，這可怎麼辦才好？」她聲音裡帶著慌亂與無助，但這會兒估計是看到了崔世福，找到了主心骨，好歹不像之前一般哭得淒厲了。

崔薇聽著她這聲音，越發想看到底發生了什麼事，只是聽崔世福又驚又怒的聲音傳了過來——

「傻愣著幹什麼！還不趕緊將人放下來，瞧瞧有氣沒有，趕緊去村裡找游大夫！拿凳子過來！」

一陣慌亂的響聲過後，崔薇被聶秋染抱著拖到了崔敬忠家門外。

一離開了那門口，聶秋染的手便放下來，替她理了理汗濕黏在臉上的碎髮，崔薇剛瞪了他一眼，還沒有發脾氣，聶秋染便溫和與她道：「孔氏上吊了！」

孔氏上吊了？崔薇沒料到自己是聽到這個消息，頓時吃了一驚，手臂上雞皮疙瘩跟著便立了起來，難怪剛剛聶秋染不肯讓她看，若是她當真瞧見，恐怕非要嚇到不可。

她搓了搓手臂，在這七月的天氣裡，竟然覺得渾身發寒，連忙抓了聶秋染，便道：「聶大哥，她人有事沒有？」到底是一條人命，雖說孔氏以前也曾威逼過她，不過那已經是過去的事了，聽到現在聶秋染說孔氏上了吊，也顧不得再去計較以往的齷齪，連忙便仰頭盯著聶秋染看。

剛剛聶秋染一眼便見到了孔氏晃蕩在半空的身影，不知是不是被楊氏撥弄過，她身體跟著轉悠，正巧聶秋染便看了個正著。孔氏當時舌頭都吐得極長了，臉色鐵青，眼睛都瞪出了眼眶，五官全是溢出來的血，那情景極其的可怖，尤其是她晃蕩在半空中，更是模樣嚇人，因此他這才第一時間捂了崔薇的眼睛。不知為什麼，他總覺得這小丫頭看到了要怕，腦中第一刻想的就是不要她作惡夢。

他面色如常地搖了搖頭。「恐怕活不成了，舌頭都落出來了，臉色紫黑，應該是沒氣了。」

他說到面色紫黑，舌頭落出來時，崔薇剛才好不容易平復的雞皮疙瘩又一次溜了出來。

「沒、沒氣了？」

聶秋染點了點頭，連臉上的笑意都掛著。

他嘴裡三言兩語說出來的話便已經夠使人震驚後怕了，可他卻跟沒事人一般。崔薇嘴角抽了抽，心裡有些害怕，可又想去看一眼，之前聽楊氏哭嚎，還以為是崔敬忠出了事，畢竟崔敬忠現在雙腿殘廢了，若是出個什麼意外，也是有可能的，但她沒料到竟然是孔氏上吊了。

第九十三章

崔薇呆在原地，不知怎的，就想到了孔氏膽小的模樣來，心裡不由有些酸楚。

屋裡崔世福朝外頭大喝了一聲——

「姑爺，你拘著薇兒，別讓她進來。」

崔世福說話時聲音有些著急發喘，像是在扛著什麼東西一般，崔薇想到剛剛聶秋染說孔氏上吊的話，頓時打了個寒顫，沈默了下來。

這會兒楊氏頭髮散亂的跑了出去，她頭上還帶著草葉子，這幾天正是收玉米的時候，楊氏一個人養著崔敬忠夫妻，成天幾乎在家落不了腳，一整天都待地裡頭了。

在外頭曬了一天，這會兒太陽又大，剛回來又經歷孔氏上吊的事，她此時人都有些懵了，走路時也搖搖晃晃的。崔薇就算是心裡不喜她，這會兒看得也忍不住嘆息起來。

不遠處原本還在四處觀望著的眾人看到楊氏這副模樣，三三兩兩的都圍了過來，不少人看到崔薇夫妻二人時，都圍過來跟她說話，王寶學他娘劉氏也在其中，看到楊氏慌慌張張出去，她跟崔薇因為孩子的關係，在村中眾人裡頭是最熟悉的，因此這會兒湊了過來。「薇兒，妳家這個老娘又怎麼了？」

楊氏剛剛慌慌張張的樣子，不像她平常一般。楊氏跟劉氏已經是鬧了矛盾的，平日裡兩人一見面總要吵上一回，尤其是劉氏還圍在她門口邊瞧熱鬧，楊氏更應該翻臉才是，誰料她剛剛竟然像是沒有看到劉氏等人一般，一路流著眼淚便出去了。

崔薇搖了搖頭，一邊還伸手抓著聶秋染，一邊與劉氏道：「他們屋裡好像出了事，我這不還沒進去呢。」

一旦有人開始圍上來，村裡眾人便都跟了過來，你一言我一語的說了起來。

「我這幾日聽說崔二郎這邊總有陌生男子出入，該不會是崔二郎的娘子在偷人，被崔二嫂撞見了吧？」

說話的是村頭李石匠家的婆娘蔣氏，她跟村頭李屠夫家的婆娘韓氏是妯娌，因此她話音一落，韓氏便接嘴說道：「我也聽說了，這幾日像是崔二郎家裡有不少的客人，崔二郎如今腿腳不方便，他能有什麼客人？那崔二郎娘子的娘家聽說便只得一個兄弟而已，她兄弟身材瘦弱得很，我瞧見過一回，要死不活的，來的不像是這些人。」

眾人你一言我一語的頓時便都開始議論紛紛了起來，崔薇在一旁聽著，眉頭就皺得緊緊的。她這些日子倒是沒有聽說過這些事，平日裡她本來出門的時間就少，跟村裡的大多數人都不大熟悉，這會兒聽人家說起來，不由開始懷疑起孔氏死因來。

這會兒眾人正說得厲害，那廂林氏的聲音便傳了過來。「大家先讓一讓，容我過去。」剛剛楊氏那驚喝聲音不小，連田埂對面的幾戶人家都聽說了，隔壁的林氏自然也聽得見。雖說她也因為之前崔敬忠偷錢的事心中對楊氏很是不滿，但剛剛楊氏那哭聲一響起，林氏也怕真出了人命，因此趕緊跟劉氏一塊兒便過來了。

聽到林氏的聲音，眾人都知道她是崔家的長輩，因此不約而同地都將道路讓了開來。

林氏看到一旁站著的崔薇兩夫妻時，臉上露出笑容來，連忙上前便要拉崔薇的手。「薇兒也在這兒，姑爺也在，那倒好，裡頭到底怎麼了，妳娘哭成那般？」

「崔嬸兒，您家兒媳婦，出去了哩。」不待崔薇說話，眾人便又開始說起來。

林氏聽得眉頭直皺，臉色也越發嚴肅了些。「到底怎麼了？」

她問這話時，眾人目光都落到了崔薇身上，像是在等她一個回答般。

崔薇眉頭皺了皺，雖說孔氏上吊一事如今看來恐怕往後是瞞不住的，畢竟聶秋染說孔氏應該沒氣了，不知為何，崔薇很是相信他，既然孔氏沒氣，那便是要辦喪事的，村裡人應該都會來，這事捂不住的。但她不願意從自己的嘴邊說出來，因此想了想就道：「奶奶，二嫂恐怕出事了，不過我還沒進去呢，我爹不讓我進去。」

這話倒是真的，屋裡崔世福像是聽到了崔薇的話一般，連忙大聲道：「薇兒不要進來。娘、娘，您是不是過來了？」林氏一聽兒子喚，本來想進去的，誰料崔世福又在裡頭喊。「您先別進來，等阿淑將游大夫喚回來再說。」

他一邊說話，一邊村裡便有好事的探了頭到門口去看，臉上頓時露出驚駭之色來，引得眾人不由自主地都想去看。

但崔家如今是發生了大事，連楊氏都去請大夫了，眾人雖然想知道裡頭發生了什麼事，但到底性子還是純樸的，不會在這個時候明明人家已經不好了，還非要去瞧熱鬧，連剛剛有人說崔二郎屋裡有男人出沒的韓氏等人也住了嘴，搖了搖頭。

剛剛那探頭去看的人說屋裡掛了白綾，眾人哪裡還有不明白的，只是不知道孔氏為何就走上了這樣一條絕路。孔氏嫁到崔家還沒幾年，還沒給崔敬忠留下個一男半女的便去了，眾人想到平日裡害羞膽小的孔氏，頓時都心裡同情了起來。

那頭楊氏慌慌張張地請了游大夫過來了，那游大夫一路跟著她小跑，身上揹著一個碩大的醫藥木箱，眾人一見他們過來，不約而同的給這兩人讓開一條道路來。

那游大夫直直的進去了，不多時裡頭便傳來他一聲驚嚇，聽得外頭的眾人更加的好奇，半晌沒有聽到孔氏的聲音，眾人不由都猜著孔氏是不是已經死了，久久不願意離去。

天色漸漸黑了下來，有人陸陸續續回去家裡做飯了，崔薇剛準備走，裡頭崔世福便滿臉頹廢的出來了，不多時屋裡竟然響起了崔敬忠的聲音。崔世福本來一臉的沈默，聽到崔敬忠的聲音時，他突然間愣了一下，接著臉上露出暴怒之色來，握著拳頭便又朝屋裡去了，屋裡沒多大會兒工夫便響起了崔敬忠呼痛的怒罵聲！

「老二，有事好好說，也別總打著孩子了，他年歲也不小了，本來腿腳就不利索。」林氏站在牆外喊，她年紀大了，也受不得驚嚇，聽到屋裡崔世福生氣得厲害，楊氏又痛哭流涕的，不由隔著牆壁開始喊了起來。

崔薇雖然知道林氏是希望一家人好好的，但這會兒心裡不由浮出一抹無奈與憤怒來。

孔氏上吊自殺了，而崔敬忠竟然是在屋裡頭的，剛剛眾人都忙著孔氏的事情，一時間沒有注意到他，也不知他剛剛躲在哪兒了，在幹什麼。妻子上吊自殺，他這做丈夫的卻一言不發，更有可能孔氏的上吊便與他有關，畢竟孔氏自個兒可是拖著寡母與弟弟的人，沒安頓好那紹氏，她怎麼可能捨得去死？崔敬忠如今雖然腿腳不方便，但說不定他嘴裡也說了什麼刺激孔氏！

崔薇知道自己這會兒是有些偏激了，但她一想到崔敬忠為人以及他的狼心狗肺，這會兒越發篤定孔氏的死是跟崔敬忠有關。聽林氏還在勸著崔世福，頓時便拉了她道：「奶奶，您年紀大了，不如先回去歇歇吧，這個時辰了，還沒有吃晚飯，也免得餓著了。」

劉氏正想看熱鬧的時候，崔世財等人也在，沒人催著她做飯，她哪裡願意回去，因此裝著沒聽到崔薇的話般，拉著林氏還想踮著腳往一旁牆壁上開的約有一尺見方的小窗看了起來。

門邊傳來腳步聲，崔世福滿臉煞氣，拖著如死狗一般，嘴裡還在不住哭嚎的崔敬忠出來了，正好便遇上崔敬懷夫妻也過來，連忙便道：「大郎，你二弟妹沒了，老大家的妳趕緊進去給她瞧瞧，燒鍋熱水給她把身體擦了。阿淑先去村裡羅里正那兒借點布趕緊做件壽衣出來，大郎你去通知一下孔家的，將你姻伯母接過來。」崔世福一番吩咐下來，手裡還緊緊捉著嘴中呻吟不已的崔敬忠，手背上頭青筋都暴了出來，顯然已經氣極了。

林氏聽到孔氏人已經沒了時，愣了一下。她是白髮人送了黑髮人，雖然孔氏跟她不是嫡親的，但到底嫁進了崔家，孔氏平日裡為人除了手腳不乾淨之外，其實還是很勤勞，若不是她還有個弟弟寡母要養，這個孫媳婦兒簡直是比王氏不知要好多少倍的，可惜這會兒竟然沒了。

崔世財吸了口菸，一邊就道：「老二，我們爺兒幾個去給你通知村裡人過來幫忙，我那兒還有幾頭豬……」他本來想說先將豬拖過來殺了再說，可又想到上回劉氏獅子大開口要錢的模樣，這話也不好意思說了，頓時便住了嘴。

崔世福也知道他的意思，點了點頭就道：「麻煩大哥了，這事我過後再來感謝你，那豬肉就在村裡李屠夫家買，我那兒還有些錢，不夠的，薇兒先借我一些。」崔敬忠這個人連自個兒都是靠別人養的，老婆死了他恐怕連出件壽衣的錢都拿不出來，更別說是辦喪事了，崔世福根本沒指著他，只是有些歉疚地看了崔薇一眼。

「爹只管辦就是，不夠的跟我說。」孔氏人都死了，兩人之間就算有什麼恩怨，可人死如燈滅，自然也消了個乾淨，崔薇還沒小器到與個死人計較的分兒上。再說孔氏死得也可憐，若是能幫她一把，讓她死後不那麼淒涼，自己也能做得到。

崔世福衝她欣慰又愧疚地點了點頭，一邊拖著嘴裡不住呻吟痛哭的崔敬忠便朝崔家大堂走，王氏滿臉興奮的跟在後頭，早忘了之前崔世福吩咐她燒水的事，直到崔世福回頭冷冷的看了她一眼，王氏這才忙不迭的跑到廚房燒水去了。

王氏上回被崔敬懷狠狠打了一頓，險些沒將她打死，這會兒王氏也怕了，哪裡還敢在這個節骨眼上撞過去，忙招呼了崔佑祖跟她一塊兒進廚房了。
屋裡林氏吩咐著劉氏點亮了燭火，一邊崔世福將渾身骨頭如同軟了般的崔敬忠扔在地上，看到他這副沒出息的樣子，忍不住又是心頭火起，重重踢了他一腳！這一腳像是踢到了崔敬忠痛處，他整個人一下子便跳了起來。
楊氏看著心疼得直抽抽，連忙擋在了崔敬忠面前，哭喊道：「當家的，打不得啊，二郎如今已經是這個樣子了，難道你就不心疼？」楊氏今日受的驚嚇不少，整個人臉色難看得厲害。
崔世福看著她護犢子的模樣，冷笑了一聲。「妳不要以為妳攔著他我就不打妳了，我只問妳，今日老二家的怎麼會上吊自殺，這事跟他到底有什麼關係，老二家的上吊時，他在屋裡究竟幹什麼？」
一連串的問題下來，楊氏想到剛剛兒媳孔氏死時的模樣，忍不住便哭了起來，心中也犯怵，這會兒的人都信奉有鬼魂之說，楊氏剛剛見到孔氏的死狀，嚇得現在想起來還後背直泛冷汗。
崔世福看她這樣子，又跟著道：「人在做，天在看，他是個什麼秉性，妳自個兒心裡清楚得很，妳就護著吧，總有一日老二家的便是妳日後的下場！」
這話說得楊氏全身激靈打了個冷顫，心裡也不由有些害怕了起來。
崔敬忠這個兒子實在是性情涼薄無比，再多的關愛也暖不了他那顆自私的心，這些日子自己天天侍候著他，毫無怨言，偏偏他對自己鼻子不是鼻子，眼睛不是眼睛的，動輒便罵，今日若說他逼死孔氏，也不是沒有可能的。自己現在還能動，還能下田做事養活他，他對自己尚且如此凶狠，哪一天等到自己動不了了，他豈不是對自己還要變本加厲？換句話說，就算崔敬忠不再打罵自己，而是對自己好言好語的，可自己總有老的時候，莫非母子二人便只有活生生餓死而已？

楊氏之前體諒崔敬忠經歷了大變故，又是一向心疼這個兒子久了，根本沒想過其他，就是他打罵自己之時，也心疼他，硬生生受了。現在被崔世福這樣說，她卻覺得心裡涼涼的，呆呆的，半晌說不出話來。

「我沒有，我沒有逼她，那賤人自己想不通，我不知道，娘，妳知道我的，我不會的。」崔敬忠目光閃爍了一番之後，接著便艱難的在地上挪著，抱了楊氏大腿便哭了起來。

他這副慘狀看得楊氏心裡發酸，見他如同一條蛇般在地上挪著的樣子，又哭得這般淒慘，令楊氏頓時便忘了剛剛心裡的想法，一邊抱著他，一邊哭了起來。「兒呀，那孔芳到底做了什麼，你說啊。」楊氏現在要做農活，一整天幾乎都在田裡侍弄著，早上出去，帶幾個窩窩頭，晚上才回來，真正是早出晚歸，辛苦非凡，不然她一個女人家在地裡一個人幹活，還真比不過人家。

她早晨出去之後，晚上回來便見著孔氏死了，瞧她臉色那模樣，恐怕死了好幾個時辰了，楊氏對此毫不知情，一問崔敬忠，他卻是搖了搖頭，哭得撕心裂肺。

「我怎麼知道那賤人怎麼想的，早上不過是罵了她幾句，便受不住了。我睡了，我怎麼知道她會死！沒出息的東西！」最後一句話他像是含在了嘴邊一般，眼睛一下子露出陰戾之色來，那眼神惡毒陰冷，看得人心裡發寒。

崔世福一聽崔敬忠這話，頓時氣不打一處來，便要起身找扁擔。「孽障，她是你媳婦兒，你竟只顧睡覺，不管她生死，你、你……」崔世福這會兒真是對崔敬忠既感失望又感心寒，一個大活人在他面前死了，他竟然還若無其事地睡覺，難怪之前沒聽到他出聲，原來是躺床上了。

崔世福這會兒心中什麼想法都有，孔氏嫁給崔敬忠好幾年，沒有功勞也有苦勞了，再說她除了手腳不乾淨，以及之前想逼崔薇嫁她弟弟沖喜之外，說實話，這個兒媳婦崔世福還少有不滿的地方，她勤勞孝順，為人雖然膽小了些，但好在對崔敬忠是一心一意的，當初去外頭接活兒都要養崔敬忠，便足以證明她是個好的。

兩人相處這樣些年，便是養個貓啊狗的都該養出感情來了，可偏偏孔氏焐不熱崔敬忠的心，這會兒她人死了，崔敬忠還惦記著睡覺，實在是讓崔世福心中失望得說不出話來。

雖說早知道這個兒子的品性不好，但做父親的，卻總希望他能多少改一改，吃過幾回虧了，總該悔過才是。如今看來，自己以前倒真是不瞭解他，如此狼心狗肺的東西，也唯有楊氏現在還看不清而已。

屋裡頓時沈默了起來，就連林氏都覺得說不出話來，半晌之後她嘆息了一聲，還沒開口說話，便聽到外頭傳來王氏叫罵的聲音，一邊還傳來崔佑祖的哭聲。

這倒是稀奇了，平日裡王氏將兒子瞧得跟個眼睛珠子似的，她嫁給崔敬懷好幾年了，可崔敬懷後來厭棄了她，極少沾她身子，這些年下來她也只得崔佑祖一個兒子，平日裡稀罕得很，崔佑祖現在都五歲了，這樣大的孩子，她卻時常揹在背上，輕易不肯離身，這會兒竟然捨得罵他。

楊氏臉色鐵青，忙將兒子放下來便要出去喝斥王氏，誰料王氏抓了根細竹片，抽得崔佑祖不住還手打她，一面嘴裡還學著鄉里人沾了髒字的話罵著王氏。

崔佑祖長到這把年歲，平日裡連手指頭都沒被王氏碰過，如今被打，身體跟心理都受不住。他夏天穿得薄，那細竹片抽在身上火辣辣的疼，王氏對他一向又好，因此他膽大包天竟然敢跟王氏對著來。冷不防的王氏倒真被他抓了好幾下，又聽他嘴裡污言穢語的，孩子估計不明白這些話是個什麼意思，只是平日裡聽大人說得多了，這會兒便照著搬了過來，氣得王氏暴跳，偏偏又不忍再打他，只得推著他便朝屋裡來，看著楊氏等人便哭道——

「奶奶，爹娘，這小子不知天高地厚，非要去二郎那邊，那可是剛死了人的，煞氣重得很，哪裡能去得，若是被沖了怎麼辦才好？這孩子又是個不聽話的，我拿他沒有辦法了，你們幫我瞧著吧！」

在此時人看來人死了便有諸多忌諱，一些在現代人看來是不可理喻的東西，古人卻是看得很重。崔薇坐在一旁沒有出聲，那頭崔世福已經瞪了崔佑祖一眼，拿了手中的扁擔起來，衝他喝道：「要不聽話，我拿麻繩把你捆在桌腳，哪兒也去不得！」

崔世福板起臉來大喝的模樣看起來還是有些嚇人，小孩子被唬住了，吸了吸鼻子，翻了個白眼嘴唇動了動，不知罵了什麼，不情不願地進屋裡去了。

王氏這才回廚房裡燒了水，幾人正商議著孔氏的身後事，不多時，王氏臉色鐵青，嚇得屁滾尿流地又進來了。「娘啊，我不敢去，那孔芳也太嚇人了……」

平日裡孔氏是個好拿捏的，性子綿軟，脾氣又好，隨便王氏怎麼欺負也只知道哭不吭聲，沒料到死了之後那模樣竟然變了這麼多。王氏這會兒險些被嚇尿了，一邊哭嚎著，一邊不敢過去了，任楊氏抽了她兩個耳光，她寧願多挨幾下打也不敢過去，這死皮賴臉的模樣，崔世福也不敢勉強她了。

只是這給死人洗漱穿壽衣的事可不是哪個人都能幹得的，楊氏是長輩，肯定不能過去的，也唯有王氏才能去了。崔世福想到這兒，咬了咬牙便道：「老大家的去替她洗漱一下，乾淨體面的讓她上路，我、我給妳兩百錢，讓妳娘陪著妳一道去。」

有了錢的誘惑，王氏表情鬆動了些，只是一想到孔氏那青面紫長舌瞪凸著雙眼滿身是血的模樣，頓時又嚇得一個激靈，雙腿打著哆嗦，裙子頓時便濕了一大塊。

沒料到王氏竟然這樣不中用，崔世福愣了一下，接著又羞又氣，恨不能抽王氏一耳光，勉強忍了氣，一邊厭煩的揮了揮手。「妳趕緊自個兒回妳屋裡去吧，沒用的東西！」他這會兒正是心裡厭煩的時候，對王氏也沒了好臉色。「帶好孩子，不要亂晃了！」

王氏忙不迭地點頭，不要說崔世福這會兒已經發了火，就算他不開口，王氏也不敢出去了。這會兒她顧不上丟臉了，只想到剛剛孔氏死後的慘狀，嚇得渾身直打哆嗦，連忙拉了兒子進屋裡去了。

這會兒沒了王氏幫著孔氏洗澡換衣裳，可這事到底要有人做，崔世福這會兒也顧不上跟崔敬忠算帳了，強撐著疲憊，忙讓林氏幫忙著找個人來替孔氏洗漱的，好在崔世福肯出錢，這事也不是沒人肯幹的。

眾人忙著，崔薇夫妻反倒是閒了下來，一時間她又幫不上什麼忙，出些銀子替孔氏送葬，也算是同情孔氏所託非人了，崔世福乾脆讓他們夫妻倆回去睡一覺再說，反正這事如今崔薇已經出嫁了，還是少管一些，免得對她不好，只走個過場便是了，能借些銀子崔世福已經很感激了，免得往後聶家人心裡不痛快。

崔薇到這會兒還沒吃晚飯，不過鬧騰了半天，結果孔氏一個大活人便沒了，她也沒什麼胃口，炒了兩個簡單的菜兩夫妻吃了，又燒了水洗澡，崔薇這才跟聶秋染一塊兒躺到了院裡的涼床上。

一時間隔壁熱鬧得很，就算是沒有親眼看到，但也依稀能聽到有人說話的聲音，崔薇也沒什麼睡意，乾脆想著今日的事情。王氏剛剛被孔氏的死狀嚇得都小便失了禁，看來孔氏死得確實很慘，幸虧聶秋染當時沒讓她看見，否則她現在肯定要害怕的。

她心裡胡思亂想了一陣，又想到村頭韓氏等人說的崔敬忠那邊時常有陌生男人過來的事，頓時渾身發寒。

「聶大哥，我睡不著，你陪我說說話吧。」

這會兒天色黑了下來，隔壁崔家的熱鬧不只是沒有將那種陰鬱感給趕走，反倒是因為熱鬧，更顯出幾分蕭索來。

聶秋染的手在她背上拍了幾下，令原本後背還有些發涼的崔薇一感覺到他溫暖的掌心，頓時鬆了口氣，想了想乾脆縮進他懷裡，拉了被子將自己裹住，在這盛夏時節，她竟感到渾身發寒。

「聶大哥，你說今日李叔娘她們說的話是什麼意思？」她總覺得有哪兒不對勁，但一時間滿腦子都只想到孔氏死的事，哪兒不對勁她又說不出來。

聶秋染沈默了片刻，說道：「陌生男人出現，薇兒，崔敬忠如今這模樣，還有哪個人能與他交好不成？他的人品就算是能交到朋友，又交得到什麼好的？妳娘不一定養得活崔敬忠，他那傷得養著，不然能活活痛死他，這樣的情況下，他哪來的錢吃藥的？我瞧著那些男人，說不準便是來找孔氏的。」

他說話的每一個字崔薇都聽見了，但他所說的話崔薇卻是有些聽不明白，或是她聽明白了，卻又有些不敢相信，心口間像是有什麼在翻湧一般，她掉頭撐起身乾嘔了幾聲，險些吐了出來。

若真如聶秋染所說，那崔敬忠真是不要臉到極致。她不敢相信世上竟然會有如此無恥之人，可是聶秋染一向說話幾乎能猜個準，卻是由不得她不信，甚至她自個兒心裡也存了這樣的想法。崔薇面色難看，想說什麼，卻又說不出來。

聶秋染嘆息了一聲，拍了拍她的肩膀，一邊就溫和帶了些親暱道：「小丫頭，人家的事妳也別管了，睡吧。」

一整夜崔薇睡著都在作夢，第二日天色還未大亮時，隔壁崔家便已經開始吹起了號角拉起了胡琴來，說話聲音也漸漸大了些。

這會兒時間還早，兩人過去又尷尬反倒還幫不上什麼忙，聶秋染索性抱了她進屋裡接著睡。外頭凌晨露重，有些冷了，而且睡外頭又吵得厲害，昨晚崔薇翻了好多次身他都知道，這會兒還有些迷迷糊糊的。

兩人一覺睡到了天大亮，隔壁已經熱鬧起來。剛收拾著吃了飯，那頭便傳來了有人大聲嚎哭的響聲，聽著這架勢，倒像是孔氏的母親紹氏的。

崔薇洗了臉刷了牙來到崔家這邊時，外頭已經擺了幾張桌子，院子裡放著好幾筐豬肉，不少村裡的婦人們都幫著一塊兒在收拾著飯菜。幾個穿著黃色道士袍、又戴了頭冠的人，拿了青銅長劍挑著紙錢，正圍著崔敬忠的門口繞，嘴裡唸著什麼，手中搖著銅鈴，清脆的鈴聲不時地傳了過來，崔薇看了一眼，便別開了臉。院子裡王寶學的娘劉氏正在拿稻草生火燒著豬肉皮上的毛，看到崔薇過來時便衝她招了招手。

「薇兒，妳過來了。」她一邊說著，一邊將手裡的東西交到一個婦人手上，兩人談笑了一句，看得出來劉氏在村裡人緣倒是不錯，跟哪個人都能搭得上幾句話。半晌之後她將手在圍裙上頭擦了好幾下，才拉著崔薇走到了一旁，一邊低聲道：「妳聽說了沒有？昨兒韓大嫂子在給崔敬忠那娘子洗漱時，發現她肚子都鼓起來了，像是有身孕了。」

一聽這話，崔薇眼皮頓時便跳了跳，還沒有開口說話，劉氏又接著道：「聽說崔二郎鬧過一回，說這不是他的種，是他娘子偷人，今早還跟孔家的鬧了一場。」

崔薇一聽到這兒，心裡越發瞧崔敬忠不上，都說死者為大，更何況這個死者還是他的媳婦兒，如今偏偏他卻這樣的薄情。昨日裡聶秋染說的話崔薇後來也想過了，就算孔氏做了什麼，她若不是被逼的，那便是為了崔敬忠。一個古代婦人，最重名節，敢做出那樣的事，若不是一心為了丈夫，她何苦如此？可沒料到她如今屍骨未寒，崔敬忠便這樣鬧，還說那樣的話，崔薇一時間心裡不知是該同情孔氏，還是該厭惡崔敬忠。

不過這可憐之人，也其實必有其可恨之處，孔氏將崔敬忠看得如同天一般，這事若她反抗，怎麼也不至於如此，崔敬忠現在這樣得寸進尺，說到底便是孔氏給慣的。

第九十四章

「我的兒呀！」外頭嗩吶聲更響亮了一些，吹出悲傷的聲響來，紹氏的聲音又跟著哭了起來。

崔薇轉頭去看，便見到那頭紹氏踉蹌的跑了進來，孔氏是年紀輕輕便死的，下頭連個披麻戴孝的也沒有。喪事雖然崔世福已經極力想給她辦得隆重了，不過她年紀到底輕，再隆重也透著一股蕭索，紹氏這樣哭喊時，不少人心裡都生出一股悲涼來。

那頭紹氏一進來，便瞧到了崔薇這邊，她突然眼睛一亮，抹了把眼淚，跌跌撞撞便朝崔薇這邊衝過來了。

崔薇下意識地要側開身子，誰料紹氏不知哪兒來的力氣，突然加快了幾步，一下子衝到崔薇身邊，死死捉住了她的胳膊，用力將她一拖，便將崔薇一把拖到了她面前，連崔薇險些跌倒在地她也沒管，只是厲聲哭道：「舉人娘子給我評評理，崔敬忠逼死我女兒，如今崔家難不成想這樣便算完了？那不行！我女兒不能就這樣下葬！」

大熱的天，她竟然不准孔氏下葬，剛剛眾人還當她是心疼女兒，如今聽她那話裡的意思，她不像是討個公道的，反倒像是要訛錢的樣子。

崔薇被她手掌抓得手臂生疼，掙扎了好幾下都沒能掙得脫，頓時心裡大怒，她雖然有些同情孔氏，但可不是紹氏用來威逼崔世福給銀子的伐子，紹氏可找錯了人。

她強忍著疼痛，一邊聽紹氏嘴裡還在哭嚎說這事非要讓崔世福做爹的賠五兩銀子作數，一邊又說讓她這個當妹子的瞧著辦。崔薇四處打量著，那頭劉氏見她目光，頓時便轉身找了把砍刀朝崔薇遞了過去。

紹氏這會兒正哭得厲害，也沒注意到，崔薇接過來，另一隻手拿了刀背，狠狠在紹氏手臂上拍了一下！

「嗷！」紹氏慘叫了一聲，忙不迭地就放開了手，她這會兒手骨疼得跟要裂開了似的，不住拿另一隻手去搓手臂，自然沒辦法再抓著崔薇。

等她一鬆手，崔薇這才推了紹氏一把，自個兒站了開來，輕輕撫了撫頭髮，將刀遞還給劉氏了。

眾人剛剛看她敢拿刀背砍紹氏一下的神情，頓時嘴角抽了抽。

崔薇站到一旁了，這才看著紹氏冷笑道：「什麼二哥，我沒有二哥，而且我是出嫁的人，如今也不算是崔家的，妳跟我鬧什麼。妳想要錢，自個兒去找崔敬忠商量。我爹跟他早已經斷絕了父子關係，這村裡誰人不知道的？再說嫁出去的女兒，潑出去的水，妳女兒嫁到了崔家，那便是崔家的人，跟妳孔家有什麼相關，妳有什麼資格來要錢？」這會兒崔薇是真怒了，也不管紹氏哭得厲害，連問了紹氏好幾句。

紹氏這對母子便如寄生蟲般寄養在孔氏身上，說不得孔氏做出那樣的事，不是為了丈夫而已，應該還有為了紹氏母子，畢竟崔敬忠後頭還有楊氏撐著。而紹氏母子這兩人完全沒有生產能力，只知道混吃等死，一個身體弱，又病得嚴重，只知找靠山，偏偏一天到晚的還要喝湯藥只讀書，也沒瞧見他哪兒有出息，不說他有沒有那個學文，就是進考場他都受不了，這樣的人偏偏還要去讀書，也不知道平日裡幫著做些事。

而這紹氏看著軟軟弱弱的，現在聽她啼哭得厲害，實則也是心狠無比，她看似重視女兒，可她這樣的重視，比起楊氏那樣的打罵還要不堪。

用這一招哭啼與嘴上的憐愛，捆著孔氏一生都在為這對廢物母子絞盡腦汁，付出一切，直到現在身死，紹氏還想著借孔氏撈上一筆，這簡直便是如同軟刀子割肉，比起一刀割喉來得還要厲害。

「不是的，不是的。」紹氏聽到崔薇的問話，忍不住嚶嚶的便哭了起來，一邊哭得傷心，一邊有些慌亂地擺手。「她是我女兒，我也只是想為她討回一個公道……」此時人確實都說女兒是嫁出去的人，潑出去的水，但他們母子這樣的情況，平日裡若是孤兒寡母的，便是乞討也無那個顏面上街，若是不靠孔氏，他們要怎麼辦？

紹氏哭得傷心，慌亂道：「那不然舉人娘子行行好，瞧在咱們芳兒已經沒了的分兒上，幫幫我們這兩個孤兒寡母的。我們壽哥兒是有出息的，往後必定報答妳，我天天給妳立長生牌，感激您的大恩大德。」一邊說著，一邊紹氏就要往地上跪。

紹氏說到底與其說是為了女兒傷心，倒不如說是為了沒一個長期飯票與供養他們母子的寄主而害怕，這會兒說了如此多，不過就是要錢而已。崔薇有些無語，又有些厭煩，紹氏這樣的人，一旦沾上如同狗皮膏藥一般，甩也甩不脫，也不知楊氏哪來的本事招了這麼一家人來，她自然不願意去多管閒事。孔家吃不吃上飯，與她有什麼相干，她就是再心軟，面對紹氏這樣的人，也著實心軟不起來，一家人是個無底洞不說，還完全不事生產，只等著人家來接濟，她瞧著孔鵬壽那病便是給閒的、懶的，無所事事堆出來的。

若是一天到晚的做事、運動一下，身體怎麼也不至於像他那般，此時鄉下種地的人幾乎都像崔世福父子般，個個都是面皮黝黑，身強力壯的。哪裡像孔鵬壽這般，一個崔敬懷快要頂他三個了，還沒自己身板俐落。紹氏願意將自己的兒子養成那般，她不想管，但也不會替紹氏收拾善後擦屁股，她又不是紹氏的娘，就算是有善心，也不會發到這樣的人身上，完全是活該的。

「我是已經出嫁的女兒，妳要有什麼要求，自己去與崔二郎提就是，不用總來跟我說。」崔薇一看這紹氏心裡便煩，她寧願出銀子給孔氏送葬，也不會出銀子給紹氏母子吃飯。

崔薇一說完這些，就不想管紹氏了，見她不甘心還想要伸手來拉自己，頓時又揚了揚手，嚇得紹氏一個踉蹌，縮著肩膀退了回去。

圍觀的眾人看著紹氏都說不出話來，明眼人一看這婦人就知道她為的是想要訛銀子而已。她為什麼只來找著崔薇而不是找崔敬忠，只是因為崔敬忠現在癱了，平日裡行走不便，連自個兒吃飯的錢都沒有，而崔薇有銀子而已。

認真說起來，一個出嫁的小姑娘，還真沒有時常管著娘家的道理，畢竟嫁出去的女兒潑出去的水，連父母都是家裡兒子的責任，更別提這紹氏不過是崔敬忠老丈母娘，不知她哪來的臉抓著崔薇鬧。

摸了摸這會兒還硬生生發疼的胳膊，崔薇越發火大，剛剛她砸紹氏那一下也沒有留力氣的，這會兒估計紹氏也不好受，兩人算是打平了，但崔薇心裡到底是有些不舒坦，看著紹氏便道：「既然姻伯母說著這樣愛護妳女兒，不知妳女兒沒了，準備這回出多少銀子給她選個風水寶地，讓她體面的去？」

紹氏目光頓時一陣閃爍，嘴裡結巴道：「我自己生活困難，如何有餘錢來給她……」

眾人一聽這話，皆指著她一陣責備，直說得紹氏伸手捂了臉，乾脆坐在地上不敢起來，再也沒有臉面與崔薇提銀錢的事了。

那廂屋裡頭的崔世福聽到外頭動靜，慌慌張張地便出來了，一看到這情景，頓時便皺了眉頭。之前已經有人給他說過這邊情形了，崔世福雖然心裡對孔氏本來有些歉疚，但紹氏一大早便過來，已經鬧了半天了，現在聽她又拉著自己女兒鬧，頓時便氣得眼前一陣陣發黑。

「親家母，我敬妳是崔敬忠的岳母，才給妳留幾分臉面，妳要是現在繼續鬧騰，自個兒便回去吧！再鬧，不要怪我對你們母子不客氣了！到時你們若是真想要自己女兒，便將孔芳屍體抬回去，自己瞧著辦便是！」

崔世福如今肯出錢替孔氏操辦喪禮，已經是他為人厚道了，本來他跟崔敬忠分了家，崔敬忠的事他可以不管的。若不是看孔氏可憐，他真不想來做這事，還要麻煩自己已經出嫁的女兒，心裡已經覺得很對崔薇不住了。現在紹氏擺明了要訛錢，他哪裡還肯多出。

崔世福只是憨厚，為人不肯多加計較，但他又不是傻的，也不是缺心眼兒，哪裡分不出紹氏意圖，因此不大想理她，招手喚了崔薇便要讓她進屋裡坐。

「薇兒一大早過來了，吃了飯沒有？屋裡還有熱的飯菜，有白米糕，妳吃兩個。」

紹氏被崔世福一喝，不敢吭聲了，她雖然不甘心要不到錢，但也怕真惹惱了崔世福趕她回去，母子二人時常是吃了上頓沒有下頓的，能在崔家這邊混幾天好吃的是一天，拿錢的事，也等到孔芳下葬之後再說。剛剛鬧騰著不讓孔氏下葬，可崔世福現在發了狠，竟然說不讓下葬便給他們母子抬回去，如今天氣熱，屍體爛得又快，要是到時他們不埋了，抬到自己家裡，自己哪裡有錢來埋她？

紹氏一邊忍下了這口氣，一邊又覺得自己實在是吃了虧，不過嘴上卻不敢多說了，乾脆坐在地上便抹著眼淚不止。

可是卻沒哪個同情她的，反倒都指著紹氏笑，直氣得紹氏更是心裡不舒坦，哭了一陣，見沒人理自己，又灰溜溜的起了身來，往崔敬忠那邊去了。

崔薇跟著崔世福進了屋子，那頭崔世福便勉強衝她笑了笑。「好些沒，剛剛沒將妳嚇到吧？」從昨兒晚上開始，崔世福到現在都沒怎麼合過眼睛，滿臉的疲憊之色，掩都掩不住。

崔薇看了不由心中嘆息了一聲，乾脆道：「爹，反正這兒也不差您一個人，不如我幫您盯著些，您自個兒回頭睡一會兒吧。」

她是一片好意，崔世福心中熨貼，卻仍是搖了搖頭。「不了，統共也就幾日的事情，今日請了道士陰陽先生們來看過了，說是三日後下葬是好時機，只消忙完這一回便算完了。她嫁到咱們崔家來，我沒教個好兒子，這事是我對不住孔家……」

聽這話裡意思竟然像是要賠紹氏一些銀子般，崔薇眉頭皺了皺，想到崔世福的性格，也不多說了。

外頭陸陸續續的來了不少客人，一般此時人家裡辦喪事也有親戚村人要過來奔喪的，楊家的人也來了，一時間外頭熱鬧得很。崔世福今日作為東道主，根本坐不住，連忙出去迎客了。那頭楊家人拿了一小罐酒以及一籃子十個雞蛋作禮，那頭大舅母刁氏看到崔薇出來時，面色還有些不好看，冷哼了一聲，別過頭去了。

唐氏也領著楊立全站在後頭，她現在有隻腿被打得走路都有些一瘸一拐了，不大方便，這些年來整個人瞧著像是老了十來歲，牽著楊立全的手，恨恨地瞪了崔薇一眼。可她現在也不敢做什麼，就怕自己一張嘴又被崔薇叫著還錢，到時若是她再告官，唐氏還得吃上一回苦頭。

楊立全今年已經九歲了，長得倒是高大，一天到晚的在外跑著，肌膚微黑，看到崔薇時衝她吐舌頭扮著鬼臉，看得崔薇嘴角直抽。這破孩子當初被崔薇打過便將她恨上了，每回一來崔家都要折騰一回，只不過全是些小事，崔薇也不跟他計較了，這會兒楊立全一看到崔薇，頓時便哼了一聲，轉頭四處望了起來。

楊立全原本早前跟崔敬平要好，但崔敬平自從收了玩性，一心跟著崔薇學做糕點之後，楊立全每回過來也不跟崔敬平玩了，這幾年倒是跟同樣調皮搗蛋又被寵得無法無天的崔佑祖要好了起來，兩個小夥伴這會兒一日見面，頓時便欣喜得不行。

王氏正怕兒子非要跑到孔氏那邊去瞧死人，小孩子天不怕地不怕的慣了，要真給瞧見非給嚇一跳不可。她昨兒被嚇得不輕，一整晚都作惡夢，現在臉色都是青的，看到楊立全過來了，樂得兒子跟他一塊兒玩耍，自然便不再拘著崔佑祖，一邊就與吳氏等人打了招呼後道：「外婆過來了，全哥兒也來了，正好跟小郎玩一會兒。」

吳氏愛憐的看了楊立全這個曾孫子一眼，知道他待不住了，便衝他點了點頭，溫和道：「好的，你去跟小郎玩一陣，你們小孩子家，也不用拘在這兒。」

崔佑祖歡呼了一聲，忙就向楊立全跑過去，兩個孩子手拉著手，一會兒工夫便不見了蹤影。

那頭楊家人剛剛坐定，門口處便又有人進來了，一個年約四十許，穿著一身青布衣裳的婦人由一個年輕些的小媳婦兒扶著進來了，一邊還在與楊氏說著話，楊氏難得臉上帶了笑意。

那婦人一過來時，便看了吳氏等人一眼，加快了腳步，歡喜地便喊道：「娘、爹，大哥大嫂也來了。」

這個婦人是楊氏的妹妹，小楊氏，是嫁到隔壁村曹家的，平日裡跟楊氏也有過來往，她媳婦兒前兩年剛生了孩子，也就比王氏晚了一年多，因此這些年來在家裡侍弄著孫子，少有出來。

崔薇來到古代好幾年，也沒瞧見過這小楊氏幾回，這會兒眾人都湊到了一堆，不多時連王氏的娘家人也過來了，屋子裡頓時便坐不下了。楊家人不時想過來與崔薇套近乎，那頭王家人也是，小楊氏更是話裡都在打聽著聶秋文兄妹的消息，一副想要作媒的樣子。

崔薇坐沒多大會兒工夫便坐不住了，與崔世福打過招呼之後，又見奶奶林氏跟外婆吳氏都聊得熱絡，刁氏等人跟小楊氏等也在說話，她乾脆起身溜了。

一出門口她才鬆了口氣，屋裡談笑的聲音隔得老遠都能聽得到，村裡婦人都過來幫忙了。崔薇走出幾步，便看到地上一堆堆的稀泥，頓時心中生了疑，想到剛剛楊立全跟崔佑祖離開的情況，頓時眼角抽了抽，忙加快了些腳步，遠遠的還沒回到自己房門前，便看到牆壁上與朱紅的大門全沾了一堆堆的濕泥巴，還有不少的小泥手印，頓時氣不打一處來，這情況只有崔佑祖跟楊立全那兩個小東西做得出來。

她臉上露出怒容來，也不開門了，又倒轉身回崔家那邊去，準備收拾崔佑祖兩人一頓。每回楊立全那小破孩一過來便沒好事，她逮著過楊立全好幾回，也打過他幾次，但小孩子皮實，打了哭過一回他根本不怕，而且揍過他之後，每回這小子一做了壞事便跑，根本有時候人都逮不住，崔薇這會兒心裡厭煩，沈著臉便又回了崔家。

崔家院子裡幾個婦人三、五人圍到一桌正說著閒話，崔佑祖兩人的身影卻沒在屋裡頭，崔世福正跟人說著話，院裡亂糟糟的。突然間崔敬忠那邊屋子裡傳來小孩尖利的慘叫聲與呼救聲，崔佑祖尖銳的哭聲響了起來。

「娘，救命啊，娘……」楊立全的聲音也在裡頭跟著哭了起來。

院子裡正說著閒話的王氏等人頓時愣了一下，唐氏聽到兒子的哭聲，臉色大變，剛想說肯定是崔薇打過了自己兒子，可是回頭便看到崔薇沈了臉站在門口處，到嘴邊的話便又嚥回了肚子裡。

王氏慌慌張張站起身來，聽到了崔佑祖的聲音從隔壁傳過來，她頓時表情就不對勁了，忍不住哭了起來。「這冤枉，讓他不要去隔壁，偏偏不聽……」

眾人聽她提到隔壁，頓時都跟著臉色變了變，吳氏等人慌忙站起身來，崔世福那頭臉色也不好看，率先便要朝門口行去。

楊氏扶了自己婆婆林氏，都起身朝崔敬忠那邊行去，崔薇站在崔敬忠門口沒有進去，眾人一蜂窩來到門口邊，裡頭崔世福驚怒的大吼聲便傳了出來——

「孽畜！你們在幹什麼！」

崔薇忍不住探了頭去看，屋裡一股異味，崔佑祖已經嚇得放聲尖叫，楊立全的聲音卻不見了。孔氏的屍體本來是留在一張臨時編成的竹床上，可這會兒已經滾落了下來，有個身影本能的像是想要將她拖到竹床上去，崔薇看得渾身發寒。那頭崔世福已經氣得發了瘋，伸手便劈頭給崔佑祖一耳光，楊氏的哭喊聲與眾人的驚呼聲傳了出來，頓時屋裡亂成一團。

楊立全兩個人也實在是太調皮了些，兩個孩子被人拉出來時，表情都有些懵了，二人手上還帶了些泥漿，崔佑祖挨了一耳光，整個人還抽抽噎噎的，而楊立全則是整個人都嚇懵住了。

屋裡眾人看到孔氏的模樣時，都不由自主的倒抽一口冷氣，就連紹氏剛剛原本想表現母女情深一路哭進去時，也是牙齒顫抖著被人拖出來了。孔氏身上昨日才新換的壽衣這會兒已經被沾上了泥點，她昨天死的，但今天看起來那表情更扭曲嚇人了些。夏天天氣熱，她眼睛落出來處已經蒙上一層白色像是黏液的東西來，讓人看著便膽寒，身上已經隱隱有了味道，可是卻沒有哪個肯給她換壽衣的。

崔世福氣得要死，就是銅錢出到了五百文，也沒哪個肯接這趟活兒，都說孔氏是遭上吊死的，人家要找替身哩，尤其兩個孩子又衝撞了她，讓她走得不安心。哪個人都是惜命的，崔世福給的銀子再多也沒用，最多眾人折騰著將人抬上榻子，不過光是這樣，也是每個人給了十文。

不只崔世福氣得要死，就是王氏與楊氏等人也氣得厲害。

王氏拉了崔佑祖出來便數落他道：「那屋裡煞氣重得很，可不是什麼好玩的地方，你們竟然也敢往裡頭去，膽子也太大了吧！」王氏恨不能劈頭蓋臉給兒子兩耳光，可是看他哭得大聲的模樣，又心軟了起來，不由害怕得很。

崔佑祖還好，他雖然瞧著孔氏害怕，不過到底還知道哭出來，倒沒什麼，而那楊立全整個人像是都嚇呆了，根本一聲不吭，傻呆呆的樣子，像是丟了魂魄一般。這下可將唐氏與楊家人給嚇住了，剛剛的怒火一下子變成了擔憂與焦急，任憑眾人怎麼喚他，楊立全都沒什麼反應，就是外頭那些道士被請進來衝楊立全唸了些什麼，又燒了符水給他喝了，他也像是根本沒反應的樣子，吳氏等人頓時便嚇呆住了。

楊立全是他們家這一代現在僅有的獨苗，唐氏當初在衙門裡被打過之後，養好傷有了殘疾，楊大郎嫌棄她，輕易不肯沾她身子。跟王氏差不多，她現在也只有楊立全一個兒子，眼見兒子長大了，再過不了幾年成了婚便是自己的依靠，可偏偏到這會兒楊立全竟然成了這麼一個模樣，不只是唐氏哭得厲害，連吳氏也險些一頭栽倒下去。

這兩個孩子自己調皮，現在已經用不著崔薇再揍他們，自己就將自己給弄成了這般模樣。

崔世福腦袋都大了，院子裡楊家人哭得厲害，刁氏非要哭喊著讓崔世福拿個說法來，而紹氏那頭則是喊著女兒命苦，一時間眾人鬧得不可開交。崔世福焦頭爛額，最後反倒悠閒的，是一旁坐著萬事不管、眼神陰鷙的崔敬忠了。

孩子的哭喊聲，與幾個女人嚎叫的聲音，直吵得人耳朵疼。崔佑祖這會兒嚇懵住了，看到大人這樣的陣仗，他平日裡性格雖然被王氏寵得無法無天的，但這會兒還知道害怕，哭得越發厲害了些。

崔世福被刁氏幾人拉著，險些被扯得摔倒在地，張嘴剛想說什麼，便被幾個婦人扯得開不了口，聲音淹沒在眾人的嘶喊聲中，眼見著整個人一下子狼狽起來，掙扎不脫，崔薇臉色鐵青，重重的拿了一落碗便往地上砸了過去！

「哐噹！」一聲巨響，碗落在院子裡頓時碎成一大堆碎片，聲音太大了些，眾人都聽到了，硬生生的將眾婦人的尖叫壓了下去。刁氏等人臉上還帶著淚珠，下意識地住了嘴，回過頭來盯著崔薇看。

崔薇拿過一旁的小凳子狠狠又扔在了一堆碗碎片上，厲聲道：「妳們要幹什麼！」她這會兒表情難看，刁氏等人縱然覺得自己有滿腹的憤怒，依舊是被她壓了下去，沈默了半晌之後，吳氏才有些小聲地哭道：「我們全哥兒可是家裡的獨子，如今出了問題……」

崔薇也沒管身後刁氏忍不住想發言的模樣，一邊走過去扯了崔世福一把，她人小力氣也不大，不過崔世福早就被幾個女人扯得受不了了，崔薇一拉他，趁勢他便出來了。這會兒崔世福也顧不得臉面了，忙躲到了女兒身後。

「什麼獨子，崔佑祖還是崔家的獨子呢，如今崔家還辦著喪事，要吵回自個兒家裡吵個夠！」崔薇一邊站到崔世福面前，又看了滿臉不服的刁氏等人。「事情怎麼樣還沒問問清楚，妳們鬧什麼！」

「還有什麼好問的？」刁氏一聽到這話，氣得要命。「我們家全哥兒都變成這般模樣了，哪裡還說得出話來？要是今兒你們不拿個說法來，誰也不要想再辦這樁喪事！」

刁氏聲音大，崔薇聲音比她還要大。「不辦這喪事就不辦！這事跟我爹本來就沒關係，要是不辦，那把屍體抬妳們家去！既然是她嚇著了楊立全，妳們自個兒想辦法，隨妳們怎麼弄去！」

崔薇一邊說著，另一旁的紹氏便有些著急，就連崔世福也想說話，崔薇卻是拉了他的手不准他出聲。

「我們也要表嫂拿個說法出來！楊立全年紀比崔佑祖大這樣多，還不知道輕重，非要拉他去瞧死人，如今沒有嚇出毛病便罷，要是嚇出什麼事來，這事咱們還沒完！」崔薇一番厲聲大喝，頓時便將刁氏與唐氏等人喝止住了。

連一旁剛剛還啼哭不止的王氏，頓時也衝唐氏等人怒目而視。

吳氏剛剛還心裡對崔家感覺不滿，這會兒聽到崔薇一說，頓時便著急了，要是自己的曾孫真被嚇出個好歹，而崔薇還想要將死人抬到他們楊家，那不是故意整人嗎？她原本對於這個外孫女只記得一個懦弱膽小的模樣，又知道楊氏現在跟她鬧得不可開交，母女二人關係僵得很，吳氏也只覺得這個孫女兒太跳脫了些，不像一般閨女，也就她命好，嫁了一個舉人老爺，否則她心裡是有些看崔薇不上的。但現在聽了她這樣無賴的說法，頓時有些無奈，心裡又氣又急，卻不好再開口了。

「崔佑祖過來！」崔薇喝住了刁氏等人，便面色不大好看地喊了崔佑祖一句。

崔佑祖現在早就被嚇懵住了，一聽到崔薇喚他，忙戰戰兢兢的走了幾步出來，連聲音也不敢哭了，雙腿打著哆嗦，雙眼含著淚，站到了崔薇面前。

一看他這樣子，崔薇頓時便氣不打一處來，狠狠一巴掌拍到了他背心上。「站沒站相的，你這樣要死不活的幹什麼，你們到底怎麼回事，跟我說！」

王氏一見她打自己兒子，頓時有些受不了，但見吳氏等人都不敢張嘴說話了，一旁崔世福看她的臉色糟得很，還有崔敬懷捏著拳頭站在她身邊不遠處，那目光盯得王氏心裡發寒，因此她雖然不滿崔薇打自己兒子，但仍將那口氣給嚥了下來。

崔佑祖被她一拍，頓時身板就挺起來一些，也不敢哭，兩泡眼淚在眼眶裡打著轉，一邊就抽抽噎噎道：「大表哥帶我先去耍泥巴，去姑姑家砸了半天，又說不好玩，就說想去瞧瞧死人怎麼樣。」他一邊說著，一邊就哭起了鼻子，顯然剛剛看到孔氏的情景令他有些忍耐不住，畢竟是個小孩子，雖說膽子大，但還好知道害怕，這會兒癟著嘴，忍了淚意就道：「大表哥說，沒看過死人就不是真正的男子漢，可是二叔娘變了，大表哥去拖她，娘，我好怕……」到底是個孩子，說到後來忍不住了，哭著便找起母親來。

直心疼得王氏一口一個心肝的喚著，將他摟在懷裡好聲安撫。

「我倒不知道，大舅母家裡的男孩是這樣才敢稱為男子漢的。」現在的情景，眾人哪裡還有不明白的，崔薇看著臉色青白交錯的刁氏一眼，冷笑了一聲。

刁氏又氣又急，狠狠一巴掌拍在她平日裡捨不得碰一根寒毛的楊立全頭上，若是以往，家裡有人敢這樣打楊立全，她早跳起來了，可是這會兒他傻傻呆呆的，卻像是根本不知道痛一般。

唐氏一見兒子挨打，心疼得眼淚直掉，還沒有開口，崔薇便道：「楊立全把我的門砸成那般模樣，等下還要煩勞表嫂去將門給我擦乾淨了！」找不到小的，那就找大的，唐氏一進屋門便恨了自己好幾眼，像是自己欠了她錢一般，這會兒崔薇也不與她客氣，見唐氏有些不服，便立即翻手伸向她，示意她還銀兩。

唐氏一想到自己欠她的銀子，頓時那口不滿的怨氣又洩了個乾淨，沈默著不出聲了。

今日鬧了這樣一齣，眾人心裡都有些不大痛快，尤其是楊家的，楊立全現在都不會哭了，可崔薇說來竟然像全是他們的責任一般，至少崔佑祖現在能說會哭的，可憐他們全哥兒，現在人都傻了。

刁氏打完孫子，瞪著崔薇便道：「這事妳說了不算，我們全哥兒到底是不是像崔佑祖那樣說的，還不一定！再說咱們憑什麼要聽妳在這兒說，在場哪個不是長輩，哪裡有妳一個小輩出面多嘴的餘地！」

「就憑我夫君是舉人，是有功名的人！」崔薇看了刁氏一眼，揚了揚下巴。

刁氏聽她這樣一說，不敢再開口了。

第九十五章

眾人鬧了這樣一通，楊家的人心中不痛快得很，當即便要走，崔世福也不留他們，楊立全惹了那樣大的事，害得孔氏都不能體面乾淨的下葬，這破孩子也不知道哪來這麼調皮的性格，他現在還氣得要死，哪裡會管楊家人心中高不高興。

就連楊氏對娘家人也生了怨言，關鍵是她的小孫子差點兒出了意外，楊氏哪裡受得了這個。等娘家人氣鼓鼓的走了，她不大痛快地跟妹子小楊氏坐一旁說著娘家嫂子刁氏的閒話。

崔敬懷早忍耐了多時，這會兒受不了了，捉了兒子跟老鷹提小雞似的到一旁打去了。

崔佑祖剛剛才受了一場驚嚇，如今還要受一回皮肉之苦，偏偏王氏還不敢求情，一時間只聽到母子倆同時的嚎哭聲。

唐氏到底是被崔薇逮著把門上的濕泥巴擦了才離開的，也沒擦多乾淨，剩餘的崔薇自個兒弄了。

孔氏入了土之後，那頭崔佑祖據說連作了好幾天的惡夢，崔家人請了道士過來招魂，又給他作了好幾場法事，折騰了好幾天，崔佑祖估計小孩子忘性大，才漸漸地不大在半夜裡啼哭了。

但楊家那邊楊立全的情形聽說很不好，這會兒已經連著好幾天不知道哭笑吃喝了，整個人跟只剩了個空殼子般，這事在附近幾個村莊都傳遍了，說是孔氏不甘心死，她這是有怨氣在。村裡傳說什麼的人都有，也有人說是崔敬忠做事缺德，拿了孔氏去做那骯髒事，孔氏滿身怨氣，小孩子又最是能瞧見這些的，因此楊立全才給沖著了。

一時間這事說什麼的都有，傳得活靈活現的，尤其是孔氏死時肚皮凸起來，看樣子像是懷了身孕的模樣，更是村裡人都知道了。

崔薇這幾天對於村裡人的話倒是多少都聽到了些，她就是少出門，可王寶學的娘劉氏一有點兒風吹草動的便過來跟她說了，也不消她專門出去打聽。劉氏像是找到了一個能與她交好的方式般，哪家哪戶有個什麼小事都來跟她說得活靈活現的，儼然將她當成了八卦好友，對於村裡的事兒，託劉氏的福，她倒真是知道了不少。

將家裡做好的奶油交給王寶學的大哥王寶強帶去了城裡，又趁著趕集時給林府又帶了些零嘴去，回來時便發現崔家那邊來了客人，大門沒關，依稀能看到裡頭楊氏對面坐著的，像是小楊氏。

聶秋染手裡拎著兩個裝滿了東西的背篼，沈重的背篼他拎起來像是沒費什麼力氣一般，見崔薇腦袋還在晃，乾脆將兩個背篼全換到了右手上，一邊就伸手拉了她腕子，一邊道：

「有什麼好看的，咱們趕緊回去。」

雖說聶秋染催了之後崔薇腳已經在動了，不過臨走時仍是下意識地眼睛盯了一眼崔敬忠那邊。孔氏死了之後，崔敬忠那邊大門時常便都是關著的。不知是不是那日崔世福說的話讓楊氏心裡想通了，這幾日楊氏都是回了自個兒家裡住，只是煮飯時給崔敬忠端一碗過去，平日不常守著他，由他打罵了。

最近村裡關於崔敬忠的流言不少，好些人都說崔敬忠拿自己媳婦兒當那粉頭，逼她接客，自己收錢，來買藥吃不說，還有還債。孔氏肚子大了，估計她怕是往後生了孽種下來承受不了，因此一時間想不開才上了吊。她恐怕在掙這皮肉錢時便已經猜到崔敬忠靠不住，託一個恩客帶了三兩銀子給孔家紹氏，這事有人親眼瞧見過，孔氏賣身掙錢養丈夫與娘家的事，自然是在小灣村裡瞞不住的。那紹氏最後也硬是從崔世福這兒要了二兩銀子過去，加上孔氏賣皮肉掙的三兩銀子，如今她倒是不鬧了，聽說她在張羅著給兒子找媳婦兒了。

崔薇腦子裡一時間也不知閃過了什麼念頭，她想到以前孔氏坐在門前害羞笑著的樣子，心裡嘆息了一聲，這才跟著聶秋染回去了。

晌午過後，楊氏便過來了，崔薇將她堵在門口，沒有要請她進來的意思。

楊氏也不是非要進去不可，一過來便開門見山道：「妳姨母想要將妳表妹曹大丫說給妳三哥為妻。現在妳三哥年紀也不小了，不知道他現在在臨安城中哪兒，妳給我將他找回來，當初是妳將人給帶出去的，如今妳得還我一個兒子來，我兒子不出去做工了。」她說這話時，滿臉的懷疑與氣憤，話裡的口氣像是在懷疑崔薇將崔敬平牽出去賣了一般，令崔薇冷笑不止。

「三哥做不做工，我管不著，妳要是不想他做工，直接進臨安城將他找回來就是了。」

若楊氏說話好聽一些，崔薇也不介意下回聶秋染進城時讓他給崔敬平帶聲口信，畢竟這事是關係到崔敬平的終身大事，她也重視，可楊氏一來就是這副模樣，她哪裡會想理睬。

上回楊氏想賣她的事如今還沒過去一年時間呢，崔薇看到楊氏便心裡莫名的煩躁，這會兒想到崔敬平的婚姻大事，仍是多說了句。「我三哥現在年紀還小，他前途又好，可以慢慢挑個好的，大不了我出銀子給他做聘禮就是，不用急著這麼快便下定。」

那曹大丫是小楊氏的小女兒，今年十三歲了，比崔薇大一歲，以前小時倒是見過，是個瘦弱的丫頭，平日裡不大愛出聲，印象很是模糊，如今幾年沒見過，崔薇能想得起有這樣一個人已經不錯了，畢竟她又不是本尊，她跟那曹大丫是一回也沒看過的。不過曹大丫是小楊氏的女兒，跟崔敬平之間還帶著血緣關係，崔薇不大想委屈自己的哥哥，自然也不想讓他娶曹大丫，畢竟跟楊氏沾親帶故的，往後恐怕不好相處不說，而且崔敬平現在出去做事，見了世面，他心裡也不一定會願意由著楊氏折騰，娶那個小丫頭。

崔薇倒是一片好心，可楊氏一聽這話頓時勃然大怒。「我才是他娘！他的婚事由我作主，哪兒輪得到妳！我呸，妳當我沒瞧見過銀子，要妳那臭錢來顯擺。」

楊氏說話時語氣極其激動，現在崔敬平越長越大，跟崔薇就越來越親近，不只是以前吃喝住都在崔薇這邊，就連現在做工的事都由崔薇一手作主，楊氏這個當娘的根本插不上嘴，早就心中不滿得很了。她生了三個兒子，可惜老大雖然孝順，但是個憨實的性子，有王氏那樣一個媳婦兒，楊氏恐怕老年要吃苦。

而老二崔敬忠已經變成這般模樣，他連自己的結髮妻子都敢這樣糟蹋，保不齊哪天便會將主意打到楊氏身上，楊氏現在只是多少陪著崔敬忠一些，因此她將自己晚年的依靠放到了崔敬平身上。可現在崔敬平她不好拿捏，便打起一個主意來，想要娶個自己能拿捏得住的媳婦兒來將崔敬平管住。楊氏自個兒生的兒子，她瞭解，崔敬平就是個心軟的好孩子，不像崔敬懷那樣死板，他腦筋靈活，又不像崔敬忠那樣心狠手辣的，幾個孩子中，他最靠得住。

楊氏想靠兒子養老，自然要能找個可以拿捏得住的兒媳婦，要是往後再娶一個心不向著自己的，那她晚年不是越過越淒涼了嗎？楊氏一想到這些，便覺得崔薇是在跟自己搶兒子，心中對她越發怨恨。

「我自己的兒子，我自己知道該如何對他好，用不著妳來教。」

「妳不要我教，我也不想教妳！」崔薇見她一來便不知道發的什麼脾氣，頓時也不客氣了。「不過妳有那本事替他作主，我怕妳沒本事給我三哥娶媳婦兒呢！我三哥現在做事還在我店鋪裡呢，我要不給他銀子，妳便是想破了頭也沒用！」

如今村裡便沒有人不知道她是開了店的，楊氏一聽到她這話，頓時氣不打一處來，險些沒被氣噎死。

楊氏也知道小楊氏想跟她結親，除了看在崔薇的夫君聶秋染分上，便是崔敬平自個兒如今在一個店鋪裡做事，這店鋪是崔薇的，親妹子往後有了出息，說不得那店鋪便是要給他的。楊氏心中也惦記著那城中的鋪子，可她剛剛沒忍得住脾氣，現在聽崔薇這樣說了，一時間竟然不知該再說什麼才好，頓時沈默著不說話了，心裡既是鬱悶，又是怨恨。

「我要不高興了，那鋪子我送給別人也成，我三哥是個有骨氣的，可不會惦記著我的鋪子。」崔薇看著楊氏青白交錯的臉色，冷笑了一聲，「砰」的一聲便關上了大門。

楊氏吃了個閉門羹，心裡又羞又氣，又覺得委屈，回頭便狠狠哭了一場。

小楊氏那頭的婚事在知道楊氏跟女兒關係差得很，崔薇又不會給崔敬平鋪子之後，自然不再提那事了。楊氏心中氣得牙癢癢的，但閨女是人家的，雖說那是自己的親妹妹，但各自成了婚，都要為著家裡考慮。就拿楊氏來說，若是崔薇現在還受她拿捏，那曹家沒好處的話，她也不會將閨女嫁到曹家的，因此心裡嘔了好幾回的氣，可是卻拿崔薇沒什麼辦法，這事便又給擱了下來。

時間一晃便到了八月底的時候，九月崔梅要出嫁，崔家跟著忙了起來。聶秋染的生辰也在九月的時候，兩人一天到晚的沒事便討論著聶秋染生辰時要吃的菜，這段時間天氣已經涼了起來，崔薇剛剛生火，那外頭便有人過來敲門了。

她拍了拍身上的柴灰，到廚房門邊時，就看到聶秋染已經準備去開門了，她自然不去開了，平日裡反正她這邊沒什麼客人的，幾乎來的都是崔敬懷父子倆，聶秋染去開門也是一樣的，偶爾有個意外的聶家人過來，她也懶得去看孫氏那張嘴臉。

可惜崔薇猜錯了，來的既不是崔世福父子，也不是聶家人，聶秋染喚她時，崔薇放了火鉗出來便看到崔梅捧了一個包裹，站在院子裡的門邊，看著聶秋染時，臉色通紅，連頭也不敢抬，聽到腳步聲，抬頭一看是崔薇，頓時便鬆了一口氣。

「四妹妹。」崔梅喚了崔薇一聲，忙就小跑了幾步，又回頭悄悄看了聶秋染一眼，臉頰通紅，抿了抿嘴唇道：「你們正做飯呢，我來幫妳吧？」

「不用了大堂姊，屋裡坐。」崔薇拍了拍身上的圍裙柴灰，一邊有些好奇崔梅為什麼過來。她廚房裡煮的是飯，架上了幾個粗大的樹枝，這會兒燒著就是，也不用人時時守著，因此拉了崔梅便往屋裡走。

聶秋染乾脆沒進去，就在外頭的石桌旁坐著，崔梅現在要成婚了，又不是已經成婚的，總要避嫌一下。

秋天的夜晚裡，少年聶秋染穿著一身天青色的衣裳，簡直像是融入了夜色裡，可偏偏又能讓人一眼就看到他，他低頭時的模樣不知怎的，讓人心裡生出一股股的寧靜來。崔梅回頭看了一眼，不知為何，覺得心裡有些酸澀了起來，她現在要成婚了，娘劉氏總跟她說她嫁得不錯，那陳家是個殷實人家，又是有地的，可偏偏崔梅心裡覺得有些惶恐不安的。這會兒看到崔薇，見她就嫁在本村，又是嫁給村裡的舉人，聶秋染長相比陳小軍還好，聽說聶秋染也是買了地的，她心裡就有些羨慕了起來。

「大堂姊，妳過來是有什麼事嗎？」崔薇進了屋裡，替崔梅倒了杯半涼的開水朝她面前推了推，示意她坐，卻見她臉朝外頭看，順著她的目光望過去，就看到她盯著聶秋染看了好幾眼，頓時便嘴角抽了抽，開口提醒了她一句。

被崔薇這樣一喊，崔梅才像是回過神來一般，連忙下意識地抱緊了自己懷裡的包裹，片刻後又滿臉通紅，將手裡的包裹遞了出來。「我來是想給妳些東西的。四妹妹，我再過幾天就要出門了，這些東西是我平日裡穿的，我照著妳的身段揀了幾件，想給妳送過來。」少女臉頰通紅，目光有些閃爍，一邊打開包裹，露出裡頭不知傳了多少代，補了好些補丁的衣裳來，裡頭還有幾雙粗布鞋，有些地方腳趾都露出來了。

農家裡送人東西不奇怪，不過崔薇現在過的日子可使她再沒穿過打補丁的衣裳了，件件都是新的，緞子都用不完，哪裡還有可能像以前剛來到古代時，穿著楊氏改小的衣裳？崔梅這些衣裳一看就是劉氏穿過然後改小了給她的，崔薇沈默著不好說話，她不想收這些東西，衣裳洗得再乾淨，可是她根本沒有什麼穿的機會，拿來只是放著占櫃子。

而崔梅前些日子對她還不理不睬的，一見面便趕緊離開了，今日竟然會專程送東西過來，有什麼目的她也好奇得很。

「有些破舊，妳、妳別在意。」崔梅臉色紅得厲害，屋裡幾盞昏黃的燈光下，少女眼睛裡像是要滴出淚水來。

崔薇嘴角抽了抽，半晌之後才從牙縫間擠出一句謝謝。

崔梅這才鬆了口氣，臉上露出不好意思的笑容來，連忙道：「那我先回去了，我娘正等著我回去做飯呢。」她一邊說著，一邊目光好奇的在屋裡溜了一圈，眼裡露出羨慕之色。這才又衝崔薇點了點頭，飛快跑出去了。

等她一走，聶秋染這才將外頭院門閂起來，看著崔薇衝一堆舊衣裳發呆，小鼻子小臉的，瞧著十分可愛，忍不住就笑了起來。「如果不想要，送人就是，露出這模樣做什麼？」

「聶大哥，你說她過來是什麼意思啊？」崔薇下意識地問聶秋染。

聶秋染也沒去碰那堆衣裳，溫和就道：「是想讓妳替她添些妝的吧。以物易物，不然妳跟她不是鬧了彆扭？」

連這事他也知道！崔薇眼皮跳了跳，一邊忍不住就吐槽。「我大伯娘這人也太小器了吧，一堆舊衣裳，就想換些好東西回去，要想我給添些妝，她怎麼也要送些像樣的東西過來吧，連點兒誠意也沒有，就是送幾顆菜也比送這玩意兒強。」

剛剛崔梅所說的有些破舊不是客套，而是真的非常破舊，幾乎是不能再穿的了，有些布已經穿的年分長了，粉脆得厲害，連補都不容易補起來，這樣的東西劉氏好送出來，也想讓自己添妝，她腦子裡是怎麼想的？

聶秋染卻是笑著將包裹收了起來，一副要拿出去扔的模樣。「妳就給她添幾件就是，反正咱們給聶晴準備的，她現在也用不上了，正好撿幾樣便宜妳那大堂姊就是。」

他既然都這樣說了，崔薇當然沒有意見，事實上她對於崔梅的遭遇還頗為同情，那陳小軍不是個好人，可偏偏劉氏貪圖人家聘禮，非要將女兒嫁過去。崔薇現在不差銀子，她給崔梅添兩樣妝，也算是彌補自己心裡的一些憐惜了，至於聶秋染嘴裡所說的跟崔梅的彆扭，她根本沒有放在心上。

吃過晚飯後崔薇提了那包之前沒讓聶秋染扔的包裹，又撿了一雙珍珠耳墜，以及兩塊絲綢帕子，以及一件在臨安城裡買過一套略大了些，準備等長些再穿的衣裙，取了出來準備給崔梅送過去。這套衣裙雖然不是什麼緞子面料，但那布料染色卻是極好，是天藍色，瞧著便清爽，她當時喜歡，可是在成衣鋪子裡買的，人家當時就是製得大套些的，她穿不上，正好現在可以用來作人情。劉氏小器，她也不用只回一、兩件與劉氏一般上不得檯面的東西。

來到崔世財家裡時，崔世財家中正在吃飯，劉氏看到她時臉上露出笑容來，倒是林氏招呼著崔薇過來吃飯。「薇兒來了，趕緊來吃飯，老大家的，給添雙筷子。」

「娘，說不定薇兒早就吃過飯了，妳過來是給妳大堂姊添嫁妝的吧？」劉氏一邊說著，一邊便笑著推了女兒一把。「還不趕緊去接著，莫不是要讓妳妹子久拿不成？」

雖說崔薇這一趟過來本來就是想給崔梅添妝的，但聽到劉氏這話依舊是氣得很。崔世財家這邊人多，兒女也不少，孫子都出世了，因此男女是各自分開吃飯的，崔世財等人是坐的大桌子，崔薇走了幾步將之前崔梅給她的東西放到了桌子那邊，一邊就將包裹解開來。「大伯娘說得是，我是來給大堂姊添兩樣妝的，不過這些東西大伯娘就不用給我了吧，捨不得好東西，也沒得拿這東西來打發我。」崔薇似是撒嬌一般，看了劉氏一眼，頓時便見她臉上露出幾分尷尬的神色來。

崔世財看到包裹裡裝著的東西，頓時臉色青了大半，一旁林氏也沈了臉，將筷子放了下來。

崔薇這才拿出自己的東西，一邊朝崔梅遞過去，一邊道：「恭喜大堂姊了，我也沒什麼好東西，挑了幾樣大堂姊用得上的，還望大堂姊不要嫌棄寒酸才是。」

崔薇送出來的別說那對珍珠耳環，光是那身新衣裳，便已經抵了劉氏打包的東西好幾倍了。崔世財臉色越發不好看，一邊站起來，有些尷尬道：「四丫頭這是說的哪裡話，吃過飯沒有，不如坐下來吃了再回去吧。」

崔薇本來不想噁心劉氏，不過她既然自個兒做出這樣的事情，她當然順手也要還她一回，飯倒是不留下來吃的。

她與崔世財行了禮，又笑著跟林氏打過了招呼，這才出了崔世財家大門，剛踏出門口，屋裡便傳來劉氏哭哭啼啼的解釋聲來。崔薇撇了撇嘴角，自個兒回家去了。

第二天一大早時，聶秋染還在屋裡看著書，崔薇在一旁拿了針線靠著門邊準備做兩雙鞋在屋裡穿。院子裡陰沈沈的，看這天氣，倒像是要下雨了般，外頭吹著風，院子裡黑背突然間抖了抖身體，從牠自個兒的狗窩裡鑽出來，就連屋裡頭正睡在窩裡的毛球也立了下耳朵，朝外頭看了一眼。

不多時門口處便響起了敲門聲，崔薇率先放了針線在籮筐裡，一邊伸了個懶腰，拍了拍後脖子，這才跑了幾步去開門，毛球悄無聲息地跟在她後頭。來人竟然出乎意料的是楊氏等人，她身旁還跟了楊家的唐氏等，一看到這些人時崔薇便沒了好氣，下意識地便要將門給關上。

誰料那唐氏竟然伸出隻手來擋在門中間，「砰」的一聲，門縫將她的手臂給夾住了，唐氏臉上露出痛楚之色來，卻是陪著笑道：「表妹，我們來是有事求妳的，妳行個方便，讓咱們進去吧。」

「我跟妳們可沒什麼好說的。」若是楊家人自個兒來便罷了，可偏偏帶了楊氏，崔薇現在一瞧楊氏便沒好氣，直接就道：「我一個出嫁的人，我夫君現在還在家中，恐怕不方便招呼妳們。」她說完，又想關門，可是唐氏卻死活不肯將手收回去，死死巴著門邊。

一段時間不見，唐氏臉頰又瘦弱了不少，眼神有些哀怨淒涼，看起來極其狼狽可憐，髮絲兒這會都有些散亂，一臉的憔悴，眼睛裡布滿了紅血絲，看著崔薇就哭了起來。

「表妹，我們家全哥兒現在人事不醒的，人家說若是不趕緊治治，恐怕挨不過幾天了，求妳行行好，幫幫我吧。」她一邊說著，一邊哭了便要往地上跪。「妳的大恩大德，我來世再報妳。」她說完，又忍不住放聲大哭了起來。

雖然不知道唐氏想求自己的是個什麼事，但一聽她說要自己幫忙，又不願意報答的話，崔薇忍不住笑了起來。下輩子報答的話哄三歲孩子聽聽也就算了，她怎麼會相信？這輩子的恩情都報不了，下輩子誰還記得妳是誰？崔薇自己都料不到自己下輩子是個什麼模樣，唐氏這樣一句空頭話怎麼可能哄得到她？

再者她對唐氏沒什麼好感，這婦人也不是個好的，楊立全這孩子她更是不喜歡，雖然一個大人跟個孩子計較實在是顯得自己有些小心眼兒，可見識過楊立全各種手段與調皮之後，崔薇實在對那孩子生不出好感來，一想到他便覺得討厭得很，聽了唐氏這話她便笑了起來。

「我幫不了妳，妳們還得另請高明才是。」

唐氏一聽崔薇拒絕，頓時臉上露出絕望與不甘之色來，抹了把眼淚便恨恨瞪著崔薇道：「妳就如此的狠心？我們家全哥兒可也要喚妳一聲表姨的！」

她不說這話還好，一說這話崔薇頓時氣不打一處來，原主一想到楊立全便嚇得渾身哆嗦，更別提她來到崔家後，楊立全幹的哪件事都讓她恨不能將那孩子給一掌拍死，現在唐氏竟然跟她提這些，當初拿泥扔她牆和門時咋不提這事？

「喚聲表姨就由得他來作踐，妳當我是傻的？我狠什麼心，我既不是大夫，也不是疾醫，沒有法子幫妳的忙，妳要再不讓開，我廚房裡還燒著開水，等會兒潑我自己門口了！」

唐氏聽她這話，頓時剛生出來的氣又一下子洩了個乾淨，捧著臉哭道：「表妹，以前是我這做表嫂的對妳不住，妳大人有大量。我們全哥兒失了魂了，我們已經找馬神婆瞧過了，她說咱們全哥兒是失了魂，只要找個貴人，能給咱們全哥兒做乾爹，全哥兒的魂魄一定會被他鎮住，到時會再回來的，妳要是答應收咱們家全哥兒做乾兒子，我讓他以後天天孝順妳！」

「那樣的孝順我可不敢當。」崔薇一聽這話，冷笑不止。「再說丟魂落魄之類的，還是不要全信為妙，最好找個大夫也瞧瞧。這樣的法子我沒辦法答應，妳們再想想其他法子，要不再找找其他人吧。」

楊立全那樣的孩子長到現在還這麼膽大妄為又心眼狹窄的，當初小時一直欺負自己不說，長大了更是變本加厲，扔爛泥扔死雀等事不知凡幾。他長到現在九歲了，孩子品性幾乎可以看得出來是被唐氏與楊家人寵壞了，這樣的孩子往後一旦惹上便是麻煩不斷，他不給自己添些麻煩或是唐氏打其他主意便不錯了，還要享他的福？崔薇哪裡會信唐氏的鬼話，她現在不差楊立全那份孝心，她自個兒日子過得不錯，不想去摻和這些事。楊家人以前瞧她不上，楊立全欺負崔薇的事恐怕任誰心裡都有數，可偏偏一個個都只想著自己孩子，不管她死活，現在臨時抱佛腳，她跟楊氏關係又不是很好，憑什麼要答應。

一聽到她斷然拒絕，唐氏嘴裡不由大聲咒罵了起來，楊氏臉色也有些不好看。雖說她也恨那日楊立全拉著崔佑祖去擺弄孔氏遺體，但楊立全到底是個孩子，再加上崔佑祖這幾天都正常了，那又是自己娘家唯一的侄孫，今日唐氏求上門來，說是馬神婆給他們楊家照過水碗，又說楊立全要有個貴人照拂著時，她立馬便帶了唐氏過來。

照水碗是鄉下裡請神婆時特有的一種手段，便是拿了米攪些缸裡的水進去，許多人便靠這一套來為人斷命算字的，喝了這碗水也是對人身體好，楊氏對馬神婆深信不疑，這會兒聽到崔薇不肯幫忙，她頓時新仇舊恨一起湧了上來——

「妳不想幫忙就罷，說什麼風涼話？妳這樣狼心狗肺，不認爹娘，往後人在做，天在看，老天爺遲早會收了妳！妳這樣惡毒，又不敬神，總有一天會有報應的！」

崔薇看著楊氏惡狠狠的眼神，頓時冷笑了一聲，心裡火跟著湧了起來，攤了攤手道：

「那妳就等著看誰報應會先來，我再惡毒，還能越得過崔敬忠去？他的報應倒是先來了，我還能等著看他笑談！我就是不想幫，妳說對了，不想聽風涼話，沒人請妳們到我門口來！」

幾句話說得楊氏心火上湧，頓時氣得眼前發黑。她現在為自己的二兒子是操不完的心，崔薇這話剛好戳在她傷口上。楊氏暴跳如雷，偏偏拿她沒有辦法，嘴裡乾脆便詛咒了起來。「妳牙尖嘴利的死丫頭，妳長不大的，坐車被馬踩死，吃飯噎死妳，妳還想看我二郎笑話，妳先死！」

楊氏神情惡毒，這話雖然是鄉下地方一般婦人吵架時都會拿出來說嘴的，但罵在自己女兒身上的時候卻並不多，崔薇本來也沒將楊氏當作母親，這會兒聽她咒罵不已，也不覺得難受，只冷笑了一聲，「砰」的一下就將門給關上了。

外頭楊氏見此情景，不由罵得更凶，但面前沒了人，她罵了一陣，聲音便漸漸小了起來。

第九十六章

聶秋染坐在屋裡，看到崔薇沈著臉進來的模樣，一邊就溫和的笑著替她倒了杯拿鳳梨果醬兌的開水遞了過去。「怎麼了？氣著了？來消消氣，與她計較幹什麼，不要看她就是了。」

世上有些人占了母親的名分，偏偏幹的事是連許多陌生人都不會做出來的，與這樣的人置氣實在是沒有必要。他上一世花了三十多年的時間才看明白這個道理，如今拿來勸起崔薇，話裡的冷意聽得讓人心裡發寒。

崔薇搖了搖頭，也不說楊氏了，倒是又坐回了籮筐邊，只是拿了針線卻沒心思再繡花樣，乾脆又將東西扔進籮筐裡，朝聶秋染湊了過去。

「聶大哥，咱們來畫畫吧。」她想到上回聶秋染隨手畫的幾筆墨荷，頓時來了興致。「聶大哥你教我畫荷花，我也好多學個花樣。」她現在繡的東西幾乎都是現代幾種卡通動物形象，可愛倒是可愛，但古色古香的山水風也很是惹人喜歡，若是色彩配得好了，說不定比起旁的東西，還別有風味一些。

畢竟此時是在古代，崔薇弄幾樣特立獨行的東西做招牌吸引眼球便罷了，圖的就是一個新鮮而已，這玩意兒不如吃食，多看幾回，新鮮感一過便膩了，因此幾年前那林夫人讓她幫忙繡過幾回繡活後，便再也沒有找她做過這東西。

聶秋染聽到崔薇要讓自己畫畫的要求，頓時無奈地笑了笑，拍了拍她腦袋，算是應了。

「妳去拿紙筆。」

崔薇歡喜的笑了一聲，進屋裡拿東西去了。

外頭聶秋染取了兩個硯臺出來，分別取了朱砂與墨條，開始磨起來。那朱砂被他調成濃淡不等的顏色，分別放在兩個不同的硯臺裡。桌面上還有一個他剛剛自己用的，等崔薇從屋裡抱了幾卷宣紙出來時，聶秋染正好便入了墨條，衝崔薇招了招手。

宣紙一被鋪開來，上頭拿硯臺壓住了，聶秋染想也不想便換了一枝洗乾淨的筆沾了些水粉紅在紙上描了兩筆。他像是早就胸有成竹般，三筆兩畫間，畫了幾抹淡彩出來，瞧著倒是有些凌亂，但崔薇卻知道他本事，上回聶秋染那樣的畫他都有本事畫成最後那般出色的場面，更何況今日他專門準備過了。

果然，用稍濃些的朱紅勾勒了幾筆之後，那原本並不出色的淡粉頓時便成了層層疊疊盛開的花瓣來，如同一朵朵花在他手下不斷盛開一般，讓人很有一種驚豔之感，似是荷花香都要撲鼻而來一般。

崔薇乾脆也不學了，輕輕拉了條凳子坐在他面前，拿手撐著小下巴看聶秋染下筆如有神助般，不時換筆，很快紙上便盛開出一團團嫣紅的花朵來，還有些含苞未放的花朵，似是搖曳生姿。一些荷葉處濃淡相宜，間或留點空白出來，那宣紙本身的顏色便如同成了一滴水珠，更使得整張畫都像是活了過來般。

他表情認真，雖然整張畫只得紅黑二色，可不知為何，崔薇此時看著，竟然覺得聶秋染這張荷花圖賽過了後世姹紫嫣紅的不少畫作。

聶秋染放了筆，一邊拿了帕子擦手上的墨蹟，一邊就看崔薇看呆了眼的模樣，不知為何，心裡頗有一股得意洋洋的感覺湧上心頭來。

「薇兒，妳照著這個畫。」

看著這張剛剛才畫出來的教科書，崔薇前世在學時也曾簡單的業餘學過幾天繪畫，多少看得出聶秋染的功力來，恐怕這幅畫要是落到現代，也能稱作大家珍藏了，可以賣上不少錢。崔薇這會兒有些懷疑了起來，聶秋染年紀輕輕的，他怎麼有這樣的功底？而且繪畫時一氣呵成，幾乎少有停頓時，表情悠閒自在，像是對他來說這事根本算不得有多難一般，他這樣的年紀，不應該達到這樣的地步才是。

想到上回他隨手間替聶秋文改畫的本事，當初就連學了一輩子的聶夫子都驚為天人，崔薇心中更加有些驚疑，一邊瞇著眼睛看了聶秋染一眼，見他臉上帶著笑，一張白淨俊雅的臉上帶著漫不經心之色，像是對這畫並不多看重，就真如同隨手畫出來給她學習的一般。

崔薇眉頭皺了皺，頓時趴上椅子小心的吹畫上的墨蹟，一邊意味深長的看著聶秋染道：「聶大哥，我要把這畫裱起來掛廳裡，咱們家裡太素了呢，正好掛上這個。」

聶秋染嘴角邊露出一絲輕淡的笑紋來，一邊收拾著硯臺等物準備拿出去洗，一邊就道：

「隨妳高興。」

崔薇看了那半乾的畫一眼，也拿了抹桌帕在桌子周圍擦了兩下，剛準備出去幫聶秋染一塊兒洗那些硯臺等物，誰料那頭聶家人又過來了。

這一家三口都過來了，不知道是不是上回聶秋染指聶晴跟陳小軍有染的事使得聶夫子心中不滿，孫氏警惕了，這回無論走哪兒，這兩夫妻都將女兒拘在眼皮子底下，這一天天盯著，倒真發現了一些端倪來。

孫氏看得更緊，聶夫子也怕女兒鬧出了醜事，最近正在給她相看別家的，只是孫氏一想到聶秋染不給出嫁妝了，她難免要自掏腰包，因此對這個女兒很是氣憤看不順眼，在替她挑親事上頭，也不拘對方什麼身分，只要明面上看得過去，又肯多給銀子便成。

如此一來，就算有心想娶聶晴的，手裡恐怕也不一定能拿得出孫氏要的銀子來，而有銀子娶聶晴的，聶夫子又怕名聲不好聽，到時礙了兒子前程，聶晴的婚事因此一時間生了波折。

這段時間孫氏沒相到滿意的，又想到女兒丟人現眼，累得她被聶夫子責罵，對聶晴便鼻子不是鼻子，眼睛不是眼睛的，不是打便是罵，一段時間下來，聶晴看起來又瘦了不少，連少女剛剛發育的胸也跟著縮了一截下去。崔薇看了一眼，頓時心裡便滿意了起來。

崔薇現在也到了開始發育的時候，胸口時常疼，身體漸漸有了變化，雖然癸水還未至，但身體卻是多了些改變。

聶晴今年原本變化還算有的，不知是不是因為她跟陳小軍等人來往的原因，她前段時間一看眉眼間便有了些風情，可被孫氏與聶夫子二人一摧殘下來，沒幾天工夫便又蔫了下去。

聶夫子一來便看到聶秋染在洗硯臺，頓時便心滿意足。他原本還擔心著兒子天天在家裡陪著媳婦兒玩物喪志，現在看來他人倒是沒有變，心中滿意，臉上不由笑容便多了起來。

進了屋裡時，聶夫子看到那幅還未收起來的荷花圖，頓時便驚喜交加，忙拿在手裡端詳了一陣，頓時便捨不得再放下去，一副想要拿走的模樣。

崔薇只當沒瞧見一般，給聶夫子倒了杯水過去，一邊就看了聶秋染一眼。

聶秋染這才不慌不忙地開口。「不知道今日爹娘過來可是有什麼要事？」

「聶明懷上了，今日一大早才有人給我捎的消息呢，我想過去瞧瞧羅家那邊，你們陪我一塊兒去吧！」孫氏臉上露出笑容來，一邊搓了搓手，一邊說到女兒懷孕時，眼裡不由自主的露出欣喜之色。「我女兒這樣快便有了身孕，要替他羅家開枝散葉，若是這回羅大成不給我幾分禮錢，他都對不起我這個丈母娘！」

孫氏說到這兒，又看了崔薇肚皮一眼，撇了撇嘴道：「去羅家的禮你們準備一下。老大家的到現在肚皮還沒有動靜，咱們聶家也不能遲遲沒有子嗣，我跟你爹商量著，想把孫梅先抬過來。」孫氏說完，皮笑肉不笑地看了崔薇一眼，接著又道：「老大家的也不要擔心，妳現在年紀小，就算晚幾年生孩子也沒什麼的。」說完，孫氏捂著嘴就笑了起來。

崔薇嘴角抽了抽，這孫氏是不是真當自己拿她沒有法子了，連這樣前後矛盾的話也說，真拿自己當成好欺負的了？她冷冷彎了彎嘴角，一邊看了聶秋染一眼。「夫君是現在覺得我不能生孩子，想要納妾了？」

她笑得大方坦然，不知為何，聶秋染突然覺得後背一寒，一種前所未有的感覺爬上了心頭，他前輩子經歷過好幾次生死，對於這種危險時的直覺極其靈敏，現在聽崔薇這樣一說，他忙不迭地就搖了搖頭。「當然不是的，我現在應該專心讀書，以免誤了大事。」

這話說得有道理，原本也認為男子漢應該三妻四妾，深怕聶秋染被崔薇迷得東倒西歪的聶夫子頓時又有些猶豫了起來。

孫氏好不容易在家裡哄得聶夫子鬆了口，在聶夫子耳朵邊吹了大半年的風兒，才使得聶夫子改了主意，誰料現在聶秋染跟崔薇二人三言兩語的便要將這事給攪黃了，她哪裡受得了。娘家這邊已經催得孫氏著急得上火般，說孫氏要是再不將孫梅抬到聶家，便要去縣裡衙門告她騙婚了。要是這事真給捅到縣裡，甭管這事是不是真的，但壞了聶家名聲，聶夫子頭一個便饒不得她。

孫氏一想到這兒，心裡又恨又怕，連忙勉強擠出一個笑容來，看著聶秋染便道：「大郎，俗語有言，這不孝有三，無後為大，你現在年紀這樣長了，還沒留個一子半女的，豈不是不孝了？」她說到這兒，話鋒一轉，頓時看著崔薇便厲聲道：「是不是妳這小賤人拈酸吃醋的看不得大郎納新人？妳這是嫉妒，若是聶家因為這樣沒了子嗣，我便要休了妳！」

「喲，知道的，只當婆婆對夫君一片心思，不知道的，還當婆婆您在咒夫君早死呢。」

崔薇譏諷地看了孫氏一眼，這會兒也不給她留臉面了。「再說我可記得孫梅是聶二的未婚妻，難不成婆婆是想要夫君背上一個強奪弟媳的名聲不成？或是婆婆覺得要讓夫君做一個言而無信的小人？」

「終身大事，乃是父母之命，我都沒說話，他說了不算！」孫氏一聽到崔薇還想將孫梅推到自己小兒子身上，頓時勃然大怒，重重一拍桌子便站起身來。「妳要是容不得人，妳便給我滾出去！」

「這是我的家，誰滾出去妳弄清楚沒有？要想休了我，那也行，先讓聶秋文滾蛋！」崔薇也跟著拍了拍桌子，聽孫氏左一句嫉妒右一句滾的，她也跟著不客氣了起來，冷笑了一聲，盯著孫氏，下巴朝外頭揚了揚。

孫氏本來身高就不是多高，當初估計在娘家做姑娘時吃得東西算不得多好，身體沒發育好，這會兒人到中年，雖然胖了不少，但是身高最多只有一米五上下的樣子，而崔薇這幾年時常喝羊乳，又隔三差五的燉湯喝，這會兒已經隱隱與孫氏差不多高了，尤其是今年竄得特別快，這會兒一站起身來，孫氏竟然占不了多少便宜。

孫氏沒料到自己一旦發怒，崔薇竟然比她還要凶好幾倍，還敢讓她滾，頓時孫氏又驚又怒，還有些羞惱，半晌回不過神來，好一陣子之後，孫氏才「嗷」的叫了一聲便要往地上蹭。

「天殺的，妳這小賤人竟然敢這麼說我，反了天了妳！」孫氏坐在地上嚎哭，剛剛不知道為什麼，崔薇那幾句話真將她給嚇住了，她回過神來之後不敢上前與崔薇撕打，不知為何，她總覺得自己要是一上前，她的兒子要護的肯定不是她。

屋裡頓時死一般的寂靜，聶夫子臉色鐵青，聶晴袖子下的手掌緊緊握成拳頭，腦袋低垂著，無人看到處，嘴角勾起一絲細小的紋路來，眼中一絲陰戾閃過。

孫氏還坐在地上哭著，聶秋染依舊在微笑，平日裡看起來溫和俊朗的臉，此時再看時便有一種異樣冷漠的感覺，他拉了崔薇到自己身邊，替她理了理頭髮，這才看著聶夫子，瞇了瞇眼睛道：「爹，娘病了，應該在家裡好好休養才是。」他語氣溫和，像是真在為孫氏的病而擔憂一般。

聶夫子嘴唇微動，下巴處的長鬚也跟著抖動了一番，半晌之後才咬了咬牙。「她是病了，正臥床不起。」

這說話間父子兩人便像是已經交換了一個意見般，孫氏坐在地上還兀自有些不明白，她這會兒既是恨崔薇敢跟自己對著幹，又怕崔薇這死丫頭當真要將聶秋文趕回來，心裡正是又羞又惱且下不了臺之時，聽到聶秋染父子這話，頓時便搖了搖頭。「我沒病。」

「還不趕緊給我起來，丟人現眼的，要到什麼時候！」聶夫子這會兒聲音裡帶著說不出的憤怒。

崔薇今日這樣給孫氏沒臉，其實聶夫子心裡也很不舒服，只是聶秋染今日這樣光明正大的維護她，在整個家庭裡面，聶夫子頗有一種自己權威受到了挑戰的感覺。他在聶家時一向都是當家作主的人，平日裡誰都是聽他的話，聶秋染現在為了一個崔薇隱隱不肯聽他話了不說，還與他對抗，今日裡崔薇當著他的面又讓孫氏滾，雖說聶夫子不在意一個孫氏，但那種被打臉的感覺卻是存在，讓他有一種崔薇打狗也不看主人的感覺，心裡隱隱有些不適。

「老大家的也是，既然孫梅的事妳不願意占個名頭，這對秋染也是好的，但等隔一年，還是給秋染買兩個侍妾，也好為聶家開枝散葉。」聶夫子罵了孫氏一句，到底心裡不舒服，也說了崔薇一句。

崔薇本來對聶夫子還沒什麼印象，只覺得他嚴肅古板，此時聽了他這話，頓時便笑了起來。「也行，公公既然說了這話，媳婦兒自然只有照著辦的，只是不知道公公準備給媳婦兒多少銀子買人？而且我這邊也住不下了，到時只有送到聶家暫時先住著。」

她這話音一落，聶夫子臉色便是一僵，崔薇像是沒有注意到一般，聶夫子既想找女人來給自己添堵，還想要她來出錢，是不是覺得她太好欺負了一些？

聶秋染也是看了坐在地上呆愣的孫氏一眼，伸手便要去扶她，一邊溫和的替孫氏理了理頭髮。「娘，您若實在喜歡孫梅，又不想她嫁給秋文也行，但我可做不出搶弟弟媳婦的事，若娘真的非孫梅不可，那麼便將秋文過繼給姨祖母吧，姨祖母現在正好膝下沒個子嗣，秋文過繼過去，也好替她養老送終。」

雖說早已經知道這個兒子不是省油的燈，但此時聽到他這話，孫氏依舊是覺得心裡一寒。要想將她的兒子過繼出去，往後她的秋文便跟她再也沒有一點關係，甚至不能再喊她一聲母親，孫氏哪裡肯願意？聶秋染這一招實在是毒辣得很，孫氏不知道他腦子裡哪來這些稀奇古怪治人的念頭，指著他半晌說不出話來，喉嚨裡「咕咕」了兩聲，白眼一翻，便朝後頭倒了過去。

今日聶夫子夫婦過來本來是各有目的，誰想到現在一個沒達成不說，還被氣了一回，聶夫子面色鐵青的倒背著雙手走了，聶晴在後頭使勁拖著孫氏，好半晌才出去。

等這幾人一走，崔薇才面色不好看的坐了下來，看了聶秋染一眼。「聶大哥要給聶家開枝散葉，如今不知瞧上了哪幾個美貌小娘子沒有？到時給我列張單子，我也好找你爹要銀子去！」

光聽她這酸溜溜的語氣，便知道她心裡氣得不輕，聶秋染頭皮一麻，剛剛面對聶夫子兩人時他還一副遊刃有餘的模樣，不知為何，現在看到崔薇這似笑非笑的樣子，聶秋染卻是覺得哪兒不對勁，他還極少有這種事情不在掌握中的感覺。

「一切聽妳安排，我娘說的抬孫梅不算數。」腦子裡各種念頭一閃而過，但他表面卻是極其平靜，當然將這事給否定了。女人他上輩子見過的不少，見識過各式樣的女人，美貌的他也不是沒擁有過，當然不會因為這種事跟崔薇吵架。

得到了滿意回答，崔薇頓時心中滿意了，指著他道：「在我放棄你之前，暫時不准你納妾！」說完這句，崔薇也沒有理睬瞬間呆滯了的聶秋染，準備出去做飯了。

第二天聶家人去了羅大成家，崔薇兩人沒去，反正崔薇跟聶明又不是多好的關係，上次因為羅石頭的事，兩人算是鬧翻了臉，崔薇也沒有想給孫氏一份禮，只是自己包了十個蛋，讓聶夫子等人帶過去，算是作了人情。

時間一晃便到了九月，聶秋染的生日在崔梅的之前，重陽節剛過，崔梅生日過了幾天，那頭陳家便過來提親了，作為親戚，崔薇自然也要過去坐坐。

崔梅耳朵上戴的是她上回送的珍珠耳環，不知道是不是崔薇給她添過妝的原因，崔梅看到崔薇時還很是友好的衝她笑了笑。聶秋染坐在外間院子裡，崔薇坐在屋裡陪著新娘子。崔梅今日穿了一件大紅的衣裳，早已經有人與她收拾打扮過了，不知道是不是新嫁娘都特別美的原因，她今日看起來光彩照人。

「四妹妹，妳說陳家郎君什麼時候見過我的？妳說他之前說的話是真的嗎？我娘總說嫁到陳家會很好的，妳也覺得嗎？」崔梅這會兒還沒有蓋上蓋頭，一邊有些緊張地拉著崔薇說話，看得出來這些話悶在心裡已經許久的時間了，她平日裡又不敢跟劉氏等人說，崔薇送了她幾樣東西，她這會兒便將崔薇當成了好姊妹一般，張嘴便說個不停。

崔梅現在有些忐忑不安，心情不平靜，光是從她緊張的神色便能看得出來，她唇上染了胭脂，也不敢吃東西、不敢動的。

崔薇拍了拍她手臂，她卻一把將崔薇的手給抓住了，崔梅手心冰涼，身體還在微微顫抖著，臉上卻是露出一絲夢幻般的羞澀笑容來。「我以後一定要聽我娘的，好好孝順婆婆，照顧夫君。四妹妹，妳以後也一定會更好的，聶舉人對妳也很好呢。」少女臉上的笑意在這一刻看起來帶了溫暖，竟然透出一種異樣溫柔婉約的感覺來。

崔薇看著這笑容發了呆，對崔梅的印象，到了這一刻才深深的映入了她心裡。陳小軍是不是良配，她這會兒已經不好說出口了，打斷一個對未來生活充滿憧憬的少女是一件很殘忍的事情，崔薇知道她只是想說話，只是希望得到別人認同，並不是真正問她意見。她沈默地聽著，那頭崔梅果然也自顧自說了下去，此刻崔梅臉上的紅霞與那發亮的眼神，在許久之後，崔薇都能清晰的回想起來。

外間「噼哩啪啦」的響起了鞭炮聲，夾雜著許多人興奮地喊「新郎官」來的聲音，崔梅臉一下子紅得像是能滴出血來般。

劉氏穿著一身半新不舊的墨綠色絨子衣裳，外頭罩了一件紅色的褂子，頭髮梳得光鮮，一下子便跑了進來，揮著手便慌忙道：「妳們兩個話說完沒有，姑爺來了哩，不要再說了，趕緊將胭脂再搽一些。」

她一催促，屋裡崔梅頓時便手忙腳亂，拿了東西便往臉上抹，崔薇看她臉頰抹得跟猴子屁股似的紅彤彤，那頭劉氏還嫌不夠，索性自己上前給她搽了兩下，直到將崔梅臉上抹得自己都認不大出來了，這才出去喚老大崔敬海來揹她出去了。

崔薇是已經成婚的，自然可以跟著一塊兒出去，外頭院子裡已經站滿了穿得喜氣洋洋的婦人以及村裡一些前來看熱鬧的年輕小媳婦兒和小孩子等，只是上回看過的陳小軍卻是不在院子中。門口大開著，村裡人將門口讓了出來，崔薇出來時聶秋染目光往外看了一眼，崔薇頓時便明白恐怕那陳小軍是沒有進來的。

陳小軍之前還口口聲聲說自己喜歡崔梅一個人，跟她交往多久，可現在成婚當日也這般冷淡不給臉面，也實在太過了些。

劉氏臉色也有些不好看，見兒子揹著大女兒，慌忙便跑了出去，崔薇也跟著走了出來，聶秋染拉了她的手靠近門邊一些，便見到穿著一身紅色喜袍的陳小軍坐在一頭臨時租來的馬匹上，居高臨下與劉氏說著話。

劉氏臉上帶著討好的笑意，一邊就道：「姑爺趕了這樣久的路，不如進來歇歇腳，坐上一會兒也好。」這邊接新娘子還有儀式要走的，陳小軍的架勢卻像是不大想進門一般，劉氏真怕他這樣走了，村裡如此多人在，恐怕自己臉面往後也不知往哪兒擱了。

但陳小軍對劉氏說話眼裡露出不耐煩的神色，搖了搖頭，輕聲說了什麼，屋裡人吵得很，崔薇也沒有聽得清楚，只是看劉氏臉色一下子便有些不好看了起來，頓時心裡不由有些同情崔梅，在這樣的大喜日子裡陳小軍也當眾給她沒臉，可以想像往後嫁過去她要過的是什麼樣的日子。

那頭劉氏又勸了幾句，臉色快快地進來了，一邊衝大兒子揮了揮手，陳小軍本家一個嬸子又打了圓場，只說年輕人迫不及待要接媳婦兒回去親熱了，引得眾人哄堂大笑，劉氏臉色才好看了許多。

崔梅被人扶上了花轎，崔薇今日作為娘家人，早前崔世福便也求她跟聶秋染一塊兒過去瞧瞧，算是給崔梅一個臉面，使陳家人往後看在他們情分上，多寬待崔梅一些，崔薇自然不可能是不給崔世福臉面的，因此今日也一塊兒過去。

花轎走到聶家對面的田埂時，那新郎官陳小軍竟然勒住了馬，往聶家方向癡癡地望了過去。若只是片刻時間還好，他這一刻恐怕便是望了好幾息，這樣一大隊伍都停了下來。

眾人自然都順著陳小軍的方向看了過去，聶家門口處依稀像是停了一個瘦弱的身影，再有人想到當初傳了聶家跟陳家議親的事，人群中不少人都開始輕輕議論了起來。

崔世福慌忙擠到了女兒這邊，臉色有些發黑。「他這是要幹什麼？」

今日女方家送親的人崔世福也在，劉氏夫婦照此時習俗，是不能親自送了女兒出門的，而是由親近的長輩送出去。崔世福本來便覺得這個侄女的婚事定得草率了些，不過崔世財兩口子一意孤行，嫁的又不是他自己的女兒，他作不了主，因此說了幾句，見人家不聽便作罷。其實崔世福心裡對於陳小軍很是看不上的，現在見他盯著聶家不放，人群中有些好事的便開始議論紛紛了起來，今日這事要是傳出去，恐怕崔梅名聲也不好聽了。

「爹，您去找那媒人婆說說，讓她瞧著辦。」崔薇心裡也覺得這陳小軍腦子有毛病，既然喜歡聶晴，明明有正大光明娶她的機會，他又不要，偏偏要拖一個無辜少女用一生時間來陪他，現在又不知表現的是個什麼。

崔世福答應了一聲，連忙過去了，不多時，陳小軍總算是低著頭抹了抹眼睛，開始打馬前行了。他的動作眾人都看得清清楚楚，心裡不免又聯想到了許多。

聶秋染看著不遠處聶家的房屋，嘴角邊露出一絲輕蔑的笑容來。

聶晴看來是慌了，想要拴著陳小軍成婚也不要忘了她，做出這樣可憐姿態，卻沒想到她這樣做就算是崔梅日子不好過，她自個兒名聲也好不到哪兒去。經此一事，聶夫子一向是愛惜名聲勝過一切的，看來不久之後便該是聶晴出閣的日子了。

第九十七章

崔梅出嫁的事，因為陳小軍在聶家停留的情況，讓許多人背地裡都猜測了起來。此時人娛樂本來便少，難得能有一件閒話說，哪裡有不卯足了勁說的，崔梅出嫁第二天，村裡便都傳開了。

果然，第二日孫氏便火燒火燎的過來找聶秋染商議聶晴婚事的嫁妝了。

現在崔薇算是跟她半撕破了臉，也不理她，只說當初約定好給聶晴出的嫁妝是她嫁給陳小軍的前提下，如今孫氏若是再想要錢，崔薇便說從聶秋文工錢裡扣，且要讓他再賣力做事。因為關係到自己的兒子，孫氏現在便如同命門被人拿住了一般，只能氣恨地回去了，倒是清靜了好幾天。

第三日是崔梅回門的日子，一大早的崔世財那邊便早早的割了肉備好菜，本來是要等女兒回門的，可誰料劉氏一大早便站在門口張望，從天色將明一直站到太陽出來，她有些忍不住，跑到了對面坡上去盯著，鳳鳴村距離小灣村這邊必會經過一道斜坡，遠遠的站在田埂上便能看到下頭的情況了。但劉氏等了半天，也沒瞧見半個人影。直到快等到午時了，那山下才過來兩道人影，等到走近了些，劉氏才看到是自己的女兒。

一看到女兒女婿回來了，劉氏鬆了一口氣的同時，一股無名火又在胸腔裡湧了起來。這死丫頭剛一嫁出去胳膊肘便往外拐，如今回門的大事，村裡人因為她成婚那天的事現在正等著瞧熱鬧呢，這二人竟然如此不給臉面。

劉氏這會兒心裡有些惴惴不安了，便想著要去崔薇那邊請了兩夫妻過來給自己撐撐場子。她慌忙跑在崔梅前頭回來，好說歹說又央了崔世福一塊兒過來做人情，將崔薇二人拉到了自己那邊。

屋裡飯菜都已經準備好了，半晌之後才看到兩個新婚夫婦慢吞吞的朝這邊過來了。

劉氏頓時氣不打一處來，目光又落到陳小軍空著的雙手上，頓時臉色「唰」的一下就陰了。

「怎麼回來得這樣晚？若是有事，提前說一聲也就是了，我們也不用等這樣長時間，妳奶奶年紀大了，可禁不得餓的……」劉氏雖然惱怒，但她自認為自己是強忍住了脾氣的，好歹還沒有翻臉。

誰料她忍得住脾氣，那頭陳小軍卻忍不住了，臉一下子就拉了下來，倒背了雙手還沒進屋便陰陽怪氣道：「要是妳不歡迎我來，我走就是了！」說完，竟然真的轉身便要走的樣子。

瞧著他這模樣，劉氏頓時傻了眼，要是這會兒女婿都到門口了才讓人離開，崔家的名聲可都丟了個乾淨了。她沒料到這女婿之前瞧著倒挺好的，話不太多的一個郎君，如今竟然變成這般，劉氏氣得直欲吐血，忙強忍了心裡的難受便衝陳小軍擠出一個笑臉來，陪著不是，小心道：「姑爺說的是哪裡話，我就是怕你們有事耽擱了，不遲的，哪裡就不歡迎了，家裡飯菜都做好了，趕緊進屋裡來。」

劉氏話一說完，那頭陳小軍便冷哼了一聲，甩了甩袖子，自顧自進屋裡去了。

崔薇站在門口將這一切瞧了個遍，頓時對這陳小軍印象更加不好起來。

劉氏等女婿一離開，頓時臉上便露出幾分猙獰之色來，狠狠擰了崔梅一把，低聲喝道：「妳怎麼回事？今兒回來得這樣晚不說，還連回門的禮也不帶，妳是不是傻了，妳腦子出毛病了啊？一個好端端對妳看重的丈夫妳也拴不住，拿妳這死丫頭來有什麼用，妳怎麼不去死！」

一旁崔薇將劉氏這話聽得清楚，頓時便嘆息了一聲。

崔梅才嫁到陳家三天時間，可整個人便如同脫了水的花兒一般，有些枯萎的模樣，她神情疲憊，滿臉的愁苦之色，竟然連一絲新嫁娘的模樣都沒有，早看不出當日她出嫁那天歡天喜地的樣子，剩下的只是一個哭哭啼啼的怨婦。

崔梅被劉氏一掐，疼得眼淚花在眼眶裡打轉，整個人面上呈現出一絲蠟黃來，眼睛下方滿是青影，竟然像是受了無數折磨一般。這會兒劉氏一掐，她強忍了眼淚賠了幾聲不是，屋裡陳小軍進去了，她也不敢多加解釋，忙就道：「娘，我先進去服侍夫君，有些話，我晚點再跟您說吧。」

她一說完，也顧不得劉氏鐵青的臉色，連忙拎了裙襬便進院子裡去了，路過崔薇時連頭也沒敢抬。

崔薇眼尖的看到她縮起頭髮，露出來的一截脖子下，竟然露著兩個青紫色的手指頭印，在崔梅並不如何雪白的肌膚上，這手指印竟然深到浮現得如此清晰，可見當時用的力氣有多大，她頓時倒吸了一口涼氣，那頭崔梅已經快步進屋裡去了。

劉氏看女兒一走，氣得心口疼，嘴裡直罵，又看到一旁的崔薇，想到她時常貼補娘家的舉動，再跟自己的女兒比起來，她頓時便也跟著不痛快了起來，沈著臉進屋裡去了。

飯桌子上崔世財強忍著怒火，一邊呵呵笑著讓兒子去喚崔世福過來，一邊又與陳小軍陪笑道：「姑爺過來了，我今兒早早讓人打好了酒，只等姑爺過來，好好跟你喝上幾杯。」

陳小軍陰沈著一張臉，淡淡道：「我不善飲酒，只讓崔、岳父白費心思了。」他一句話說得硬邦邦的，剛剛竟然險些喚錯了稱呼，這下子屋裡頓時跟著便冷了下來，劉氏陰沈了臉要開口。

崔梅哀求似的看了崔薇一眼，見崔薇低垂著頭，沒看到她的臉色，她這才慌忙站起身來，說道：「爹，夫君他不會喝酒，不如算了吧？」

崔世財本來欲惱火的神色在看到女兒驚惶失措的眼神時，頓時又忍了下來，只是心裡到底有些氣不過，冷哼了一聲，別過頭不張嘴了，氣氛一時間冷了下來。

崔薇坐在這兒也覺得尷尬得很，連忙站起身來。「大伯，反正陳家姑爺回來了，那咱們就先回去了。」

她說話時不知道哪一句話說對了，陳小軍竟然站起身來衝她拱了拱手，比起對崔世財等

人時，他對崔薇神色要溫和得多。

這會兒家醜不外傳，劉氏是想將聶秋染二人留下來給她添面子的，而不是留下來看她笑話的，這會兒崔薇還算知道看眼色，她臉色也緩和了許多，連忙道：「侄女家裡事忙，我也不好留了，下回專門再來請你們吃飯。」

劉氏說的是客套話，崔薇也沒將她這話放在心上，只與她笑了笑，扯著聶秋染便回去了。

兩人吃過了飯，下午時在家中聶秋染準備教崔薇畫會兒畫的，那頭崔梅卻是過來了。雖然對於自家小媳婦兒有了訪客，而不是來找麻煩的人，聶秋染覺得心裡很是欣慰，不過崔梅一來他又只得拿了書自個兒坐到外頭去。

最近聶秋染對於跟崔薇兩人天天在家裡讀書識字的也覺得高興，崔薇在繪畫上頭很有自己的一套，她拿毛筆畫不好，但拿炭條畫東西卻很讓聶秋染有些驚喜。這會兒他正在興致上，崔梅一過來，乾脆又撿了幾張畫紙出去慢慢研究了。

崔梅不懂這繪畫的事，看了崔薇畫的幾張立體畫，她疲憊的臉色勉強露出幾絲笑來，連忙便道：「聶舉人果然不愧天上文曲星轉世，那東西畫得跟真的似的，倒也新鮮。」

崔梅說的其實是崔薇畫的一個簡易凳子的情景，照著現代的手法，崔薇下面還畫了幾道陰影，看起來確實很逼真，這會兒看到崔梅錯認，她也不辯解，只是讓崔梅坐了下來，一邊

就道：「大堂姊怎麼有空過來了？」

她一句簡單的話卻是逼得崔梅眼淚「嘩」的一下子便流了下來，拉著崔薇的手便道：「我也不知該往哪兒去說，只有跟四妹妹妳說說了。我夫君、我夫君根本不喜我，婆婆也是看我不順眼。」她一邊哭著，一邊便說起了她嫁到陳家後的情形。「夫君一來便黑著臉，脫了我的衣裳便……」

新婚之夜沒有自己想像中的溫存與美好，反倒是粗暴，崔薇很能理解崔梅此時的感情，可她現在還沒圓房啊，在她面前說這些也實在是太尷尬了些，標準的交淺言深，崔薇尷尬無比。

崔梅還在不住抱怨著，眼睛裡早已經紅了好幾回了，一邊在說婆婆的凶狠，以及丈夫的冷漠，崔梅像是已經憋了好久般，總是不住地訴說著，崔薇聽得頭暈腦脹的，剛成婚三天，崔梅的抱怨還真不少。

崔薇連忙伸手打斷了崔梅的話，轉了個話題便道：「大堂姊，那陳家郎君今兒怎麼會讓妳留在娘家？」

都這個時辰點了，崔梅還在家裡頭沒回去，一準兒是要留下來過夜的了，崔梅聽到這兒，臉色又微紅。「興許是夫君體貼吧，說今晚我們留宿在家裡。」她說到這兒時，語氣裡透露出來的欣喜，更是表現出她心中害怕婆婆的想法來。

崔薇心裡剛生出一絲同情，崔梅便央求著她道：「好妹妹，今晚讓我跟妳一起睡吧，好不好？」她說到這兒時，臉色青白交錯，顯然是有些怕陳小軍，不願與他同房，又有些害羞。

崔薇眼皮跳了跳，有些猶豫，外頭聶秋染卻聽到了這話，拒絕的聲音傳進了屋裡來。「不行！崔姑娘若是害怕，直接與令母直言，並與她討求方法便是。」

他這話音一落，屋裡兩個姑娘頓時臉上燒得火辣辣起來。

崔梅想到剛剛自己所說的話，不少都是閨房中事。她之前只顧著害怕陳小軍，又想著要一吐心中不快，什麼都與崔薇說了，就連洞房當日陳小軍毫不憐香惜玉的行為也說了，直說折騰得她第二天站不起來。還說陳小軍在房事上有獨特愛好，會捂她嘴掐她等，她只顧著害怕，竟忘了聶秋染在外頭，如今這樣的閨中之事也被他聽了去，崔梅臉色通紅，慌忙站起身來，不敢再提要留宿的話，連忙匆匆便離去了。

崔薇這會兒耳朵也紅得滴血，聶秋染將門一關，陰沈著臉進來了，一張俊朗的面孔上早已經沒了平時的微笑，反倒帶著風雨欲來之勢。

崔薇本來還有些不好意思，現在見他這模樣，頓時愣了愣，下意識地別開了臉，有些尷尬道：「你剛剛將我堂姊嚇走幹什麼？」本來她心中還有些不滿的，可這會兒看到聶秋染的表情，她倒是有些忐忑了起來，聲音也小了些。

聶秋染深呼了一口氣，只覺得胸口間怒氣翻騰，半晌之後才硬聲道：「以後少聽崔姑娘胡說八道，她的閨中事，與妳有什麼相干。」

聶秋染這會兒心裡火大得很，他聽崔梅說起陳小軍與她的房事，頓時不由自主的便想到了上一世崔薇嫁給陳小軍的情形來，彷彿崔梅嘴裡所說的人變成了崔薇一般。重生過的人便是這點不好，對上一世崔薇的情況太過於瞭解了，這會兒一想起來便忍不住心裡吃醋，他本來只當崔薇小姑娘一般疼寵著，現在想到她曾嫁過陳小軍，那心裡的滋味才酸得厲害。

「不要再聽她說這些話污了妳耳朵，免得往後妳對這事害怕了。」聶秋染硬邦邦的扔下這話，就進了屋裡來。

崔薇原本聽他前一句還有些不滿的，明白了他所說的後一句之後，頓時臉色羞得通紅，站起身來瞋了他一眼。「你胡說八道些什麼！我不理你了，我做飯去了！」說完，逃也似的跑了出去。

原本心裡還有些火大的，可聶秋染一看到崔薇逃跑的身影，又想到她這一世與上一世變了些的性格，想到她完全迥然不同的態度與性情，若不是樣貌一模一樣，出身又沒有偏差，簡直如同兩個人一般，他眼睛裡詭異之色一閃而過。

想到自己的遭遇，以及自己莫名其妙從上一世重生而來的情況，他摸著下巴無聲地咧嘴笑了起來。

他有可能復活重生到他小時候，而崔薇未嘗不可能便是另一個人重生而來？他之所以覺得崔薇與上一世不同，有可能她是真正換了一個人，畢竟江山易改，本性難移，上一世的崔薇到死都是卑微異常的，這一世縱然有改變，無非便兩個結局，一個是回到崔家時對當初只為貪錢、不顧她名聲嫁出去的楊氏拚死報復，恨入骨裡，要不就是依舊膽小懦弱，可她哪一樣都不是，聶秋染便覺得有可能上一輩子的崔薇並非眼前這一個。

若真是兩個不同的人，她跟陳小軍間的事情那當然便不能再算到她頭上。想了半天，聶秋染心裡才舒服了一些。

他絲毫沒意識到自己心裡酸溜溜的感覺，只當自己是為崔薇擔憂而已。這崔薇跟別人有沒有關係，就算是上一輩子的事，也跟現在無關，可他想起來也依舊這般不舒服，難怪婦人對於納妾會那般反感。上一世時，他的後宅裡表面平靜，實則暗潮洶湧，以前他無所謂，現在自己想到陳小軍時都有一種恨不能親手殺了的衝動，若是往後自己要是納妾，豈不是崔薇也要疏遠了自己？

聶秋染一想到這兒，頓時臉色又有些發黑。他還是喜歡現在崔薇跟自己不高興時摺下臉色，高興時便拉著他說個沒完時候的模樣。喜歡她笑著時，發怒時，甚至連對付孫氏時的牙尖嘴利他都喜歡，可唯獨不喜歡她對自己疏遠。反正上一世時該看過的美人兒也不少了，這一世兩人綁在了一塊兒，而且由他先行動手纏上了這些關係，他自己對於崔薇又很是喜歡，那麼便順從自己心意，緊緊綁著她才是。

一想通這些，聶秋染便朝廚房跑去了。

崔薇本來就不是一個愛扭捏的性子，雖然不知道聶秋染剛剛為什麼會不給崔梅留臉，但那樣不好意思的事，她當然也不再提了。

兩夫妻吃完晚飯，趁著天色將黑在外頭溜了一圈，遠遠的就看到陳小軍的身影站在田埂處望著聶家那邊發著呆，不知在想什麼。

崔薇沒有上前給陳小軍打招呼的意思，跟聶秋染走了幾步當消食，這事便算過去了。

崔家那邊也像是沒有發現這件事，雖說崔世財此時隱隱已經覺得陳小軍不一定如同劉氏所說的那樣好，但米已成炊，女兒都嫁過去，再不好也要捏著鼻子認了這門親家了，最多以後少跟陳家來往就是。

而陳小軍當天留下來住了一晚，也算是給了崔家臉面，雖說劉氏這會兒已經察覺他並不一定是看在自家的分上，但只要面子做到了，她也裝著不知道其中內情，勸了女兒幾句，又叮囑她多提些東西回娘家後，第二日才送了這夫妻二人離開了。

天氣漸漸地開始冷了起來，時間一晃便到了十一月時，一大早起來時屋外滿是霧氣，崔薇床鋪上已經換了厚厚的棉絮。早晨起來時空氣有些涼，手剛伸出被窩沒一會兒便僵住了。

聶秋染不知幾時起來的，崔薇剛剛一醒，他就轉頭摸了摸她腦袋。「醒了？要喝粥不？我試著做了些，但做得沒妳好。」

他說這話不是客氣的，崔薇本來還感動他煮飯，一看他端過來的粥，頓時勉強扒了幾口就沒胃口了。

那粥勉強都能稱為煮得軟些的乾飯了，偏偏又沒熟，裡頭帶著焦味，那味道崔薇嚐了一口就完全吃不下第二口。她頭一回來到古代開始煮飯也沒這麼慘過，應該是聶秋染水擱少了，火又不知道怎麼生的，上面還沒熟，而下頭則焦了。

將吃不完的碗遞給聶秋染，看他放好了，崔薇這才又縮回被窩裡，懶洋洋道：「哪個時辰了？」

外頭白茫茫的一片，透過窗櫺連院子裡頭的景致都看不清了，半敞開的窗櫺集結了密密小小的露珠，躺在床上都能看得一清二楚。

聶秋染替她掖了掖被角，看她懶洋洋的樣子，白淨光潔的臉頰上因剛睡醒帶了淡淡的紅暈，小姑娘剛滿過十三歲的生辰，看起來跟去年相比變化大了不少。不知怎的，看她睡得悠閒自在的，聶秋染也想往床上躺。

「卯時剛過不久，反正沒事，妳再睡一會兒。」他剛準備脫衣裳，外頭便響起了敲門聲，算著時辰點，應該是崔世福父子倆擔牛奶過來了。

聶秋染現在悠閒的時光恐怕就是這幾年陪崔薇的日子，往後一旦出了仕，要想再像現在一般睡覺睡到自然醒，幾乎是不可能的事情。他認命地看了崔薇一眼，伸手又將剛解開的腰帶繫了回去，替崔薇拉了拉被子，關攏了屋裡的門，趕緊出去了。

外頭響起了開門的聲音與黑背「嗚嗚」的叫聲，崔薇在被窩裡又賴了一陣，聽到崔世福跟聶秋染說話的聲音，屋門離房間隔得有些遠，也聽不清楚，她忍著哆嗦，一邊索性取了聶秋染之前收下來的衣裳穿在了身上，又哆嗦了半天，這才雙手環著胸出來了。

崔世福手裡拿了個東西，跟著聶秋染過來，一個挑著桶的身影直直往廚房去了。

崔世福跟著聶秋染進屋裡來時，就看到崔薇披著一頭長髮坐在椅子上發抖的樣子，一邊就笑了笑，歡喜的將手裡的幾根樹枝朝她遞了過去。「薇兒，姑爺那同窗的地裡竟然長了這樣多桂花出來，我瞧著都已經開了，悄悄替妳摘些過來。」

崔世福說到這兒時，臉上露出一絲不好意思的神色來，以他為人，既然說了要幫忙守院子，現在又替崔薇摘這幾枝桂花，多少有些不好意思。

隨著他的動作，一股清幽的香味頓時便傳進了崔薇鼻腔中，她有些驚喜地將花接了過來，幾條樹枝上開著小小朵的桂花，組成一大團，不只漂亮，而且聞著很香。崔薇放到鼻子處深吸了一口氣，一邊長嘆出氣時，覺得自己呼出的氣都染了桂花的香味。

「沒想到裡面還有桂花，聶大哥，你之前怎麼沒告訴我？」幾枝桂樹枝將整個屋子裡都染上了馥郁芬芳的味道，聶秋染給她找了個乾淨的瓦罐出來，裝了水放在桌子上，崔薇忙將幾枝桂花放進去，有幾朵小桂花落了下來，撿在手心裡也是很香。

崔世福看女兒喜歡的樣子，臉上便露出一絲笑容來，呵呵笑了幾聲。「妳要喜歡，我以後還幫妳摘幾枝過來，反正那花兒開過就謝了，我往後少要點兒工錢就是。」他現在還沒收到錢呢，就已經開始照料上了。

崔世福自個兒已經住到了崔薇在隔壁給他新修的院子裡，崔薇也不想瞞著他了，聽了崔世福這話就笑道：「爹您只管摘就是，保證桂花的主人不會怪您，也不會扣您工錢。」她說到後來，忍不住就笑了起來。

「主人家沒在這邊，又沒瞧見，當然怪不到我了。天氣涼了，妳自個兒多加件衣裳。」崔世福笑著回了女兒一句，他看崔薇一副睡到這會兒才剛起來的樣子，心下有些不好意思，可又不想責備自己女兒，叮囑了她一句之後，轉頭衝聶秋染不好意思道：「也就姑爺你慣著她了。」

「岳父說哪裡話，薇兒是我妻子，照顧著她是應該的。」聶秋染看崔薇轉頭撥弄著桂花的樣子，跟小孩子似的，忍不住替她理了理頭髮，就笑了起來。

崔世福看得出來他表情是出自真心的，不像是作假，又看他現在的動作，不由就鬆了一口氣，也跟著憨厚地笑了起來。

「爹，晚些時候咱們再去採些桂花來，我下午燉點銀耳湯，加點桂花進去，味道可香呢。」崔薇一邊捧著幾朵桂花，一邊想起了園子中的樹來。她之前在潘老爺手裡買下的地面積不小，裡頭雜七雜八種了不少的東西，還真沒注意到裡面有些什麼。崔薇對於這些還沒有開花的樹等並不如何熟悉，也不認識，也唯有等這些樹開花結果了，恐怕才認得出來那些樹是什麼，因此她之前沒料到裡面還有桂花。

崔世福雖然覺得有些不好意思，不過見女兒都這樣開口了，便猶豫著道：「要不下午去看看也成，只是恐怕要與人家說一聲，就算人家不要那些桂花了，可就這樣摘了也不成。」

「爹您放心就是，那桂花任我摘多少都成的。」崔薇這樣一說了，崔世福頓時便神情有些猶豫的看了她半晌。崔薇一邊笑著任他打量，一邊就道：「上回瞧著爹您那邊屋子有些素了，我找了曹木匠幫您打些櫃子，恐怕這兩天就要送過來了。您瞧瞧還缺些啥，直接跟那曹木匠說一聲就是。」

崔世福連忙便擺了擺手，只說都夠用了。

崔薇也沒跟他爭辯，任他跟聶秋染說著話，自個兒找了一個精緻的髮釵將頭髮綰了起來，進廚房裡做飯去了。

廚房裡崔敬懷正生著火替她煮著牛奶，看到崔薇進來時，他忙站起身衝崔薇憨厚地笑了笑。「小妹可是要洗臉？鍋裡我燒上水了。」

「大哥，你自個兒進屋裡坐坐，我來煮飯，你吃過沒有，就留在這邊吃吧。」崔薇呵了呵手，看了崔敬懷一眼，看他站起身來，有些手足無措的樣子，乾脆洗了鍋架到了另一邊空著的灶頭上。拿出昨日裡就已經發好的麵出來，肉末是昨兒就切好的，一旦到了冬天裡，崔薇就愛吃包子，家裡一般提前做好第二天要用的東西，她這會兒一邊包著包子，崔敬懷便老實的替她生著火。

把早晨聶秋染做的稀飯倒進了一旁的缽裡，裡頭果然已經焦了，底下黏了鍋底，崔薇黑著臉取了絲瓜瓤用力刷了好半天才將鍋洗乾淨，忍不住跑出去警告了聶秋染以後不要進廚房，才又重新打了米將粥煮上，一邊包了包子放進蒸籠裡。

蒸蓋上透出熱氣來，崔薇洗了乾淨的碗筷拿進屋子裡，便聽到崔世福正在跟聶秋染說著話。「眼見再過一個多月就要過年了，不知三郎那邊做得好不好，若是那邊忙著，今年他不要回來了，正事為重哩。」

沒等聶秋染開口，崔薇便笑了起來，一邊將碗筷遞給聶秋染擺，一邊與崔世福道：「爹，忙了快一年了，三哥過年肯定要回來的，反正也耽擱不了幾天，前兩個月聶大哥進城時見過了他一回，說是也想回來看看呢。」

說到如今算是有了出息的崔敬平，崔世福臉上不由自主的露出笑容來，他現在幾個兒子中，老大是個老實的，年輕時候還有幾分火性，現在年紀越大了，跟他越來越像，其實在崔世福心裡，現在是覺得對老大最為虧欠的。而老二崔敬忠是最不孝的，上回孔氏上吊一事，使崔世福現在還沒能抬得起頭來，外頭人家都說他便宜兒子不少，孔氏的丈夫可以湊好幾桌人吃飯了，這些話聽得崔世福心裡又是羞又是惱火，這也是他決定來年後依舊幫崔薇做事，而不種地的原因，就怕到時一到了地裡，人家開起玩笑來沒個分寸，他抬不起頭來。

幾人說了陣閒話，屋裡便滿是包子的香味，崔薇忙進廚房裡讓崔敬懷幫著將包子籠端進堂屋，自個兒剛想端稀飯鍋時，那頭聶秋染便進來了。

崔世福父子倆在這邊吃了早飯才離開的。

第九十八章

等崔世福父子一走，崔薇收拾著桌子，一邊就想到剛剛崔世福提起崔敬平時的表情來。

他嘴上不說，但心裡恐怕是想崔敬平了，說實話，崔薇也想。她來到古代之後便跟崔敬平最為熟悉，如今一下子分開了好幾個月，她心中也有些惦記，收了半天桌子，看聶秋染將碗疊到一塊兒，她乾脆坐了下來。

「聶大哥，咱們早些把三哥接回來吧，我爹想他了。」

城裡的鋪子少開一個月也沒什麼，反正她現在又不缺多少銀子，崔薇又沒有自己一來到古代就要做個大商人的野心，不過是為了圖個生活無憂而已，這會兒掙的錢夠了，她也不貪心，想讓崔敬平回來，若是十一月回來，就算過年後再出去，也能在家裡待一段時間了。

聶秋染當然沒有意見，兩夫妻決定過幾天乾脆自個兒進城接崔敬平，順便將聶秋文也接回來，這事才算告一段落。

趁著這幾天時間，崔薇採了一大堆桂花回來，她試著用新鮮的桂花熬製成花蜜，調在水裡喝過之後與鳳梨果醬兌出來的水不同，這花蜜既甜且帶著一種清香的桂花味，喝完讓人很是回味無窮，這是聶秋染近日裡除了愛喝羊奶之外，最為喜歡的東西了。白日裡兌一壺桂花蜜，自個兒拿著書坐在石桌旁，能一坐便是小半天。

這東西味道不錯，崔薇也喜歡，準備等到過年後，再弄些桂花蜜到城裡鋪子中賣，聶秋染都喜歡的，別人一定也會喜歡。

兩人成婚一年多時間了，崔薇跟秋染朝夕相處，也看出來這傢伙喜歡吃甜食，而且他嘴極挑，雖說喜歡甜的，但若是味道稍差一些，他根本不碰的。外頭賣的糕點，他能入口的極少，若是不熟悉的人見他不肯吃外頭賣的糕點，恐怕要當他並不喜歡吃甜食了，得到他喜歡，便證明這桂花蜜很是不錯。

等到十一月末時，跟崔世福打了聲招呼，讓他幫忙盯著一下家中，崔薇便跟著聶秋染進了城。

已經接近有一年的時光沒來城裡，這一回再來時，崔薇也有些興奮。再有一個月便要過年了，她這趟進城準備買些年貨回去，也想給崔世福與崔敬懷等人買幾身衣裳回去。她現在不缺銀子，早早的便訂好了要買的東西。

兩人到了城中便找了間客棧，如今雖說鋪子後頭有院落，但崔敬平跟聶秋文住在那兒，那宅子前頭改成了店鋪之後，院子便小了不少，再加上一些景致崔薇不想去動它，因此房間自然便少了些。

兩人擱了些衣裳在客棧裡頭，瞧著天色還沒黑下來，便準備先去鋪子那邊瞧瞧。

原本還冷清的鋪面，經過約一年時間的經營後，如今生意好了不少，隔得遠遠的便能聞到鋪子裡傳來奶香味與甜味，敞開的大門外站滿了不少的人，都到這個時辰點了，裡頭竟然還有不少人在吃著東西。

崔薇二人過來時一開始沒有引起旁人的注意，店鋪裡好幾張桌子處一大群丫頭圍著幾個穿得花枝招展的婦人正說笑著什麼，若不是眼前的人都穿著古裝，崔薇頗有一種自己回到了現代咖啡廳時的感覺，頓時便愣了一下，在門口處站了一會兒。

這會兒屋子裡幾個人正在談笑，一個穿著青色衣裳戴了小帽的少年正湊在一邊說著什麼，引得幾個婦人衝他怒目而視。

青衣少年挺了腰便大聲道：「妳們愛吃不吃，不愛買給我走就是，這臨安城除了咱們一家，便再沒有旁的，早晚也要倒回來，甩什麼！」

崔薇一下馬車時，聶秋染自個兒去後頭停馬車了，她站在門邊半晌，屋裡幾人注意到她了，不由都轉頭過來看，好半晌之後沒人開口，那青衣少年突然間伸手將頭上的帽子壓了壓，連忙轉身便要跑。崔薇卻是一下子就將他給認了出來，想到他剛剛說的話，頓時氣不打一處來——

「聶二，你跑什麼！」

聶秋文已經滿十五了，如今正吃著十六歲的飯，他跟崔敬平同年，上回見著聶秋文時他臉上稚氣還未脫，不過大半年時間，聶秋文整個人竟然都像是變了一個人的模樣，被崔薇喚住時他陪著笑湊了過來，一邊討好地打了個揖道：「大嫂。」

這樣長時間未見，崔薇對他可沒有什麼相見歡，反而看著他身上流裡流氣的模樣，頓時便皺了眉頭，不客氣地斥道：「你頭上戴的是個什麼東西，還學著人家別扇子了，這花裡胡哨（注）的，是什麼帕子！」

聶秋文臉上冒了一大片化了膿的痘痘，嘻皮笑臉沒個正形的，剛剛竟然還敢囂張地趕人走，他真當來鋪子裡做大爺的？崔薇一瞧他這模樣就來了氣，這聶秋文這樣子頗有一種原本還算調皮的鄉下少年，進了城中有錢便變壞的典範，她也不客氣了，指著聶秋文便道：「你大哥來了，等會兒收拾你！」

她說完，沒理睬苦了臉的聶秋文，自然也沒看到他眼中一閃而過的慌亂，便自顧自捏著帕子進了屋裡。

剛剛幾個被聶秋文大剌剌要趕走的婦人面色有些不好看，看到崔薇進來時幾人都收拾東西要離開了。

崔薇進來便笑著衝這群人道：「我一來幾位夫人便要走，可是我今兒來得不巧了？不如我給幾位夫人賠禮。」

這幾人崔薇還不認識，她鋪子雖然開了一年，但平日裡守著的都不是她自個兒，因此旁人並不認識她，這會兒幾個人婦人看到崔薇過來說話，若不是瞧她態度不卑不亢的，臉上又帶著笑，衣裳穿著也整齊，恐怕沒哪個會理睬她的。不過就是理了，那群人面色也有些不好看，兩個衣裳最為華麗的婦人別過了頭去不說話。

一個梳著丫髻，面目清秀的少女便道：「咱們夫人是馬員外郎家的，這位是劉主簿的夫人。不知夫人是哪一位？」眾人看崔薇面容稚嫩，不過卻是梳了婦人的髮式，臉上都露出好奇之色來。

託有一個舉人丈夫的福，崔薇對於此時大慶王朝的官職雖然不太瞭解，但多少也知道一些。這丫頭嘴裡所說的員外郎，並不是一般鄉里處眾人稱只稍有些銀錢的人家所指的員外，而是正經有官銜在身的人。在此時大慶王朝員外郎約領從七品的銀錢，算是在縣令之下的，類似於前世時一些經理的秘書那樣的職位，雖說比起一些達官貴人來算不得有多厲害，不過對於無品級的人家來說，從七品的官職已經不知道多厲害了。

像村裡一個潘世權謀了個九品官，那潘老爺便大張旗鼓的請人唱戲擺席的，更別提一個從七品的官了，剛剛聶秋文竟然敢讓人家滾蛋，這孩子不是缺心眼兒嗎？

一想到這兒，崔薇表情有些不好看，狠狠瞪了一旁低垂著頭的聶秋文一眼，一邊便衝這兩個滿臉怒容的夫人福了一禮，溫和笑道：「原來是馬夫人與劉夫人。都是妾身失敬了，這間店鋪是妾身的，剛剛小叔子得罪了兩位夫人，正巧妾身這兒帶了一點兒新鮮吃食來，不如請兩夫人嚐嚐，也望兩位夫人消消氣可好？」她說完，便看了那兩個背過身的婦人一眼。

她這話音剛落時，兩人便已經轉過身來，都是年約三十許的歲數，保養得倒好，穿著也精緻。

那劉主簿家的夫人好奇看了她一眼，不由就皺眉道：「原來是妳的店鋪，我以為這店鋪

注：花裡胡哨，形容五顏六色，過分鮮豔。

可是那位小郎君的，那小郎君好大口氣，還要趕咱們走呢！」她說這話時，撇了撇嘴皮，顯然對剛剛聶秋文讓她滾蛋的話很是耿耿於懷。她丈夫原是臨安城知府中的主簿，以大慶王朝主簿一位幾乎都是未算入品級的，只是宰相門前守大門的都可比過一些七品官，主簿這樣的職位若只是一般小縣裡的，都能作威作福，更遑論是此時臨安城知府下的了，因此她才能與這從七品的馬夫人交好，一塊兒出來。

大慶王朝對於女人的約束並不如何嚴，平日裡街上四處都能瞧見逛街的婦人與少女們，甚至每年還有花燈會等，相比起前朝婦人地位來說，此時對婦人已經寬容了許多，否則不可能到這會兒已經傍晚了，還有人會在店鋪裡吃東西。

這劉夫人臉頰消瘦，下巴略尖，倒是一副美人相，只是眼睛微往上挑，顯出幾分傲氣來，穿著一身湘妃色寬袖窄袍，外罩淡紫色亮彩的披帛，下身是一條繡了大團牡丹的正紅色襦裙，頭上戴了赤金頭面，整個人皮膚略白，光看外表，是個很不好打交道的夫人。

崔薇笑了笑，又瞪了聶秋文一眼，嘴角邊雖然含了笑意，但眼裡神色卻是冷颼颼的。

崔薇還沒開口，屋裡崔敬平想是聽到了響動，忙站了出來，正好就看到崔薇站在人群中，他不知道崔薇竟然今日會過來，兩兄妹算下來已經好幾個月沒見過面了，他這會兒一看到崔薇頓時便眼睛一亮。「妹妹，妳怎麼過來了？」

「三哥。」崔薇轉頭便看到了雙手還帶著水跡的崔敬平，幾個月不見，崔敬平似是長高了些，人也結實了不少，面上的神色沈穩了許多，光是瞧這外貌，竟然比聶秋文還要老成幾分。崔薇看他驚喜交加的樣子，對他點了點頭，笑道：「三哥，我這次拿了些新的花蜜茶，正在外面，你幫我拿進來好嗎？」

她說話語氣溫和，可剛剛外間的情景崔敬平雖然沒看到，但從眼前這幾個婦人臉上，以及聶秋文心虛的樣子他也看出幾分端倪來，不由瞪了聶秋文一眼，答應了一聲，有些擔憂地出去了。

本來如今崔敬平管著店鋪，來往的除了一些管事之外，幾乎大部分都是小娘子與丫頭等，若是遇著年紀大些的婆子還好，可若是一些年輕的婦人也來這兒買吃食，崔敬平便不大愛出來跟那些丫頭們調笑說話。他現在每天在廚房中忙都忙不過來，哪裡有時間與別人閒聊，幸虧平日裡還有一個聶秋文在，這傢伙不知是不是年長了些，對女孩兒倒是好奇了起來，每回遇著有那年輕貌美的小丫頭過來買些東西，便與人家說笑，有些大方坦然些的丫頭願意與他說話的便罷，可若是遇著一些守禮些的，便瞧不上聶秋文這副作派，時常都能引起一些爭執出來。

平日裡聶秋文若是勾搭些小丫頭便罷，可如今瞧見屋裡坐著的兩個年輕夫人，崔敬平便知道他惹了禍，只當他口花花沒個遮攔惹了貴人不快，崔敬平還沒想到聶秋文是開口趕人被崔薇撞了個正著，因此瞪了這小子一眼，他忙就準備出去拿崔薇說的花蜜。

那頭聶秋文衝崔敬平使了個眼色，崔敬平心裡惱他沒個輕重，也當沒瞧見一般。

聶秋文心裡暗罵了一句崔敬平不講義氣，可是想到自己做的事情，看到崔薇時又覺得心裡發虛，連忙低垂了頭，便要裝著不知一般跟崔敬平一塊兒離開。

崔薇瞧他這樣子，頓時氣不打一處來。

她與聶秋文也算是小時一塊兒混過兩年的，後來雖說聶秋文被孫氏拘著了一些，少出來了，不過對於這傢伙性格崔薇卻是瞭解得很，有膽子惹禍，可卻又是一個沒有膽子承擔的。她先與那兩個臉上還帶了惱色的婦人微笑著賠了一聲不是，接著才沈了臉，轉頭看著聶秋文道：「聶二，你還不給我過來！」

「崔妹妹……」聶秋文硬著頭皮陪了笑過來，臉色微微有些發白，雙腿輕輕哆嗦著，先是喚了崔薇一句，接著又想到聶秋染在他喚崔薇這崔妹妹的話時難看的臉色，頓時又打躬作揖。「大嫂，妳饒了我一回罷，我以後不敢了。」

「你到底做了什麼衝撞到了兩位夫人，當著她們的面賠聲不是。」崔薇想到剛剛聶秋文趕人的話，強忍了心裡的不快，一邊淡淡說了句。

她這樣息事寧人，也是有為聶秋文好的意思，畢竟往後聶秋文若是長年累月的在這邊做事，他總要與人相處，聶秋文一個沒什麼根基與背景的人，膽大包天也敢得罪一個員外郎夫人，那馬員外郎好歹是個有品級的，若真想收拾一個聶秋文，簡直是不費吹灰之力，這小子實在是太過膽大包天了些。

原本以為只是一些小事，瞧在聶秋文年紀小，而且他又道歉的分兒上，自己再從中斡轉一些，賠個不是，說不得這事便揭過去了。可誰料聶秋文依著崔薇所言，衝那兩個婦人討好的笑了，嘴裡又賠了不是，那馬夫人臉色倒是緩和了些，只是那劉夫人似是不作罷。

劉夫人冷笑了一聲，拉了拉身上的披帛便道：「不知這位公子哥兒是哪家的，好大的口氣，我倒是不知道，你看中我的丫頭，還敢當我面來調笑，你算個什麼東西！」她揚了揚眉頭，臉上露出刻薄之色來，顯然沒有對這事善罷甘休的意思。

崔薇頓時頭都大了，恨恨地看了聶秋文一眼，見他縮著脖子不敢說話，恐怕這劉夫人所說的話是真的了。她心裡氣得要死，聶秋文這傢伙年紀小小的不幹什麼好事，一天到晚腦子裡倒是知道泡妞，可這傢伙缺心眼，竟然當人家面就敢做這樣的事，難怪將這劉夫人氣得不輕，讓人家不依不饒的。

「劉夫人請見諒，妾身夫君從小就只得這樣一個弟弟，從小慣壞了，不知天高地厚，還望夫人大人有大量，不要與他一個沒什麼見識的小孩兒計較。」崔薇這會兒深怕這劉夫人逮著聶秋文調戲她侍女的事不放，也唯有說聶秋文年紀還小不懂事了。

只是那劉夫人還沒開口，聶秋文就已經有些不滿地嚷嚷了起來。「崔妹妹，妳怎麼胳膊肘往外拐，什麼叫我年紀還小，我今年早已經滿了十五，我娘說可以娶媳婦兒了！」

一句話說完，崔薇恨不能拿個東西抽在聶秋文腦袋上。

果然是不怕神一樣的對手，就怕豬一樣的隊友，聶秋文這傢伙平日裡被孫氏寵得太過了，她這會兒倒是理解了聶夫子打兒子時的心情，她此時也忍不住想揍聶秋文一頓了。

若是店鋪裡聶秋文就這個調調，別說一天到晚的學做什麼事情了，恐怕這傢伙一放店裡便是得罪人的主兒。更何況自己這是正經賣糖果吃食糕點的地方，聶秋文當這兒是幹什麼的，竟然還敢當人家的面勾搭人家侍女。崔薇氣得頭腦發暈，指了聶秋文便喝道：「你給我閉嘴！我還沒讓你說話呢！」

她這樣一喝，不知道是不是當年小時崔薇給聶秋文留下的印象，或是聶秋染的原因，聶秋文對崔薇還真有些害怕。她一出聲，聶秋文撇了撇嘴，不敢說話，別開頭去了。

這模樣一看就是根本沒將這事給放在心上，崔薇頓時氣不打一處來，這會兒想抽聶秋文的心都有了，恨恨瞪了他一眼，又向那劉夫人賠罪道：「都是我們的錯，夫人還請再坐會兒，嚐嚐妾身新製的桂花蜜，這可是店鋪中還未販售過的，夫人若是喜歡，過會兒妾身替您包上一些作為賠罪如何？」

那劉夫人臉色還有些不好看，不過一旁馬員外郎的夫人卻是扯了扯她衣角，崔薇雖說是這間店鋪的主人，不過她的夫君聶秋染是舉人，而且來這兒買東西吃喝的並不止是她們二人而已，還有一些達官貴人等，說不定崔薇靠著這些吃食與一些貴婦人亦有交集。真要撕破臉皮，崔薇縱然得不到好處，店鋪亦有可能要關，但劉夫人也是損人而不利己，人家若是真喜歡這間店鋪的，往後要是吃不了，總歸是瞧她不痛快，又何必鬧得這樣僵？

一間小小的鋪子，最後說不定卻是要惹出一些大事來，那馬夫人便不太願意因這樣一小件事而得罪人，出了一口氣便罷了，這些夫人平日裡與人來往應酬，都知道凡事留一線，往後好相見的道理。

那劉夫人深呼了心中一口氣，雖然還覺得有些不甘，但也明白其中道理，也不過只是一口氣而已，若今日討要自己侍女的是個貴人，她說不定早送出去了，也就是聶秋文這樣不知天高地厚的，仗著一間店鋪也想討要她的人，讓她氣不過而已。如今崔薇都道了歉，她也沒有再緊盯著不放，只是勉強露出一絲笑容來。

劉夫人扯了扯自己肩上披帛，指著聶秋文便道：「聶夫人既然這樣說了，我也知道不是妳的錯，不與妳多加計較，不過這個人卻不能留在這邊了！」她冷笑了一聲，臉上露出倨傲之色來。「否則，我也不是那般好惹的，什麼阿貓阿狗的也敢來討要我的人，也不照照鏡子，瞧瞧自個兒是個什麼東西！」

聽見她語氣裡還帶著輕蔑之意，聶秋文平日在家裡被孫氏寵得不知天高地厚，哪裡受得了這個，跳起來便道：「憑什麼，妳不過是個小小主簿家的，來咱們這兒便是知府夫人也沒妳這樣囂張，妳愛來不來，不來就趕緊滾出去！」

他這話如同炮彈般說出口，崔薇還沒來得及阻止，便看到那劉夫人頓時變了臉色，冷笑了一聲，看著聶秋文，嘴裡道：「好，好，好，我老爺算不得什麼，倒不知道你又算個什麼東西了。你們這兒的東西，往後我們消受不起，馬夫人，咱們還不趕緊離開，留在這兒等人讓滾嗎？」

崔薇氣得雙眼泛寒光，冷冷望了聶秋文一眼，這傢伙現在還沒意識到錯了，還在跳著腳趕人，那頭劉夫人早氣得臉色都變了，任崔薇怎麼挽留，也不肯留下來，氣沖沖地拎著人走了。

聶秋染停了馬車時來時就看到幾人背影，崔薇還望著聶秋文不說話，他頓時眉頭便皺了皺，看了聶秋文一眼。「你幹什麼了？」

「大哥，我又沒做錯。」聶秋文還是怕他大哥，這會兒一聽到聶秋染說話，頓時便縮了縮肩膀。「那幾個婆娘，小器得很，不過是瞧她婢女長得好看，多問了一句而已。」他說到這兒，又抱怨道：「大哥，我可不娶孫梅那老女人，要娶孫梅那樣的，倒不如娶個剛剛那樣的丫頭，長得好看多了。大哥，孫梅的事可是你對不起我，娘說要給我找媳婦兒，你得幫我找個好看的。」

看他到了這個時候，還在惦記著人家的丫頭，崔薇頓時便沒好氣的看了他一眼。「人家都走了，你還在說，聶大哥現在有個功名，還不是正經的官身呢，你要是得罪了人，到時抓你去坐監，我瞧著你還嘴硬不！」她這會兒心裡實在是煩躁得很，見聶秋文現在還在埋怨別人，也懶得理他，說了他一句。

聶秋文嘻皮笑臉道：「我大哥是個舉人，她能把我怎麼樣？別以為我不知道，一個主簿而已，官職都沒有，最多也就是個舉人，跟我大哥一樣的！」

人家可是謀了事做的，可跟聶秋染這樣只是空有舉人名頭，卻沒有實權在身的人不一樣。崔薇這話在唇間轉了幾下，聽到聶秋文現在這樣毫不害怕的話，氣得要死，也懶得說他了，反正他自己吃了虧才知道厲害。就算那主簿跟聶秋染是同一級的，人家最多對聶秋染禮遇幾分，可沒道理對個鄉下小子彎腰賠禮，聶秋文跟聶秋染再是親近，可他也忘了中了舉人的是聶秋染而不是他，這小子氣焰該被打擊一回。崔薇心裡火氣直湧，也懶得再跟聶秋文說了，拉了聶秋染就要走。

崔敬平捧著東西進店裡來，便看到崔薇氣呼呼的樣子，頓時嚇了一跳，連忙捧了東西便要擋在崔薇面前，一邊有些著急道：「這是怎麼了，妹妹，是不是聶二那小子惹了妳不痛快？」

崔敬平一邊說著，一邊眼睛裡露出凶光來，放了花蜜罐子，挽了袖子便要上前揍聶秋文。「聶二，你小子皮是不是癢了？想挨揍了！」

崔敬平這幾年長大了，懂事了，極少跟著聶秋文混，也不像以前一言不合就動手揍人，聶秋文冷不防他現在竟然要揍自己，頓時嚇了一跳，忙往後退了幾步。「崔三兒，你不要以為哥哥怕你。」

這兩人你瞪我一眼，我瞪你一眼，都帶著防備。崔敬平夾在中間很是為難，上回他不小心在臨安城裡遇著了一個熟人，便知道自己待在城中的事恐怕瞞不過別人，本來心裡就很是對崔薇有些歉疚了，後來聶秋文又來了，兩人也算是從小的好兄弟，他自然樂得與聶秋文在一塊兒做事，一邊是好夥伴，一邊則是妹妹，他夾在中間最是為難。

雖然知道崔敬平在中間不好相處，但崔薇這會兒也有些不痛快，聶秋文那脾氣簡直是找事的，她現在也懶得多說，只是不願意跟崔敬平發脾氣，因此衝他勉強露出一絲笑容來，一邊就道：「三哥，有事明天再說吧，你先好好歇著，這一趟過來是接你們回去的，眼見著要過年了。」

「我不回去！」聶秋文梗著脖子喊了一句，他現在在臨安城裡待得好好的，這兒又有吃的又有好喝的，住的地方也不知比聶家裡好了多少倍。聶家裡孫氏雖然疼愛他，但到底聶家的家底就擺在那兒，哪裡比得過崔薇這邊鋪子裡簡直跟個下金蛋的母雞似的，掙的錢多，吃的也好，他回去後聶家裡有聶夫子，說不得便要常常挨打了，傻子也知道該如何選擇。

若說剛剛沒有那得罪劉夫人一事，說不得看在小時的一些情分上，崔薇也隨得他在城中住了，可現在看來聶秋文就是一個招禍的，她現在對他本來就有些不大耐煩，又聽他這任性的話，哪裡還受得住。

「回不回去，可由不得你！這回你回去了，你要再來城裡我不管，但我這鋪子我不准你再過來了！你自個兒若是真找得到去處，那我也不多說！」

聶秋文本來還嘻皮笑臉的，他根本沒將剛剛的事放在心上，畢竟以前他又不是沒闖過禍，可崔薇每回都是他一道歉就將事情揭過去了，沒料到這回崔薇竟然會這樣跟他說話，頓時聶秋文便傻了眼。

聶秋文年紀雖然長了，不過其實在心裡因為從小沒受過苦，孫氏一直是將他寵著的，聶夫子雖然打他，可卻很少教他為人處事之道，幾乎都是恨他不爭氣，一調皮就打，因此打得聶秋文脾氣越發古怪。他雖然年長崔敬平幾個月，可實際上根本沒崔敬平成熟懂事，所以自小崔敬平與他以及王寶學幾人間，一向都是崔敬平當頭兒，做老大，出主意，而王寶學動嘴，他動手的時候多。

現在沒料到料崔薇竟然會翻了臉，他有些可憐兮兮的看了聶秋染一眼，嘴裡求救似的喊道：「大哥？」

「這趟你先跟著回去，有事以後再說。」剛剛的事聶秋染回院子裡頭停馬車去了，還沒聽崔薇說起，現在見聶秋文一副求情的模樣，他也沒有貿然開口，只是拉了崔薇的手道：「我們趕了一天路，先回客棧歇歇，你們將店鋪裡的東西這兩日賣了，先回家把年過了，這事再議。」

聶秋染在幾個孩子間威望一向高，他都開口了，崔敬平自然是應了。

聶秋文雖然不服氣，但他從小就怕聶秋染怕成了習慣，甚至怕聶秋染更懼於聶夫子，他都開口了，聶秋文可不敢再像對崔薇一般開口便反駁，因此也鬱悶的答應了下來，跟著崔敬平送崔薇二人離開了。

第九十九章

崔薇坐上馬車時，還看到聶秋文滿臉抱怨的跟著崔敬平在說著什麼，一旁崔敬平掄著拳頭要揍他的樣子，馬車漸漸駛得遠了，兩人說的話聽不清，但崔薇也看得出來聶秋文這是在埋怨的樣子。

「哼！」崔薇一想到剛剛聶秋文的話，氣得翻了個白眼。

聶秋染忙靠了過來摟著她肩哄道：「他幹了什麼，妳氣成這樣子？」說完這話，又看崔薇撈起簾子盯著外頭，忙伸手將她摟進懷裡，一邊將車窗簾子掛在了車廂兩旁的勾架上。「好了，不要跟他計較，有什麼跟我說，往後我來教訓他。」

崔薇沒好氣地推了他一把，撩了撩頭髮道：「你們是兩兄弟，都是一個鼻孔出氣的！」她說到這兒，又十分氣憤。「聶二那傢伙年紀小小的，現在就知道勾搭姑娘了。」

她沒好氣地將剛剛自己進店裡看到的情景，與那劉夫人臨走時所說的話講了一遍，說完便鬱悶道：「那劉夫人我瞧著不像是一個大度的，人家說寧惹君子莫得罪小人，若劉夫人當真要對付他，還不知道怎麼辦才好，到時回去你娘又怪在我頭上了。」

崔薇一說到這兒，又火大，連帶著將聶秋染也抱怨了一回。

雖說她沒將孫氏放在心頭，不過這會兒氣頭上自然也將孫氏會有的反應算了進去，又接著道：「到時我得罪了你娘，你可別怪我狠了。」

「不怪妳、不怪妳。」聶秋染嘴角邊含著笑意將崔薇攬進了懷裡，一邊替她順了順頭髮，一邊就道：「劉夫人那邊妳別在意，店鋪要不要關門，可不是她說了算的，再說店鋪若真關了，以後我養妳就是，嫁給我了，還用得著妳來想吃想穿嗎？妳不如正好借這個機會，嚇唬我娘一回，保管她以後不敢再來找妳的麻煩了。」

聶秋染輕描淡寫地說著嚇嚇他娘的話，像是在說一件微不足道的事情般，倒是嚇了崔薇一跳。雖說她以前便覺得聶秋染跟孫氏不親，可好像直到現在，才真正正視了這一點，她一想到這兒，抬頭看了聶秋染一眼，卻對上他溫和含了笑意的黑眸，半晌之後，才點了點頭，算是將這事給放下了。

不出崔薇所料，第二日便有人說店鋪裡吃食有問題，讓人吃了之後不舒服，因此有衙役上門來責問了。因為平日裡在這邊買吃食的人不少，一般能買得起一盒糕點半錢銀子的人大多都非富即貴，因此那些衙役過來態度也很是客氣，不過不可否認的是，如此一來，店鋪裡生意自然是做不成了。

崔薇這一趟本來是想帶崔敬平回去過年的，如今一番折騰下來，三天兩頭的便說有人吃了東西不舒坦，就算明知是來鬧事的，但許多貴婦人在此時基本不會對崔薇伸出援手。畢竟不過是一個陌生的小丫頭，許多貴婦人心裡也不過是將那店鋪當成一個湊趣的樂子，若為這樣一個不值當多有作用的鋪子攬了事上身，那不是擺明了要給崔薇當靠山嗎？

因著這原因，鋪子關門極快，幸虧這一年中鋪子賺了足有好幾百兩銀子，這兩個月的還沒收，恐怕攏在一塊兒足有千兩以上，吃喝是不愁了，就是回鄉里買個百十畝地也是足夠的，因此崔薇並沒將這個鋪子放在心上，只是對於聶秋文多少是有些怒氣。

幸虧聶秋文也像是知道惹了事，這段時間都不敢吭聲，乖乖待在宅子裡，不過他不想出去，不代表人家不想來找他。那日他得罪了劉夫人，此時便能看出那劉夫人不是個心寬的，三天兩頭的便有衙役來拿了他回去問話，多來幾回，直嚇得聶秋文如同驚弓之鳥般，開始還嚷著不願意回去，如今頭一個跑得最快的便是他了。

崔薇在臨安城中待了四、五日，買齊了一些東西，她鋪子如今不開了，鋪裡沒賣完的東西除了帶回去吃的，剩餘的便是全用來作人情，送給平日裡照顧鋪子一些相熟的人家，如此一來，倒是有人覺得不好意思了起來。

劉夫人的事漸漸過去了，只是聶秋文那邊事還沒算完，雖然這回對聶秋文鬧出來的事有些生氣，但崔薇就是看在從小這傢伙跟自己也算相處了一段時間的分上，也不可能真由著他被人逮去坐了監。幾人匆匆買了些東西，那頭客棧也不敢再收留崔薇，幾人這才踏上了回鄉的路程。

原本進城開鋪子時崔薇還歡天喜地的，可這會兒一回鄉頗有一種灰溜溜的感覺，她心裡有些不痛快，雖說自己掙的銀子已經是足夠她花了，而聶秋染也再三保證他是會養自己的，但自己不想開店鋪跟被迫著不開店鋪那是兩碼子事情。而且崔敬平也總不能這樣時時在家裡待著，他自己原本有活兒做得好好的，如今被聶秋文這樣一攪和，往後要怎麼來去，又是一個問題。

崔薇難得坐馬車沒坐到外頭，反而是坐到車廂裡，盯著滿臉不安的聶秋文看。「這趟的事我跟你沒完，要是我鋪子開不了了，瞧我回頭怎麼收拾你！」

聶秋文臉上花花綠綠的，連有隻眼睛也睜不大開了，前幾天事情一出來，崔敬平問清楚了是怎麼回事之後，便將他揍了一回。

說到底，聶秋文被招進店鋪也是跟崔敬平有間接的關係，雖然不是他成心的，可聶秋文能到鋪子裡做事，崔敬平本來也是為這個好兄弟開心的，可沒料到最後竟然發生了這樣一件事，累得崔薇店鋪開不了不說，連他的工作也給鬧沒了，他心裡痛快得起來才怪。

而最主要的是聶秋文這樣一鬧，崔敬平自個兒覺得沒面目再見妹妹，因此對聶秋文就特別生氣。這會兒一聽到崔薇開口，他既是有些愧疚，又是有些氣憤，忍不住又衝聶秋文揚了揚拳頭。

聶秋文小心地將身體縮了縮，也不敢再靠近這兄妹二人了，一邊就有些委屈。「我只是與她開開玩笑，又不是當真，誰料那娘兒們如此小器，竟然做出這樣的事情來。有什麼大不了的，往後我大哥做了官，一準兒整死她！」說到這兒時，聶秋文臉上露出氣憤之色來，一邊就揮了揮胳膊。

看他到了這會兒地步還敢想要報復，崔薇不由冷笑了起來。「就算聶大哥往後有了出息，做了大官，可跟你又有什麼關係？他是他，你是你，若是你樣樣要靠他，往後娶媳婦兒生孩子要不要他來幫忙？」

崔薇這會兒是真氣憤了，嘴裡這話一說，外頭聶秋染臉就黑了大半。「薇兒，妳胡說些什麼！」

聶秋文被崔薇這樣一罵，既有些心虛，又有些害怕，低垂著腦袋不敢出聲。

崔薇被聶秋染剛剛那樣一說，也知道自己氣憤之下有些口不擇言了，只是現在一想到聶秋文幹的事，她就氣不打一處來。「你要是再這樣不知天高地厚，往後有的是你罪受，我也懶得說你！」

聶秋文要是真這樣下去，一切只依靠著旁人，往後可以想見便是一個紈袴子弟，自身沒什麼本事，便仗著有出息的親人來胡作非為。她心煩意亂，自己又不是聶秋文老娘，竟然攤了這樣的事，罵了他一頓，決定往後對聶秋文敬而遠之，自個兒撩了車簾子出去了。

剩了聶秋文跟崔敬平二人在車廂裡頭，聶秋文還是頭一回看到崔薇對他這樣冷淡的樣子，就是他私自賣了崔薇蛇那回，崔薇看他的眼神也不是現在這般，他頓時有些慌亂，抬頭看了崔敬平一眼，小聲道：「崔三兒，崔妹妹生我氣了？」

聶秋文說完，看崔敬平不理他，頓時心裡就有些委屈。「我娘說了，我大哥的東西就是我的，我們現在還沒分家，崔妹妹現在做了我大嫂，怎麼這樣對我，我不過就是說了幾句話嘛，那些人怎麼恁地小器？」他說到後來，自個兒聲音便低了些下來。

那副神色看得崔敬平對他既是生氣，又是有些可憐，兩人到底是從小長大的，他雖然氣聶秋文這會兒搞砸了妹妹生意，但仍忍不住開口道：「聶二，你好歹也是個大人了，你也知道你娘要跟你說媳婦兒了，怎麼還這樣胡鬧？我妹妹的生意，你不知道有多少銀子嗎？往後店鋪開不了，那些銀子是不是你來賠？」

「不過就是些許銀子，崔妹妹之前收了這樣多錢，還能看得上那一點兒？」聶秋文還有些不解。

崔敬平聽了他這話卻是有些惱了，也跟著一下子站起身來，衝他冷笑道：「你現在倒是會說一點兒銀子，你可別忘了，你以前捉蛇賣，捏著幾文錢的時候！」說完，崔敬平也拉了簾子出去了。

車廂裡兩個孩子說的話外頭崔薇也聽得清楚，她知道聶秋文是被孫氏寵得有些沒邊了，從小又極為順遂，上頭兩個姊姊將他服侍得跟個大少爺似的，沒吃過苦頭，平日在家連活兒都沒沾過。聶夫子雖然是讀過書，明事理的，不過他對這個兒子不是打便是罵，聶秋文一想到聶夫子便害怕，從小沒人教他，也難怪現在會這般糊塗。

幾人也不再說話了，聶秋文自個兒待在車上，也不知在想些什麼，直到幾人回了小灣村之後，聶秋文才緊緊摟抱著自己的包裹，飛一般的從車上跳下來，也沒敢跟崔薇等人打聲招呼，低垂著頭便跑回聶家去了。

崔薇只當聶秋文是有些內疚害怕了，看他離開了一時間也沒想著阻止他，幾人趕了一天的車，都累了。聶秋染一整天駕著馬車，臉被寒風吹得都有些麻木了，這會兒眾人趕緊回了家。

崔薇一邊生火，那頭崔敬平自個兒放了東西回屋子，便要去找崔世福說一聲，他本來想出門的，只是剛剛跨出客廳門，便又像想到了什麼一般，拍了拍腦袋回屋裡去了。沒多大會兒工夫便從屋裡拿了一個袋子出來，朝院裡正洗著菜的崔薇遞了過去。

「妹妹，這是七月到九月的銀子，我全換成銀票了，有四百多兩，散碎的銀子我放在袋子裡，聶二那裡應該也有一些……」

他話一說到這兒，便想到剛剛聶秋文飛也似抱著包裹跑了的情景，頓時氣得跳腳。「那傢伙肯定也有，我去找他，剛剛竟然敢不交出來！」崔敬平說完，氣呼呼地便要走。

崔薇自然也想到了剛剛聶秋文的動作，頓時嘆了一口氣。「算了，你先過去找爹，明兒再去找聶秋文吧。」

崔敬平雖然仍是氣憤不已，但一想到崔世福，也確實是有些猶豫了起來，其實大部分的銀子都在崔敬平手中，偶爾聶秋文手上能少少收到一些，確實自己今兒去找他，不如明天再去。

崔薇看他有些猶豫的神色，又接著道：「不管怎麼說，爹擔心你好久了，聶秋文那邊若是銀子在他那兒，長不了腿飛的。」

崔敬平一想到這兒，也覺得有道理，反正銀子在聶秋文那兒，他也不怕拿不回來。

崔薇看他點頭出去了，剛剛勉強還露出笑意的臉色，一下子就沈了下來，聶秋文要是真有錢，或是真想拿錢出來，剛剛便不會跑得那樣快了。

前幾天她是一時被劉夫人的事給氣壞了，沒想到這一茬過來，要不是今兒崔敬平拿銀子，恐怕她也沒想起來。本來當聶秋文只是不知天高地厚而已，可沒料到他現在竟然連銀子都敢撈，崔薇心裡說不出的失望與氣憤，一邊緊抿著嘴唇洗著菜，不說話了。

出去在外頭吃了幾天，今日晚上崔敬平回來，崔薇準備給他做點兒好吃的，只是現在天色晚了，李屠夫那邊恐怕早就關門了，肯定沒有新鮮肉賣。幸虧她還有剛製好沒兩天的麥醬肉與燻肉，崔敬平是喜歡吃這東西的，她索性取了一大塊出來洗刷了，準備煮過後等下炒著吃。

家裡雖然沒有新鮮的菜，但崔世福那邊有，如今崔世福不缺銀子，種的菜幾乎就是自家吃，他自個兒是吃不完的，一般就讓崔薇多割些來吃。現在正是花椰菜與圓白菜生長的好時節，崔薇又取了塊麥醬製成的豬蹄一併準備等下燉湯喝。

聶秋染收拾了屋子裡的東西後，出來幫她切著菜，那頭她還不準備在這個時候去找聶秋文麻煩，可另一廂孫氏卻是自個兒找上門來。

崔薇剛指揮著聶秋染將最後一塊豬蹄切好，洗淨之後放進一旁裝滿了清水的鍋裡，準備燉上，這個時辰點燉著豬蹄，恐怕過個一、兩個時辰便熟了。今日崔敬平回來，崔世福跟他肯定有說不完的話，晚一會兒吃飯也是正常的。

聶秋染這傢伙不知怎的，外表看著一副文弱書生的模樣，可實則力氣極大，一隻約有十來斤的豬蹄膀帶著些骨頭肉，他宰起來輕鬆得很。兩夫妻正在一塊兒做著晚飯，聶秋染剛將鍋端進屋裡，那門板卻突然被人拍得「砰砰砰」的震天響了起來。

「崔薇妳這小賤人，妳竟然敢打我兒子，妳給我滾出來！」孫氏怒氣沖天的用力拍著門板，嘴裡發出尖利的喝罵聲。

那厚重的門板不只是被她拍得響，簡直像是孫氏在踢打一般，連門也跟著搖晃了起來。崔薇聽她不乾不淨的怒罵，聲音不小，恐怕四面八方的人都聽見了，她頓時怒從心頭起，沒急著去開門，反倒是將狗屋給打開，把一邊狂叫著，一邊甩著碩大身體的黑背給放了出來。

門「嘩啦」一下子打開了，孫氏氣得要命，也顧不得兒子，一下子便衝進屋裡來，劈頭蓋臉看也沒看面前是啥情景，伸手便要去抽，可是她抽到的並不是崔薇，下一刻孫氏嘴裡發出震天的哭嚎來。

黑背嘴裡發出「嗚嗚」的叫聲，一口死死咬在孫氏胳膊上，孫氏吃疼之下驚怒交加，抬起手來，可是黑背死死咬著她就是不鬆口，這一扯著，孫氏更疼，下意識地便打了黑背腦袋一下。黑背咬得越發用力，若不是如今已經是冬季，孫氏穿得厚重，恐怕光是這一下，便能將孫氏的胳膊給生生咬下一塊肉來。

不過就算是如此，孫氏也已經疼得眼淚直流，嘴裡不住罵道：「這殺千刀的狗，小賤人，妳還不趕緊將牠弄開！」

任誰面對著一條站起來比人高，而且滿嘴尖牙利齒，又凶狠異常的狗，心裡都會生出本能的畏懼來，孫氏這一口被咬破了衣裳，咬到了肉，疼得眼淚直流，黑背力氣又大，直接將她撲倒，放開了她的手臂張嘴便要去咬她咽喉。崔薇只想教訓孫氏一回，並不是真正想要了她的命，因此這才招呼著黑背，讓牠停下口來。

那頭孫氏臉被兩隻狗爪踩著，抓得她生疼，可是卻不敢睜眼，就怕自己眼珠子被狗給抓到了，一邊又擔心著自己的脖子，她已經能感覺到狗的口水滴在她脖子上，頓時嚇得失了禁，裙子處沁出一灘水跡來，關鍵時刻，竟然連聲音也發不出。聽到崔薇將狗喚開時，她感覺到自己身上重力一輕，這才坐起身，一副嚇懵住的模樣，頭髮被黑背爪子抓掉，半晌之後捂著臉哭了起來。

剛剛孫氏一路氣勢洶洶的過來找崔薇麻煩，後頭跟了不少看熱鬧的人們，也有一些好心的村民們想過來拉著孫氏一些，別讓她真動手打人，可誰料到最後孫氏竟然落了這麼一個結局，竟然險些被崔薇養的狗給咬死，眾人看得心裡頭不由得都發寒，尤其見到黑背險些咬到孫氏的脖子時，不少跟過來看熱鬧的人下意識地都後背發寒，不由自主的伸手摸了摸自己的脖子，滿臉的菜色。

孫氏的醜態，自然也被這些跟過來瞧熱鬧的人看在了眼裡。崔家那邊院牆邊站滿了人，許多人擠在一條小路上。黑背咬過了孫氏之後被崔薇一招呼著，又「嗚嗚」的叫著跳了回來，甩著尾巴，衝著崔薇轉著圈，牠已經好多天沒看到主人了，這會兒心裡興奮得很，不住地跳著，但從小崔薇對牠的教養，卻是不敢真撲到崔薇身上去。

剛剛還一副凶神惡煞如餓狼般的大狗頓時變成了一隻會撒嬌的狗，眾人看得錯愕不已。

孫氏在地上哭了一陣，一旁聶秋文尷尬得抬不起頭來，也不敢去看崔薇的臉，一邊伸手就想拉孫氏起來。「娘，您快起來吧，在地上一直做什麼。」

到這會兒孫氏腿還是軟的，渾身全是冷汗，人根本使不出一絲力氣來，哪裡坐得起身，只任由聶秋文拖著，卻是在地上半晌站不起來。後頭傳來聶夫子讓人讓條路出來的聲音，聶秋文聽得心裡越發害怕，忙又扯了孫氏一把，也不敢去看站在門邊怒氣騰騰的崔薇的臉。一邊看到聶夫子跟聶晴二人擠過人群的身影，下意識地就想往崔薇屋裡躲！

「你給我慢著！」崔薇隨手抓了一根放在門後的洗衣棒，這東西專門就是用來防著楊氏與孫氏這樣一進門不管別的就撒潑想傷人的，正巧這會兒就用來對付聶秋文。「今兒將事情給我說清楚了，跑到我屋裡來鬧什麼！」

崔薇這會兒是真怒了，她已經忍了好幾天的火氣，此時孫氏竟還來她門口鬧。

「誰跟誰算帳，弄清楚了沒有？」崔薇手裡的洗衣棒敲在門上「砰砰」作響。

那頭孫氏本來發著呆，不過在看到崔薇拿了洗衣棒對著自己兒子時，她本能的心裡湧出保護兒子的念頭來，估計便是這股力氣撐著，她原本雙腿發軟，一直站不起身的，可這會兒卻如有神助般，一下子跳了起來，擋到了聶秋文面前。「妳要幹啥？」

「是你們要幹什麼！」崔薇氣得要死，也不管孫氏是不是長輩婆婆了，看著孫氏便道：

「不知道婆婆今兒來到底是幹什麼的，一來便要踹我的門，好大的架子！」

孫氏這會兒一回過神來，看到崔薇對自己毫不客氣的模樣，想到上回她讓自己滾時的情景，再想到兒子臉上的青紫，頓時氣得失了理智，一邊嗷嗷叫著，一邊撲了上來。「老娘今兒打死妳這小賤人，妳敢打我兒子，老娘今天要妳的命！」

崔薇拍了拍黑背的頭，嘴角邊露出冷笑來。她揮手止住了後頭聶秋染想上來的腳步，一邊重重握了握手邊的洗衣棒，她看到聶夫子朝這邊衝過來，朝後頭退讓了一步，避開了孫氏的爪子，在外頭人看來只當她忍氣吞聲朝後頭躲了般，不少人都想上前來勸孫氏幾句。那頭聶夫子面色鐵青，說了一句是自己的家事，便拉著聶晴進了屋，一併將屋門給關上了。

聶夫子還沒來得及制止住孫氏，便看到崔薇揮了手中的洗衣棒，狠狠一下子朝孫氏身上砸了過去！

這個變故嚇了眾人一跳！

就連孫氏自個兒都沒想到，那洗衣棒一下子落到孫氏面門，她下意識地側頭躲了一下，洗衣棒打在了她肩上，實在是因為太過吃驚了，孫氏竟然連疼痛都沒感覺得出來。

「聶大哥，給我將大門關緊了！」崔薇這會兒氣得要死，聶秋文這不爭氣的死孩子，還有孫氏這不問青紅皂白的潑婦，她前幾天在聶秋文趕人時便忍了好幾天了，現在氣正好便發洩出來。

崔薇這會兒也顧不得聶夫子等人驚駭的神情了，揮了手中的洗衣棒便朝聶秋文與孫氏二人劈頭蓋臉揍了過去。「我打死你這個不知天高地厚的，我打死你這個膽大包天的！」崔薇一邊罵著，一邊手裡的洗衣棒便朝孫氏二人打。

也許是一輩子在兩個女兒面前逞凶鬥狠慣了，孫氏一時間面對崔薇這樣凶狠的打她，竟然回不過神來，愣愣地竟然挨了好幾下。

大冬天的孫氏衣裳穿得厚實，那洗衣棒打在身上倒並不怎麼疼，但有幾下敲到了她頭上，直將孫氏敲得眼冒金星，那頭聶秋文也挨了好幾下。

孫氏這一回過神來，便是大怒，挽著袖子就要打崔薇。「小賤人，反了妳的天了，竟然敢打人……哎喲！」她話沒說完，眼睛上頭就又捂了一下，這下子眼前一陣金星亂冒，她捂著眼睛一下子蹲下了地來。

聶秋文開始還站著原地呆著不知所措被打了幾下，可是腿上挨了幾下時便有些撐不住了。崔薇打他那是下了死力的，聶秋文有一下被打到了耳朵上，耳朵頓時火辣辣的疼，也不敢在原地站著挨打了，一邊看著崔薇，一邊便哀求道：「大嫂，我錯了，饒了我吧。」他一邊喊著，一邊繞著院子就跑了起來。

一旁聶夫子臉色鐵青，嘴裡厲聲道：「住手，先住手！」

崔薇哪裡理他，直接揮著一根洗衣棒打得聶秋文滿院子亂竄。那頭孫氏護兒心切，蹲了一陣之後站起身來，但她手上沒有武器，到最後只得跟著聶秋文一塊兒跑，一邊嘴裡又亂罵。那黑背像是成精了般，每每在她想上前撈個東西對付崔薇時，便衝她一陣大叫，嚇得孫氏不敢動彈，跑了半晌，只覺得胸口悶憋悶無比，氣短異常，喘著氣，嗓子眼裡跟快要起火一般，不由擺手哭了起來。

「不鬧了，不、不鬧了！」孫氏喘著粗氣。

崔薇哪裡由得了她，門口被聶秋染以不准外人進來瞧見家醜為由堵住了，屋裡門他們又進不去，院子再大也地方有限，孫氏這一被打，初時不覺得，可挨的次數多了，便覺得頭腦身上開始疼了起來。

「大嫂，我錯了，我錯了，妳饒了我吧！」聶秋文這會兒不敢還手，他自己到底心虛，一旁聶秋染又緊緊盯著他，看得他心裡發涼，哪裡還敢去想還手，只被打得不住慘叫。

一旁孫氏還要慘，她倒是想還手，可惜崔薇這死丫頭也不知哪來的力氣，打在她身上疼得很，旁邊又有條大狗盯著，一副隨時想撲上來的模樣，看得孫氏心裡發寒。她這會兒又羞又氣，只覺得生平從來沒有如此狼狽過，這會兒裙子之前因失了禁已經濕了大半，而頭髮被打亂，渾身上下無一不疼，雙腿哆嗦著，再也支撐不住，「撲通」一聲便摔坐在了地上。

「反了天了，反了天了。」孫氏一邊哭著，一邊看兒子聶秋文被打得滿院子亂竄，氣得幾欲吐血。

崔薇才不管她心裡是如何想的，狠狠揍了聶秋文一回，出了口心中的惡氣，她自個兒這會兒也累得渾身直打哆嗦了，又重重拿了棒子在聶秋文腦袋上抽了一下。只聽「噗」的一聲細響，聶秋文痛呼了一聲，腦袋處緩緩流下了一道殷紅的血跡來，崔薇這才將手中的洗衣棒停住了，沒再朝聶秋文打下去。

「流、流血來了！」聶晴心裡幸災樂禍著。

聶秋文額頭被砸出一條口子來，此時血跡正不停往下湧著，將他半張臉都染成了鮮紅的顏色，下意識地便伸手去捂腦袋，摸到一頭溫濕，看到手心幾乎全是血後，頓時忍受不住，雙腿一軟，便傻愣愣的坐倒在地，攤著手半晌沒有回過神來。

第一百章

「妳這殺千刀的啊！」孫氏拍著大腿，不住哭嚎了起來，她此時心裡驚怒交加，既是心疼兒子腦袋被打出血來，又是怨恨崔薇敢如此心狠。看到聶秋文腦袋不住湧出的鮮血，孫氏只覺得自己腿都軟了，也不知道這死丫頭如何下得去手，她渾身也沒有力氣，爬挪著朝聶秋文移去。

聶夫子臉色鐵青，一張臉有些扭曲了起來，強忍了心裡的怒意，回頭看了靠在門邊的聶秋染一眼，心裡只鬱悶得直欲吐血，一邊強忍著難受，指揮著聶晴道：「將妳娘，和妳弟弟扶到屋裡先坐坐。」

聶夫子活了一輩子都是風風光光的，年輕時候是個讀書人，村裡哪個對他不是畢恭畢敬又畏懼無比的，就是娶了一個孫氏，孫氏也拿他當天神一般看待，還從來沒有過像今日這般喊了半天沒人住手的情況。

他這會兒心裡早已經暴跳如雷了，可偏偏還強忍著，忍得臉色都已經有些發青了，額頭青筋都迸了出來，心頭氣得要死。

聶晴聽了他的話之後忙要上前扶聶秋文，那頭崔薇卻是冷笑了一聲，說道：「我的屋裡，不准他們兩個進去！」

「老大家的，妳不要得寸進尺！」聶夫子原本強忍的怒火，這會兒在聽到崔薇的話時，頓時便沒能忍得住，聲音一下子陰寒了起來。他胸口不住的起伏，眼皮抖了半天，半晌之後才深呼了一口氣，冷聲道：「妳不要忘了，妳如今還是聶家的人，膽敢打婆婆，是誰給了妳這樣的膽子？」

「大慶朝哪條律法又明文規定了不能打婆婆的？」崔薇也不客氣了，看著聶夫子便冷笑了一聲，又拿著洗衣棒，在自己另一隻手掌心中拍了幾下，目光盯著孫氏，直將孫氏看得心裡發寒。

她這句話直噎得聶夫子半晌說不出話來。

大慶王朝確實是沒有明文王法規定不能打婆婆，不過也沒哪個女人真敢正大光明打婆婆的，光是一條不孝的罪名，便能將人活活給折騰死。再說出了嫁的婦人，哪個都是靠著婆家的臉色過日子，又有哪個像崔薇一般囂張，今日竟然敢這樣打婆婆不說，還敢這樣跟公公說話的？聶夫子氣得身子不住哆嗦，看著崔薇說不出話來。

聶晴眼裡閃過興奮之色，臉上卻是露出了一絲憂愁之色，一邊拉著聶夫子道：「爹，大嫂也不是故意頂撞您的，她年紀小，您不要與她計較了吧。」

一句頂撞，聽得聶夫子面色更不好看，氣得鬍子都顫抖了，指著崔薇才道：「反了天了！」

崔薇理也不理他，只是盯著一旁坐在地上的聶秋文冷聲道：「聶秋文，我問你，店鋪裡的銀子，現在還有沒有？」

聶秋文到現在還沒能將銀子給交出來，崔薇便知道恐怕不大好了，她雖然知道銀子有可能是拿不回來了，但她心裡卻從沒想過要吃這趟悶虧。本來因為聶秋文不知天高地厚得罪那劉夫人一事她心裡就已經很是不痛快了，店鋪開不了了，若只是她自己不想開，那是她自個兒的事，可現在被聶秋文逼得不開了，她心裡一股無名火直冒。

「今兒要是還不出錢來，不用那劉夫人收拾你，我立馬綁了你送官！」

崔薇一句話嚇得聶秋文臉色發青，也顧不得再捂著自己腦袋的傷口，忙就地跪了起來，臉上有些茫然。

聶夫子剛剛還因崔薇不准進屋裡的話氣得半死，可現在一聽到什麼銀錢，又愣了半晌。

「什麼還銀子？又什麼劉夫人？」

孫氏也讓聶晴扶著坐了起來，不顧渾身痠疼，瞪著崔薇，卻聽崔薇接著道：「聶秋文現在長大了，敢調戲朝廷命官夫人……」說到這兒時，崔薇頓了一下，聶夫子一聽到這兒，只覺得腦子裡「轟」的一聲，像被人揍了一拳般，臉色頓時沈得跟墨水般，一片漆黑，身子氣得直哆嗦。那頭崔薇又道：「的侍女。」

聶夫子剛鬆了一口氣。

崔薇又冷笑了一聲。「還敢瞧不上人家，說人家劉夫人家不過是區區知府的主簿，有何了不得，又搬出了公公名頭，將人給狼狽趕走，害得自個兒險些下了獄不說，唯有我將店賠上才將他暫時給弄了出來。公公，往後若有人抓你坐了監，想辦法除了您的功名，到時您可不要怪我做這兒媳婦的沒提前給您說一句了！」

崔薇說的話，險些沒將聶夫子嚇得睜著眼睛暈死過去，轉頭死死盯著聶秋文，也顧不得與崔薇計較她剛剛失態之下與自己頂嘴、以及敢毆打公婆的事了。

「逆子！你當真如此做了？」聶夫子聲音都有些發起抖來，他雖然是在責問聶秋文，但其實以他自個兒心裡對小兒子的瞭解，聶夫子心中明白，恐怕崔薇剛剛說的話是真的。他一想到這個兒子膽大包天，便氣得渾身直哆嗦，那知府府中的主簿夫人聶秋文竟然敢瞧不起人家，還敢將人家得罪，他是不是吃了熊心豹子膽，以為自己是個什麼東西？

不要說是臨安城中的知府主簿，便是這縣中一個主簿都不能得罪，這孩子竟然還敢鬧得自個兒下了大獄，他要作死，是他自己的事，還敢抬出自己名頭，污了自己名聲。聶夫子一輩子汲汲營營，為的便是名聲，為的便是以後，想讓聶秋染替他實現抱負，讓聶秋染往後做官，將聶家發揚光大，而聶秋文一事無成，竟然不知收斂不說，還敢搗亂！

一時間，聶夫子臉色一下子便陰沈了起來，目光落到了孫氏身上。

剛剛還被打得渾身痠疼的孫氏心裡本來恨崔薇得要死，想要想個法子收拾她一頓，將仇報回來的，可此時她顧不得這樣多了，她看到聶夫子的臉色，心裡只道是完了。

「聶秋文。」聶夫子看著小兒子，咬牙一字一句地說了起來，瞇了瞇眼睛。他不能讓自己的兒子名聲有一點半點的玷污，影響了聶秋染出仕為官的可能，便是天王老子，也不能阻擋聶家往後發達！

他盯了聶秋文半晌，聶秋文只覺得渾身直起雞皮疙瘩，身上寒毛一根根立了起來，身子抖得如同秋風中落葉一般。剛剛聶秋文腦袋破裂，那血流得他滿臉都是，給他添了幾分淒涼之色，這會兒聶夫子眼中卻是絲毫溫暖之意都沒有，眼神冷得讓人心裡直發寒。

「孫氏，妳不知侍候公婆，照顧夫君，未曾教養好兒女……」聶夫子說到這兒時，語氣平靜，可是孫氏的身體卻是開始篩糠一般抖了起來。

孫氏聽出了聶夫子話裡的意思，恐怕要將聶秋文的錯怪到她身上了，聶秋文再壞，可畢竟是他兒子，是聶家的種。但自己卻與聶夫子無關，他早已不喜自己多時，若是他想趁此良機，休了自己，以使自己往後不能再讓聶秋染給銀子，找他麻煩，使他有丁點兒名聲虧損，不是沒有可能的！

到了這個地步，孫氏有些後悔了起來。她總仗著自己是聶秋染的母親，他若要為官，便拿自己沒辦法，否則他就是大不孝，可是她卻忘了，如今她並不是自己獨大，而是頭上還壓著一個為天的丈夫，若要收拾她，聶夫子不過是一句話而已。她若是早想通這些，她去惹聶秋染什麼，她來這兒找什麼麻煩？

孫氏養了一個聶晴，可是聶晴卻是個不知自愛的，上回崔世財家的閨女回門時，那陳小軍過來找聶晴一事已經惹得聶夫子心中很是不快。雖說孫氏也恨女兒不知自重，但到底自己不好承認，否則不就更認了一個聶夫子所說的，她沒教養好女兒的罪名？但她不承認有什麼用，聶夫子早已經認定了，如今又出現了一個聶秋文惹了官夫人的事，孫氏一時間只覺得自己頭頂上像有電閃雷鳴一般，頭腦發暈，眼前發黑，嘴唇哆嗦著，說不出話來。

而她不說話，聶夫子則是沒有給她緩和的時間。「現在我給妳兩條路走，當年我大哥早夭，聶秋文記到他的名下，從此與我們再無相干。要麼，聶秋文便立即分家出去單過，從此惹了禍事也與聶家無關。」

這兩個條件咋一聽起來不同，可事實上結果還不是一樣，聶秋文分家出去，不過是礙著一層父子名分，往後依舊是各管各的，自己的兒子自己清楚，孫氏知道聶秋文是個肩不能抬，手不能提的，往後哪裡好養得活自個兒？

等他出去單過，那不是明擺著看他自個兒折騰自個兒嗎？孫氏哪裡捨得！

「夫君，還有沒有，其他辦法？二郎到底也是你的親骨肉啊！」孫氏一邊說著，一邊嘴唇哆嗦著哭了起來，卻不敢哭得大聲了，深恐惹了聶夫子不快，只悄悄地撩了衣襬擦著眼淚，滿臉的惶恐不安之色。

聶夫子看著她突然心裡一陣的厭煩，孫氏此時頭髮散亂，臉龐紅腫，坐在地上說不出的狼狽，衣袖被狗咬破了，一些棉花鑽了出來。聶夫子自己當年雖不敢稱是多麼俊朗風雅，可至少也不該娶了這樣一個蠢貨！要不是昔日那術士說孫氏有生文曲星之命的緣故，自己如何會娶了這樣一個目不識丁，且癡蠢醜陋而無知的婦人！

聶夫子眼中毫不掩飾的露出厭棄之色，那目光看得孫氏心裡一陣陣發涼，不由有些自卑地低下了頭去，一時間只覺得心驚膽顫，連回視聶夫子眼神的勇氣也無，身體不由自主地顫抖。

見她這模樣，聶夫子越發厭惡，今日要不是孫氏這蠢婦所做的行為，自己如何能在崔薇這兒受了兒媳的頂撞，他冷笑了一聲。「也有其他法子，我休書一封，妳自歸家去吧！」

孫氏嚇了一跳，雖然早知道聶夫子這回不會饒了自己，也有可能休棄自己，但她無論如何也沒想到，聶夫子當真會直言不諱地說出來。以往聶夫子光是一個眼神便已經夠讓孫氏嚇得個半死，這會兒聽他直言，孫氏頓時面如土色，一面求情起來。她要是歸家，以聶秋染冷心寡情的性格，絕對不會再認她，而聶秋文又是個靠不住的，娘家更不會容她，往後豈不是死路一條？她拚命搖著頭，一面求情，聶夫子卻是不為所動。

聽到長輩說要休妻的話，崔薇並不是頭一回聽見，當初崔世福也曾說過要休楊氏，可相較起崔世福來說，聶夫子無疑為人要冷漠得多，他說要休妻，那便是絕無更改可能的。若是孫氏不答應，便真要被送回娘家，孫氏恐怕也能理解，因此哭了一陣，見聶夫子神色不動之後，突然神情慘澹，一面撕扯起自己的衣裳來，哭嚎道：「我兒娶妻，娶孫梅，行了吧？崔薇，妳還能不能放過我們母子性命一回了？」她說完，嚎啕大哭！

崔薇神情冷冷地望著孫氏，卻聽她哭了一陣之後又接著道：「總歸是我們母子倆命苦！只是孫梅原本該是老大的，如今老二娶了她，聶秋染，你要拿出三十兩銀子來給你弟弟做新房聘禮，否則我便是被休回娘家，也絕不讓你好過！」孫氏話一說完，臉上露出歹毒之色，顯然這會兒心裡是怨極了聶秋染。

聶秋染臉色都未曾變過半分，只是臉上雖然仍帶著微笑，但卻給人一種冷厲之感。孫氏看得嚇了一跳。

那頭崔薇不等他說話，已經笑了起來。「給聶秋文出銀子也行！」

崔薇這話音一落，孫氏抹了把臉，還沒來得及臉上露出得意的笑來，崔薇又接著道：「不過我店鋪裡缺的銀子，聶秋文得給我補上了……」

她話說到一半，便見聶秋文臉上露出慌亂與不甘之色，崔薇心裡一沈，便知道聶秋文撈的銀子恐怕不止三十兩了，否則他應該是鬆了一口氣，最多不要自己再給錢便是，怎麼也不可能露出現在這樣的表情來。崔薇心裡生疑，接著又大怒，手裡緊緊捏了洗衣棒，恨不能再給聶秋文來上兩下。

「聶秋文撈的銀子，恐怕有上百兩了，若是還不出來，我拉你去見官，送你去砍頭！」她說話聲音斬釘截鐵，瞇了眼睛盯著聶秋文看，這一百兩的數目她本來是誆聶秋文的，可誰料這傢伙臉上露出慌亂之色來，竟然絲毫沒有辯解之意。崔薇心中一涼，知道聶秋文拿的錢恐怕只有多沒有少的，如今他露出這模樣，有可能那銀子早被他花了！

一想到這些，崔薇臉色更加難看，恨自己剛剛打輕了。

孫氏一聽到一百兩的話，頓時眼珠子都險些滾落出眼眶來，顧不得自己渾身疼痛，也顧不得聶夫子那頭對她的威脅，跳起來便怒視著崔薇道：「妳這是訛詐，妳這是編著法兒的來想騙咱們家銀子！不可能！」

「聶秋文的銀子是他自個兒真金白銀花出去的，我如何作套來騙他，妳自個兒問清楚了沒有，妳再胡說八道，妳信不信我還揍妳！」崔薇說完，揚了揚手中的洗衣棒。

如今她對孫氏忍耐力已經降到最低，更何況聶秋文一個現成的把柄擺在她面前。恐怕她就是真打了孫氏，以聶夫子的性格，也不可能將這事傳揚出去。只要聶秋染站在她這邊，聶夫子便不可能會對她如何，只要聶夫子能忍，孫氏只不過是一隻跳得凶的紙老虎，根本不足為懼。

而聶秋染要是不站在她這邊，大不了崔薇自個兒與聶秋染和離就是，她如今有銀子，不愁養不活自己！只是在想到與聶秋染和離，以及他不站在自己這邊的時候，崔薇心裡依舊是一陣陣的發堵。一年多來的朝夕相對，她又不是草木，哪裡能無情，多少還是有些捨不得，心裡胡思亂想了一陣，她強捺下了心中紛亂的想法，一邊盯著孫氏瞧。

「這、這不可能。」孫氏一聽她要揍自己，不由退了兩步，可她剛剛一動，原本坐在地上的黑背一下子又站起身，衝她一陣亂叫，嚇得孫氏不敢動彈了。

聶夫子臉色鐵青，看著坐在地上傻愣了半晌、臉色極不好看的聶秋文，拳頭握了又鬆，鬆了又捏緊，半晌之後才怒聲道：「你到底是不是偷了你大嫂的銀子？你用到哪兒去了！」

聶夫子說到後面一句話時，聲音裡帶了怒氣，顯然他這樣說，也是認定了聶秋文有可能偷崔薇銀子。

被聶夫子一喝，聶秋文下意識地身體抖了抖，一邊哭喪著臉便道：「我、我買了東西，送給城裡的小桃紅姑娘了。」他臉上露出茫然之色，之前被崔敬平打的傷，與此時被崔薇打的傷交雜在一起，幾乎使得他整個人面目有些扭曲了起來。

一聽到什麼小桃紅，聶夫子心裡湧出一股不好的預感來，牙齒咬得「咯咯」作響。「那小桃紅是誰？」

「小桃紅，是、是、她是……」

「你不要說了！」聶夫子厲聲打斷了聶秋文的話，忍不住大踏步上前，狠狠一耳光抽到了他臉上，「啪」的一聲，直打得聶秋文身子支撐不住，一歪便摔倒在地，發出「哢嚓」一聲脆響，聶秋文的呻吟聲與哭泣聲響了起來。

孫氏尖叫了一聲，衝上前擋了聶夫子一耳光，將兒子扶了起來，這會兒聶秋文嘴角流血，下巴已經歪到了一旁，孫氏看得驚嚇不已，只尖聲道：「二郎！」

「嚎什麼，死不了！」聶夫子這會兒氣得頭都已經有些發暈了，他現在心裡有些將崔薇給怨上，但可惜自己的兒子不爭氣，鬧出這樣的事來，崔薇又是一個這樣惹不得的性子，他這會兒暴跳如雷，卻偏偏強忍了。若只是聶秋文惹事，聶夫子自己收拾了他絕對不會皺一下眉頭，可今日的形勢是他被崔薇逼著收拾了聶秋文，表了態一回，自然聶夫子心頭不大爽利。

聶夫子沒看崔薇一眼，又重重踢了聶秋文一腳，聽他不敢哭的模樣，越發覺得心裡厭煩。「崔薇，今兒這事往後我會給妳一個交代，以後那店鋪，聶秋文便不去了！」

他語氣裡含著怨懟，崔薇也不怵他，自己心裡還是充滿了怨氣的，發洩一通，反倒更覺得心裡難受，聶夫子現在還來跟她發脾氣，頓時冷笑了一聲。「他也確實不用去了，我鋪子被他連累得關門了，那可不是一百兩便能湊得齊的！到時沒有飯吃，還望公公照我鋪子收益，多打發些！」

聶夫子被她這樣一噎，險些沒有氣死，冷哼了一聲，忍下了想親手把聶秋文掐死的衝動，拉著孫氏等人打開門頭也不回地出去了。從他這會兒的臉色看得出來，他恐怕早已經在暴怒邊緣，聶秋染知道見好就收的道理，也沒有攔他，任由聶家人狼狽出去了。

等他們一走，崔薇本來還覺得心裡充滿了怒氣的，可一想到今日打了孫氏一回，大大出了口氣，頓時便覺得梗在心口間的氣散了大半。

這會兒天色不早了，廚房裡冒出了麥醬蹄子燉好之後的香味來，聶家人一走，崔敬平便回來了。剛剛聶家人過來時屋門被聶秋染抵住了，他進不來，一聽說聶秋文帶了孫氏過來找麻煩，他頓時火冒三丈，險些跳了起來去找聶秋文算帳，還是崔薇將他給拉住了。

今兒她打了聶家的臉，恐怕聶夫子現在心裡正是恨她之時，若是崔敬平現在就這樣過去，恐怕不只討不到便宜，反倒會給聶夫子一種她小人得志便猖狂之感。原本聶夫子現在有怒火正要往孫氏身上發，要是崔敬平湊過去正巧解了孫氏的圍那便不好了。

崔敬平雖然被妹妹拉住，沒有立即便去找聶秋文麻煩，但第二日時依舊過去將聶秋文又狠揍了一頓才算數。

家裡眼瞧著快要過年了，崔敬平出去許久，這一回來便開始忙了起來，不只是王寶學過來找他玩耍，還有楊氏成天找崔敬平過去說話，一天到晚恐怕也唯有晚上回家睡覺的時候才落屋。

好不容易習慣了跟聶秋染兩人在家裡，如今又熱鬧了起來，崔薇頗有些受不了。崔敬平現在年紀也確實是大了，楊氏現在正在給他瞧著親事，今年賣糕點掙了不少的錢，已經足夠崔薇用了，既然自己的店鋪開不了，她準備分出一百兩銀子給崔敬平，除了他自個兒建屋之外，另一些便給他說媳婦兒用。

一百兩銀子不是個小數目了，便是地都能買個四、五畝了，不像當初崔薇撿到便宜買到潘老爺急賣的上好肥沃良田，但也足夠崔敬平一生衣食無憂了。

作出這個決定時，崔敬平本來死活不肯要這個銀子的，但崔薇卻是臉色一沈，一邊道：「三哥，你也知道我現在有多少銀子了，聶秋文貪取的銀子恐怕都有一百多兩了，你是我哥，做的事又不比他少，難不成這一百兩銀子你還拿不得了？說實話，若不是這店鋪開不了了，我還能給你更多的。」

一想到店鋪的事，崔薇便覺得心裡有些不大痛快了。前些天她打過孫氏之後，孫氏倒是好些天沒敢出門來找她麻煩，不過孫氏不來，不代表崔薇這口氣就嚥下去了，她現在想起來店鋪的事，越發覺得後悔。

崔敬平聽她這樣一說，本來還有些不大想收的，但崔薇的臉已經板了起來。

「三哥，你要是不肯收下，我以後不理你了！這銀子我也就給你，以後你替我好好照顧爹就是，就當其中有一份是我拜託你照顧爹的，還不成嗎？」

在此時女兒若是嫁了出去，再貼補父母，人家會當女兒孝順，可若是父母都全靠女兒來照顧，人家便得背地裡說閒話了。崔薇最近才意識到這個問題，上回王寶學的娘給她送些菜過來時，便在旁敲側擊的打聽著崔世福以後是不是由崔敬平養著的話，給崔薇提了個醒。

既然都已經說到了崔世福身上，崔敬平自然不好代他拒絕了。再說這銀子崔薇確實也是有的，不會缺了一百兩她便過不下去，這個妹妹的本事，崔敬平多少有了些瞭解。一想到崔世福往後的問題，崔敬平咬了咬牙，剛長出鬍子的臉上露出幾分堅毅之色來，半晌之後才將銀票收下來，點了點頭道：「妳放心，我以後會好好照顧爹的！」

崔薇鬆了口氣，對他笑了笑，一旁聶秋染便捏了捏她的手，崔薇也難得心情好，轉頭衝他笑。

上回打完孫氏又將聶夫子等人氣走後，崔薇便多少對聶秋染有些遷怒，夫妻二人直到此時才又關係緩和一些，聶秋染心下自然也跟著鬆了一口氣。

——未完，待續，請看文創風170《田園閨事》6完結篇

詼諧幽默・輕鬆搞笑・字裡行間藏情／莞爾

田園閨事

全套六冊

穿越到這古代窮兮兮的崔家，她叫天不靈叫地不應，
在這兒，女兒身命賤不值錢，她偏要自己賺錢給自己鍍金身。
在這兒，家家戶戶不是打雞罵狗，就是家長裡短的……
她偏要把心思全放在自己身上，她要有房、有錢、有閒、有好日子，
再可以的話，就考慮找個靠譜的好男人嫁了！

文創風 165 1

一覺醒來她竟成了一個名叫崔薇的七歲小女娃兒，
這崔家窮得連吃雞蛋都要省，而且崔薇的娘還重男輕女得很過分！
以前她可是十指不沾陽春水，現在卻得從早到晚幹活。
如果她不想被折騰到死，最好能藉機從這個家分出去……
她打算靠自己掙些錢，經營起她自己古代田園的小日子……

文創風 166 2

有了自己的房子後，接著就是杜絕娘想侵吞她房子的念頭，
她打算出錢向娘把自己買下來，理直氣壯地擁有自己的所有權！
一切似乎都按著她所想要的發生，都在她掌握之中……除了聶秋染！
他是這個村裡的年輕秀才，聰穎、斯文、好看……可她就覺得他很腹黑，
即便他骨子裡詭計一堆，但憑她這個穿越來的，就不信他能將自己算計去！

文創風 167 3

都已經獨立一戶過生活，她還是不得安寧，她打算買隻靈性又凶猛的狗顧家。
她能求的，只有那個聶家的腹黑秀才聶秋染……
明知這樣要欠腹黑又難拿捏的他天大的人情，她也認了！
於是他偷偷帶她出城買狗，回來時卻被大家發現她私自跟男人出城……
聶秋染倒是挺身而出說要娶她。唉，這下她得賠上自己了……

文創風 168 4

原以為聶秋染這腹黑秀才說要娶她是為了幫她解圍，沒想到他是認真的，
唉！她也算是聰穎過人，還是穿越過來的人，
但一面對他，不管她再怎麼說，情況好像全照他的意思走。
而且自從他說要娶她之後，他便大搖大擺地常往她這兒跑，
賴著她、愛吃她做的菜，連她的賺錢大計都插手管起來了……

文創風 169 5

兩人成婚後，她過得挺好，只除了他的怪癖——她懷疑他是白色絨毛控！
每次從城裡給她帶禮物，從耳環、髮飾到披風全都是帶著白色絨毛的，
還硬要親自把這些絨毛玩意裝扮在她身上，當她是他專屬的芭比娃娃，
嫁了他後，他更是名正言順地玩起妝扮她的遊戲……囧！
幸好，除了這項癖好之外，他好得沒話說，不然她可不在意休夫呢！

文創風 170 6 完

兩人本來和和美美地過起有名無實的小夫妻生活，直到——
她癸水來了，不再是娃兒的模樣，眉眼開了，身段婀娜了，
偏又遇上她之前的傾慕者上門，他終於忍不住醋勁大發！
之前她覺得他將自己當妹妹一樣的照顧著，她一直過得很安心，
現在他大吃飛醋，一心想佔有她，圓房這事兒看來是逃不掉了！

愛恨嗔癡慾，信手拈來／雨久花

神醫病殃殃

全套七冊

他以為自己是因為同情她沒多少日子好活才不肯和離，
最終才發現，這根本是他自欺欺人的藉口，
原來，他早已深深愛上了這個女人，他的妻子……

文創風 158 **1**

她也太衰了吧？穿回古代卻碰上將軍夫婿沈鍾磬迎娶紅顏知己的熱鬧場面，
緊接著，當她還茫無頭緒之際，她丈夫就發話趕她去祖宅住了？!
也好，這種元配都上吊了還有閒情逸致納妾的冷血丈夫，她也不屑！
不料，到了祖宅後，她才發現這副軀殼的原主人甄十娘竟懷孕了！

文創風 159 **2**

甄十娘化身為簡大夫，靠著寄賣的阿膠打出名號，漸成遠近馳名的神醫，
偏偏就因這阿膠太有名，沈鍾磬也找上藥鋪，欲採買一些送給愛妾，
幸好，除了「瑞祥藥鋪」的老闆夫妻外，沒有外人曉得她就是簡大夫，
若被夫家知道她堂堂將軍夫人竟在外行醫賣藥，還不知要如何收拾她呢！

文創風 160 **3**

產子時血崩，之後又沒錢調養身子，還得努力工作讓一家子溫飽，
這使得甄十娘空有一身好醫術，到頭來卻落了個燈盡油枯命不久的境地，
既然她沒有時間追尋幸福了，那麼，不和離便是她目前最好的選擇，
想為兩個兒子留下一份家業，最快的辦法就是從沈鍾磬身上獲取！

文創風 161 **4**

她不祈求和他天長地久，也不奢望他會無可自拔地愛上她，
只希望，這份小小的平淡中的幸福，能夠這麼持續下去，
更希望，他在得知她的大夫身分、得知他有兩個兒子後，能不發火，
唉，要他不發火實在有點難，要不她先自首吧，都說坦白從寬不是？

文創風 162 **5**

那楚姨娘為了上位，一再對她趕盡殺絕，害她好忙，
嘖，她短命，沒時間浪費，只想專心為兩個兒子打下一番事業啊！
而他明知愛妾痛下殺手之事，卻還將之嬌養在府中主持中饋？!
原來，這就是愛與不愛之間的差別啊，她算是徹底看清了……

文創風 163 **6**

即便知道為了兩個兒子的生命著想，她該讓他絕育以絕後患，
但，她卻不忍心看他自戕，斷了後半生的幸福。
就算他另有所愛，她也希望他能保重自己，開心地活著，
只要他和兩個兒子過得好，那麼，她在泉下也會瞑目的……

文創風 164 **7** 完

那一日，她無意間聽見他在佛前起誓，求佛祖把他的命續給她，
他說不求永生，不求永世，只求今生能與她共白首，
結果，因為憂心她日漸孱弱衰敗的身子，他竟一夜間白了髮！
原來，佛祖竟是要他們這樣白髮相守？佛祖，祢何其殘忍……

慧心巧思、獨樹一幟／凌嘉

穿越時空／靈魂重生／政商鬥爭／婚姻經營之傑出作品！

丫鬟我最大

全套五冊

知悉歷史，讓她洞燭先機、如魚得水；
運用智慧，計謀信手拈來、無往不利。
是個丫鬟又怎樣？她可不會那麼輕易就低頭認輸！

文創風 139 1

雲舒作夢也想不到，她不過是去相親，卻穿越時空來到漢朝！
原本身旁還有個看似可靠的相親對象陪伴，
結果他竟狠下心殺了她，只為了在沙漠生存下去！
痛苦絕望之中，她覺得自己的意識正一點點抽離肉體……
再次醒來，一雙小小的手與未發育的身材告訴雲舒，
她重生成一個十來歲的小女孩了！

文創風 140 2

收拾完幾個不識相的傢伙，雲舒在桑家的地位已不可同日而語，
然而大公子在仕途上的平步青雲，卻引來各方人士覬覦，
拉攏的人不怕死，說親的人厚臉皮，
就連雲舒本人的詢問度都大增，著實讓她嚇出一身冷汗。
只是幾年過去，兩個人都還抱持單身主義，
一個不嫁、一個不娶，看起來，似乎有點意思……

文創風 141 3

就在雲舒為這段戀情努力打拚的時候，
死亡的陰霾卻如影隨形地籠罩在她身邊……
當初殺害她的仇人，就像打不死的小強，一次次捲土重來，
教人防不勝防，時時刻刻提心弔膽！
老天啊，既然重新賜給她這條生命，還讓她找到真愛，
為什麼就不能善待她一些呢？!

文創風 142 4

眼看大公子無可避免地被捲入其中，
雲舒冒著生命危險趕到戰地，只為見他一面，
卻沒料想到他身邊竟有個才貌兼備的女子……
真是太讓人失望了！不給個合理解釋，她就跟他沒完！
什麼？兩年之約不算數？這玩笑也開得太大了吧？
在雲舒默默接受事實，聽從桑弘羊安排時，宮中傳來消息——
皇上召見她？這到底是怎麼一回事……？

文創風 143 5 完

她重生的這個身體，竟是漢朝皇室流落在外的公主！
雲舒除了震驚，再也找不到別的形容詞。
原來上天還是待她不薄，只是多花了點時間而已！
這下她不但被迎回宮中居住，還能風風光光嫁給桑弘羊，
看到老夫人面如土色，卻不得不恭恭敬敬接受她這個孫媳時，
長久以來的怨氣真是一吐而盡！

風 文創
169

田園閨事 5

國家圖書館出版品預行編目資料

田園閨事 / 莞爾著. --
初版. -- 臺北市 : 狗屋, 2014.03
冊 ; 公分. --（文創風）
ISBN 978-986-328-256-3（第5冊：平裝）. --

857.7　　103001985

著作者	莞爾
編輯	王佳薇
校對	黃薇霓　曾慧柔
發行所	狗屋出版社有限公司
地址	台北市104中山區龍江路71巷15號1樓
電話	02-2776-5889～0
發行字號	局版台業字845號
法律顧問	蕭雄淋律師
總經銷	知遠文化事業有限公司
電話	02-2664-8800
初版	103年3月
國際書碼	ISBN-13　978-986-328-256-3
原著書名	《田园闺事》，由起点女生网（http://www.qdmm.com/）授權出版

定價250元
狗屋劃撥帳號：19001626
網址：love.doghouse.com.tw　E-mail：love@doghouse.com.tw